UN CA

DU MÊME AUTEUR
AUX ÉDITIONS ACTES SUD

La Maison où je suis mort autrefois (prix Polar international de Cognac), 2010 ; Babel noir n° 50.
Le Dévouement du suspect X, 2011 ; Babel noir n° 70.
Un café maison, 2012.
La Prophétie de l'abeille, 2013 ; Babel noir n° 128.
L'Équation de plein été, 2014.

Titre original :
Seijo no Kyûsai
Éditeur original :
Bungeishunju Ltd., Tokyo
© Keigo Higashino, 2008
publié avec l'accord de Bungeishunju Ltd.
représenté par le Japan Foreign-Rights Centre/Aitken Alexander Associates

KEIGO HIGASHINO

UN CAFÉ MAISON

roman traduit du japonais
par Sophie Refle

BABEL NOIR

1

Ayané regardait les jardinières du balcon depuis l'intérieur de la maison. "Les pensées commencent à fleurir. Elles manquent d'eau mais cela n'altère en rien l'éclat de leurs couleurs. Ce ne sont pas des fleurs voyantes, mais elles ont une vigueur extraordinaire. Il ne faut pas non plus que j'oublie d'arroser les autres plantes", se dit-elle.

— Tu m'écoutes, oui ou non ? demanda une voix derrière elle.

Elle se retourna et sourit.

— Bien sûr que oui. Comment peux-tu en douter ?

— Mais tu ne réagis pas, répliqua Yoshitaka qui était assis sur le canapé, ses longues jambes croisées devant lui.

Elle savait que, quand il faisait de l'exercice dans sa salle de sport, il prenait garde à ne pas trop faire travailler ses jambes et ses hanches, de peur de ne plus pouvoir mettre de pantalons étroits.

— Je suis un peu distraite, voilà tout.

— Distraite ? Cela ne te ressemble guère, remarqua-t-il en relevant un de ses sourcils soignés.

— C'est que je suis tellement surprise !

— Vraiment ? Tu ne peux pas prétendre que tu ignorais mon plan de développement personnel !

— Non, et je n'ai pas dit ça non plus.

— Tu as quelque chose à ajouter ? demanda-t-il, en inclinant légèrement la tête de côté.

Yoshitaka semblait tout à fait détendu, comme s'il voulait lui signifier le peu d'importance qu'avait pour lui cette conversation. Ayané ne savait pas s'il jouait la comédie.

Elle soupira et regarda son visage aux traits réguliers.

— C'est si important pour toi ?

— De quoi parles-tu ?

— Eh bien… avoir un enfant.

Il eut un sourire incrédule, détourna les yeux avant de les diriger à nouveau vers elle.

— Tu m'as vraiment écouté ?

— Oui, et c'est pour ça que je te pose cette question.

Il remarqua l'éclat sombre du regard d'Ayané et son sourire disparut. Il acquiesça posément.

— Oui, c'est important. Je ne peux imaginer ma vie sans. Un mariage sans enfants n'a aucun sens pour moi. L'amour dans un couple s'amenuise nécessairement avec le temps. Si deux personnes continuent à vivre ensemble, c'est pour fonder une famille. Le mariage transforme ceux qu'il unit en époux. Les époux deviennent des parents en ayant des enfants ensemble. Ce n'est qu'à partir de ce moment-là qu'ils sont liés pour la vie. Tu n'es pas d'accord ?

— Pourquoi, ce n'est pas le seul but.

— Mais ça l'est pour moi.

Il fit non de la tête.

— J'en suis convaincu. Je le crois et je n'ai nullement l'intention de changer d'avis. Par conséquent, je ne peux pas continuer à vivre avec toi si cela ne se fait pas.

Ayané se massa les tempes. Elle avait mal à la tête. Elle n'avait pas imaginé une seule minute qu'il lui tiendrait ce discours.

— Pour toi, c'est définitif ? Autrement dit, tu n'as que faire d'une femme qui ne te donne pas d'enfants. Voilà pourquoi tu vas me quitter pour me remplacer par une autre qui pourra en avoir ? C'est bien ça ?

— Ta formulation me choque.

— Mais c'est de cela qu'il s'agit, non ?

Peut-être parce qu'Ayané avait parlé d'un ton vif, Yoshitaka se redressa. Les sourcils froncés, il hésita quelques instants avant de manifester son assentiment par un hochement de tête qui manquait d'assurance.

— Je comprends que tu puisses voir les choses ainsi. J'attache une grande importance à mon plan de développement personnel. Je peux même dire que c'est ma priorité.

Ayané cessa soudain de serrer les lèvres. Ce n'était cependant pas pour lui sourire.

— Tu aimes cette phrase, hein ? "J'attache une grande importance à mon plan de développement personnel…" C'est une des premières choses dont tu m'as parlé quand nous nous sommes rencontrés.

— Ayané, je ne comprends pas ce qui te gêne. Tu as obtenu tout ce que tu voulais, non ? Si je me trompe, n'hésite pas à me dire ce qui te manque. Je ferai le maximum. Mais plutôt que de te tourmenter à ce sujet, tu ferais mieux de penser à ce que tu vas faire de ta nouvelle vie. De toute façon, tu n'as pas le choix.

Elle détourna les yeux et regarda le mur. Une tapisserie d'environ un mètre de large y était accrochée. Elle avait mis presque trois mois pour la réaliser, avec des tissus exclusivement venus de Grande-Bretagne.

Les paroles de Yoshitaka lui étaient cruelles. Elle aussi rêvait d'avoir un enfant. Comme elle aurait aimé se balancer doucement sur un rocking-chair en sentant son ventre rond sous le poids d'un ouvrage de patchwork !

Un caprice du ciel l'avait privée de cette capacité. Contrainte d'y renoncer, elle avait jusque-là mené sa vie avec détermination, persuadée que son mari était aussi satisfait qu'elle de leur quotidien.

— Je peux te poser une autre question ? Tu risques de la trouver stupide, mais…

— Quoi donc ?

Elle se pencha vers lui et inspira profondément.

— Que sont devenus les sentiments que tu avais pour moi ?

Il releva le menton, comme piqué au vif, puis un nouveau sourire flotta sur ses lèvres.

— Ils n'ont pas changé. J'en suis certain. Mes sentiments pour toi sont les mêmes.

Ses mots sonnaient creux aux oreilles d'Ayané. Elle lui retourna cependant son sourire. Elle n'avait pas le choix.

— Me voilà rassurée ! s'exclama-t-elle.

— Allons-y, fit-il en se levant pour se diriger vers la porte de leur chambre.

Elle le suivit et jeta un coup d'œil sur sa coiffeuse en pensant à la poudre blanche cachée au fond du dernier tiroir de droite, dans un sachet en plastique soigneusement fermé.

Le moment était venu de l'utiliser. Elle n'avait pas d'autre recours.

Elle regarda le dos de son mari, tout en l'appelant intérieurement.

Je t'aime du plus profond de moi-même. Ce que tu viens de me dire m'a transpercé le cœur. Maintenant, je veux que, toi aussi, tu meures.

2

Hiromi Wakayama regarda les Mashiba qui venaient de descendre de l'étage et elle comprit immédiatement que quelque chose s'était passé entre eux. Leurs visages étaient souriants, mais leur expression était fausse. L'effort que cela demandait à Ayané était particulièrement visible. Hiromi décida de faire comme si elle ne se rendait compte de rien. Elle sentait qu'aborder ce sujet serait prendre le risque de briser quelque chose.

— Nous vous avons fait attendre. Ikai a appelé ? demanda Yoshitaka, d'une voix légèrement tendue.

— Oui, tout à l'heure, sur mon portable, pour dire qu'ils seraient là dans cinq minutes.

— Est-ce que je dois ouvrir le champagne ?

— Je vais m'en occuper, dit Ayané à son mari. Hiromi, tu veux bien sortir les verres ?

— Oui, tout de suite.

— Je vais vous aider.

Ayané repartit dans la cuisine et Hiromi ouvrit la porte du buffet, un meuble à l'ancienne, dont elle savait qu'il avait coûté près de trois millions de yens. La vaisselle de prix y était rangée.

Elle en sortit trois flûtes à champagne en baccarat et deux autres en cristal vénitien. Les Mashiba réservaient le cristal vénitien à leurs invités.

Yoshitaka disposa cinq sets sur la table de la salle à manger qui pouvait accueillir huit convives. Les Mashiba avaient l'habitude de recevoir. Hiromi savait ce qu'elle avait à faire.

Il posa les verres sur les sets. On entendait de l'eau couler dans la cuisine.

— De quoi parliez-vous tous les deux ? demanda Hiromi à voix basse.

— De rien de spécial, répondit-il en évitant son regard.

— Tu lui as dit ?

Ce n'est qu'à cet instant qu'il posa les yeux sur elle.

— Quoi donc ?

Au moment où elle s'apprêtait à répondre, la sonnette de l'interphone retentit.

— Ils sont arrivés ! signala Yoshitaka à sa femme en se tournant vers la cuisine.

— Excuse-moi, mais tu pourrais leur ouvrir ? Je ne peux pas bouger pour l'instant, répondit Ayané.

— D'accord, fit-il en s'approchant de l'interphone.

Dix minutes plus tard, ils étaient à table avec leurs invités. Chacun souriait. Hiromi ne pouvait se débarrasser de l'impression que les cinq personnes présentes faisaient de grands efforts pour paraître détendues afin de ne pas nuire à l'ambiance qui ne pouvait qu'être plaisante. Elle se demandait invariablement comment acquérir cet équilibre entre tension et détente. Elle ne le croyait pas inné et savait qu'Ayané avait mis près d'un an à le trouver.

— Vous faites si bien la cuisine, Ayané ! Personne ne prépare de marinades aussi raffinées que les vôtres, remarqua Yukiko Ikai en prenant une bouchée de poisson.

Comme de coutume, c'est à elle que revenait le rôle de complimenter l'hôtesse pour chacun des mets.

— Il faut dire que tes sauces, toi, tu les achètes toutes faites, ajouta Tatsuhiko, son mari assis à côté d'elle.

— Tu n'es pas gentil avec moi ! Il m'arrive de les préparer moi-même.

— Oui, ta sauce au basilic ! Tu nous en sers un peu trop souvent à mon goût, d'ailleurs.

— Ah bon ? Pourtant elle est bonne, non ?

— J'adore la sauce au basilic, fit Ayané en s'immisçant dans la conversation.

— C'est délicieux, n'est-ce pas ? Et le basilic est excellent pour la santé.

— Ayané, ne l'encouragez pas, s'il vous plaît ! Sinon, elle va m'en proposer même pour accompagner les steaks.

— Quelle excellente idée ! Je vais la mettre en pratique.

Toute la tablée rit, sauf Tatsuhiko Ikai qui fit la grimace.

Avocat de profession, il servait de conseiller juridique à plusieurs sociétés, dont celle que dirigeait Yoshitaka Mashiba. Il avait la réputation de se mêler de près de la gestion des firmes qu'il conseillait. Les deux hommes avaient sympathisé quand ils faisaient partie du même cercle d'études à l'université.

Ikai sortit la bouteille de vin blanc du seau à glace et voulut en verser dans le verre de Hiromi.

— Je vous remercie, mais j'ai assez bu pour aujourd'hui, dit-elle en mettant sa main sur son verre.

— Vraiment ? Moi qui croyais que vous aimiez le vin !

— Vous ne vous trompez pas, mais pour l'instant, je n'en ai pas envie, merci.

L'air déçu, il remplit le verre de son ami.

— Tu ne te sens pas bien ? s'enquit Ayané.

— Mais si ! C'est juste que, ces derniers temps, j'ai fait quelques excès avec des amis, et…

— C'est beau d'être jeune, commenta Ikai qui s'apprêtait à se servir après avoir jeté un coup d'œil au verre de sa femme. Je suis content que Yukiko qui ne doit pas boire d'alcool pour le moment ne soit pas la seule ce soir !

— Et pourquoi ne doit-elle pas en boire pour le moment ? demanda Yoshitaka en posant sa fourchette.

— Parce qu'elle allaite, bien sûr. L'alcool n'est pas bon pour les bébés, expliqua Ikai en levant son verre.

— Pendant combien de temps allez-vous vous en abstenir ? interrogea Yoshitaka en se tournant vers Yukiko.

— A peu près un an, d'après le médecin.

— Moi, je dirais un an et demi, dit son mari. Ou même deux. Tu pourrais d'ailleurs en profiter pour y renoncer définitivement, non ?

— Te rends-tu compte que je vais devoir passer des années à être mère, une tâche difficile ! Je ne suis pas sûre d'y arriver si tu m'interdis l'alcool complètement. Ou bien dois-je comprendre que tu comptes le faire à ma place ? Cela ne me dérangerait pas du tout !

— Bon, bon. Dans un an, tu auras à nouveau le droit de boire de la bière ou du vin. Raisonnablement, j'entends.

Yukiko fit la moue avant de se remettre à sourire. Elle respirait le bonheur. Même cet échange légèrement acrimonieux avec son mari faisait l'effet d'un rituel plaisant.

Elle était devenue mère deux mois auparavant. Cette naissance les avait comblés, elle et son mari. Il avait quarante-deux ans, sept de plus qu'elle. Les deux époux se réjouissaient d'avoir marqué ce but "juste avant le coup de sifflet", comme ils aimaient à le dire.

Les Mashiba les avaient invités ce soir pour célébrer l'heureux événement, une initiative prise par Yoshitaka et concrétisée par Ayané.

— Ce sont les grands-parents qui gardent le bébé ce soir ? s'enquit Yoshitaka en les regardant successivement.

Ikai hocha la tête.

— Ils nous ont dit de prendre notre temps, car ils sont ravis de l'avoir pour eux seuls. C'est pratique d'avoir des parents qui n'habitent pas loin.

— N'empêche que je suis un peu inquiète. Belle-maman est trop gentille avec lui. Mes amies disent que c'est bon pour un bébé de pleurer un peu tout seul, mais elle ne lui en laisse jamais l'occasion, dit Yukiko en fronçant les sourcils.

— Je vais vous chercher de l'eau, s'écria Hiromi qui se leva en voyant que le verre de l'invitée était vide.

— Il y a de l'eau au réfrigérateur, peux-tu en rapporter une bouteille ? lui demanda Ayané.

Hiromi passa dans la cuisine et ouvrit la porte du frigo, un grand modèle à deux portes. Plusieurs bouteilles d'eau minérale en plastique s'alignaient dans celle de droite. Elle en prit une et le referma. Au moment où elle se rasseyait à table, son regard croisa celui d'Ayané, et elle lut sur ses lèvres le mot merci.

— J'imagine que l'arrivée d'un enfant change la vie, lança Yoshitaka.

— Oui, à présent, tout, jusqu'à mon travail, tourne autour du bébé, répondit Ikai.

— C'est inévitable, non ? Avoir un enfant n'est d'ailleurs pas sans lien avec le travail, il me semble. J'imagine que cela augmente le sens des responsabilités, et donne envie de travailler encore plus dur.

— Tu ne te trompes pas.

Ayané prit la bouteille d'eau que lui tendait Hiromi et en remplit tous les verres, sans se départir de son sourire.

— Et vous, qu'attendez-vous donc ? Vous devriez y songer, suggéra Ikai en dévisageant son ami et sa femme. Vous êtes mariés depuis un an, et vous commencez probablement à épuiser les charmes de la vie à deux, non ?

— Mais enfin ! s'écria sa femme en lui tapotant le bras comme pour le réprimander. Tu es bien indiscret !

— Oui, dans la vie, chacun fait comme il l'entend, déclara Ikai avec un sourire contraint.

Il vida son verre et reprit en regardant Hiromi :

— Hiromi, comment vont les choses de votre côté ? Je voulais dire, du côté des cours de patchwork que vous donnez maintenant.

— Tout va bien pour l'instant, même si j'ai encore du mal à prendre des décisions.

— Vous vous reposez entièrement sur Hiromi à présent ? demanda Yukiko à Ayané, qui répondit par un hochement de tête avant d'ajouter :

— Je n'ai plus rien à lui apprendre.

— Vous êtes très forte, s'extasia Yukiko en tournant un regard admiratif vers Hiromi.

Hiromi baissa les yeux en esquissant un sourire modeste. Elle ne pouvait s'empêcher de trouver étrange l'intérêt que lui manifestaient les Ikai. Peut-être était-ce parce que sa participation à ce dîner leur semblait inopportune qu'ils se sentaient obligés de lui faire la conversation.

— J'allais oublier… s'écria la maîtresse de maison en se levant pour aller prendre un grand sac en papier posé près du canapé. C'est pour vous !

Yukiko poussa un cri de surprise en se cachant la bouche des deux mains.

Il s'agissait d'un couvre-lit en patchwork d'une taille plus petite que la normale.

— J'espère que vous vous en servirez pour le lit du bébé. Ensuite, s'il vous plaît, vous pourrez l'utiliser comme tapisserie.

— Il est magnifique. Merci, Ayané ! lança Yukiko, en le tenant avec précaution, le visage ému. Soyez sûre que j'en prendrai bien soin. Merci, du fond du cœur.

— Cela représente un travail considérable, non ? Combien de temps demande une telle création ? ajouta Ikai en cherchant le regard de Hiromi.

— Autour de six mois, je pense, répondit-elle en se tournant vers Ayané.

Un seul coup d'œil lui avait suffi pour comprendre la manière dont il avait été fabriqué.

La tête penchée de côté, Ayané regarda sa création d'un air dubitatif.

— Tout ce qui compte pour moi est qu'il vous plaise.

— Vous ne pouvez pas imaginer à quel point je suis contente ! Tatsuhiko, je ne suis pas sûre que tu sois conscient de la valeur de ce cadeau. Une création d'Ayané Mita ! Sais-tu que, dans sa dernière exposition dans une galerie de Ginza, les couvre-lits d'une place valaient un million de yens ?

Son mari écarquilla les yeux. Il paraissait étonné d'apprendre que quelques bouts de tissus cousus ensemble pouvaient coûter une telle somme.

— Tu aurais dû voir la ferveur avec laquelle elle l'a réalisé, ajouta Yoshitaka. Même les jours où j'étais à la maison, elle passait son temps à tirer l'aiguille, assise sur le canapé du salon. Du matin au soir. J'en étais impressionné.

— Heureusement que je l'ai fini à temps, murmura Ayané en plissant les yeux.

On passa au salon après le dîner, et les hommes décidèrent de prendre un whisky. Yukiko ayant exprimé le désir de boire une deuxième tasse de café, Hiromi se leva pour aller en refaire dans la cuisine, mais Ayané lui dit, tout en remplissant la bouilloire au robinet :

— Je vais m'en occuper. Tu veux bien sortir les verres à whisky et apporter de la glace ?

Lorsque Hiromi revint dans le salon avec un plateau chargé de verres et d'un seau à glace, la conversation portait sur le jardin. Celui de la maison était illuminé, de manière à pouvoir être admiré même de nuit.

— C'est du travail, toutes ces fleurs, non ? commenta Ikai.

— Je n'en sais rien, mais elle s'occupe tous les jours de celles du jardin comme des jardinières du balcon à l'étage. Cela me paraît beaucoup, mais elle affirme en retirer de grandes satisfactions. Elle a une véritable passion pour les fleurs, répondit Yoshitaka que le sujet intéressait visiblement peu.

Hiromi connaissait son manque d'intérêt pour les plantes et la nature, et elle n'en fut pas surprise.

Ayané les rejoignit en apportant le café. Hiromi se chargea de servir le whisky aux messieurs.

Il était un peu plus de vingt-trois heures lorsque les Ikai manifestèrent leur intention de rentrer chez eux.

— Merci pour ce délicieux dîner, et cet extraordinaire cadeau, dit Ikai en s'inclinant profondément. J'espère que vous viendrez nous voir bientôt. Il ne faudra pas vous étonner de l'état de notre maison, avec le bébé…

— Ne t'en fais pas, tu retrouveras vite ta maison bien rangée, lança sa femme sur un ton moqueur en lui donnant un petit coup de coude dans les côtes. Nous avons très envie que vous fassiez connaissance avec notre petit prince joufflu.

— Ce sera avec grand plaisir, répondit Ayané.

Consciente de l'heure tardive, Hiromi décida de partir en même temps que les Ikai, qui lui offrirent de partager leur taxi. Au moment où elle remettait ses chaussures dans l'entrée, Ayané lui rappela qu'elle s'absenterait à partir du lendemain matin.

— J'avais oublié le long week-end qui commence demain. Vous partez en voyage ? demanda Yukiko.

— Non, je dois aller voir mes parents.

— Vos parents ? A Sapporo ?

Ayané hocha la tête en souriant.

— Mon père ne va pas très bien et je vais donner un coup de main à ma mère. Je ne pense pas que ce soit grave, mais…

— Je l'espère pour lui. Si vous nous l'aviez dit, nous aurions reporté le dîner. Je suis tout à fait confus, s'écria Ikai en portant la main à son front.

Ayané fit non de la tête.

— Ce n'était pas la peine. Mon père ne va pas si mal, c'est très gentil de vous faire du souci pour lui. Bon, Hiromi, je compte sur toi, et n'hésite pas à me téléphoner sur mon portable si tu as besoin de moi.

— Quand serez-vous de retour ?

— Je ne sais pas encore… répondit Ayané en inclinant la tête. Je t'appellerai sitôt que j'aurai décidé.

— Très bien.

Hiromi jeta un coup d'œil en direction de Yoshitaka qui fixait le vide.

Ikai et les deux femmes trouvèrent un taxi sitôt qu'ils arrivèrent sur l'avenue. Comme Hiromi serait la première à descendre, elle y monta la dernière.

— Je crains que nous n'ayons un peu trop parlé du bébé, déclara Yukiko une fois que le taxi roulait.

— Pourquoi dis-tu cela ? Ils nous ont invités pour célébrer sa naissance, non ? répondit Ikai qui s'était assis à côté du chauffeur.

— Oui, mais j'ai l'impression que nous aurions pu être un peu plus discrets. Je crois qu'eux aussi aimeraient bien que cela leur arrive.

— Tu as raison, Mashiba m'en a parlé autrefois.

— Peut-être ont-ils du mal. Hiromi, vous savez quelque chose à ce sujet ?

— Non, rien du tout.

— Ah bon ! fit Yukiko, sans se donner la peine de dissimuler sa déception.

L'idée que les Ikai lui avaient peut-être offert de partager leur taxi dans l'espoir d'apprendre quelque chose d'elle traversa l'esprit de Hiromi.

Le lendemain matin, elle sortit de chez elle à neuf heures, comme à son habitude, pour aller au studio *Ann's House*. Hiromi enseignait dans l'appartement d'un immeuble du quartier de Daikanyama, dont Ayané avait fait son atelier de patchwork. Une trentaine d'élèves, attirées par la renommée dont jouissait Ayané Mita chez les amateurs de patchwork, le fréquentaient.

En sortant de l'ascenseur, Hiromi fut surprise de voir Ayané qui lui souriait, debout devant la porte de l'atelier, une valise posée à côté d'elle.

— Que vous arrive-t-il ?

— Rien de grave ! Je voulais juste te confier cela, dit-elle en sortant une clé de sa poche.

— Mais…

— C'est la clé de chez nous. Je ne sais pas exactement combien de temps je serai absente et je me fais un peu de souci pour la maison. Mais si tu as la clé…

— Vraiment ? Vous êtes sûre ?

— Pourquoi ? Ça t'ennuie ?

— Non, pas du tout, mais vous en avez une autre ?

— Ne t'en fais pas pour ça. Je t'appellerai pour te dire quand je rentre, et si jamais tu ne peux pas être là, j'attendrai le retour de Yoshitaka le soir.

— Si vous le souhaitez, j'accepte, cela va de soi.

— Merci ! s'écria Ayané.

Elle glissa la clé dans les mains de Hiromi, lui dit au revoir et se dirigea vers l'ascenseur en tirant sa valise.

— Ecoutez, je… bafouilla Hiromi en la voyant s'éloigner.

Ayané s'immobilisa et se retourna vers elle.

— Qu'y a-t-il ?

— Rien. J'ai oublié de vous souhaiter bon voyage.

— Merci, répondit Ayané qui repartit en lui faisant au revoir de la main.

Hiromi passa la journée à l'atelier. Les élèves se succédèrent sans lui laisser le temps de faire une pause. Lorsque la dernière partit, ses épaules et son cou étaient endoloris.

Son portable sonna au moment où elle s'apprêtait à quitter l'atelier qu'elle venait de ranger. Elle regarda l'écran et vit que l'appel venait de Yoshitaka.

— Tu as fini ? demanda-t-il sans s'embarrasser de préambules.

— Oui, à l'instant.

— Bien. Je suis encore en rendez-vous. Je rentrerai sitôt que j'aurai terminé. Retrouve-moi à la maison.

Prise au dépourvu par cette demande formulée sans ambages, elle ne sut que répondre.

— Qu'y a-t-il ? Ça ne te convient pas ?

— Si mais… Tu es sûr ?

— Tu sais très bien qu'elle ne va pas revenir tout de suite.

Hiromi l'écouta en regardant son sac dans lequel se trouvait la clé que lui avait confiée Ayané.

— J'ai des choses à te dire.

— Quoi donc ?

— Je t'en parlerai de vive voix. Je serai rentré pour neuf heures. Appelle-moi pour me dire quand tu arrives, dit-il avant de raccrocher.

Elle le fit après avoir dîné dans un restaurant d'une chaîne connue pour ses plats de pâtes à l'italienne. Il était rentré et il lui recommanda d'un ton chaleureux de se dépêcher.

Dans le taxi, Hiromi fut submergée par une vague de dégoût pour elle-même. L'attitude de Yoshitaka, qui ne paraissait nullement tourmenté par la mauvaise conscience, la choquait, mais elle devait aussi reconnaître qu'elle en était ravie.

Il lui fit bon accueil. Elle ne décela pas la moindre trace d'embarras chez lui. Il était parfaitement à l'aise.

Une odeur de café flottait dans le salon.

— Cela faisait longtemps que je n'en avais pas fait. Je ne suis pas sûr du résultat, commenta-t-il en revenant de la cuisine avec deux tasses, mais aucune soucoupe.

— C'est la première fois que je te vois aller dans la cuisine.

— Vraiment ? Tu as sans doute raison. Depuis que je suis marié, je ne fais plus rien à la maison.

— Tu as une épouse parfaite, commenta Hiromi en buvant une gorgée du café amer.

Yoshitaka fit la grimace.

— Il est trop fort.

— Je peux en refaire si tu veux.

— Ce n'est pas la peine. Tu t'occuperas du prochain, fit-il en posant sa tasse sur la table basse en marbre du salon. Hier, je lui ai tout dit.

— Je m'en doutais.

— Sans préciser qu'il s'agissait de toi. Je lui ai dit qu'elle ne connaissait pas l'autre femme. Je ne sais pas si elle m'a cru.

Hiromi se souvint du sourire d'Ayané lorsqu'elle lui avait donné la clé de la maison le matin même. Il lui avait paru sincère.

— Et comment a-t-elle réagi ?

— Elle a accepté ma proposition.

— Vraiment ?

— Oui. Je t'avais dit qu'elle n'opposerait pas de résistance.

Hiromi secoua la tête.

— Je me rends compte que cela doit sonner bizarre dans ma bouche, mais j'avoue que je ne comprends pas.

— C'était une règle entre nous. Enoncée par moi, je l'admets. Tout ça pour dire que tu n'as plus de souci à te faire. Tout est arrangé.

— Tu en es certain ?

— Evidemment, dit-il en lui passant le bras sur les épaules pour la faire venir près de lui.

Elle se blottit contre lui et sentit sa bouche se rapprocher de son oreille.

— Ce soir, tu dors ici, hein !

— Dans votre chambre ?

Mashiba sourit.

— Dans la chambre d'amis. Elle a un lit double.

Hiromi acquiesça sans réussir à se débarrasser de son sentiment de mal faire, de son hésitation, de ses craintes.

Le lendemain matin, Yoshitaka la rejoignit dans la cuisine au moment où elle commençait à préparer le café.

— Montre-moi comment il faut faire !

— C'est Ayané qui m'a appris, tu sais.

— Ça ne me dérange pas. Vas-y, dit-il en croisant les bras.

Hiromi mit soigneusement un filtre en papier dans le porte-filtre, puis elle mesura le café moulu à l'aide du doseur. Il hocha la tête en l'observant.

— Il faut d'abord humecter le café moulu. Avec un tout petit peu d'eau bouillante. Et attendre qu'il gonfle, expliqua-t-elle en joignant le geste à la parole.

Elle laissa passer une vingtaine de secondes avant d'en verser à nouveau.

— Tu vois, il faut faire ce geste, en rond, pour permettre au café de rester également gonflé partout. Et arrêter sitôt que le café dans la cafetière atteint le niveau indiqué pour deux tasses. A ce moment-là, il faut vite enlever le porte-filtre. Faute de quoi, le café sera trop léger.

— C'est plus compliqué que je ne pensais.

— Autrefois, tu t'en faisais, non ?

— J'avais une cafetière électrique, mais elle s'en est débarrassée après notre mariage. Elle le trouve meilleur fait à la main.

— Comme elle sait que tu ne peux pas vivre sans café, elle voulait que celui que tu boives soit le meilleur possible.

Yoshitaka hocha légèrement la tête de droite à gauche, avec la petite grimace qu'il faisait chaque fois que Hiromi soulignait les qualités de son épouse.

Ils burent le café fraîchement passé, et il le déclara meilleur que celui de la veille.

Ann's House était fermé le dimanche, mais Hiromi enseignait ce jour-là le patchwork dans un centre culturel du quartier d'Ikebukuro, un emploi qu'Ayané lui avait procuré.

Yoshitaka lui avait demandé de l'appeler quand elle aurait terminé. Il voulait dîner avec elle. Hiromi n'avait aucune raison de décliner son invitation.

Il était dix-neuf heures passées lorsque son dernier cours s'acheva. Elle lui téléphona en se préparant à partir, mais elle n'arriva pas à le joindre. Son portable sonnait, mais il ne décrochait pas. Elle n'eut pas plus de succès avec le téléphone fixe des Mashiba.

Etait-il sorti ? Cela ne lui ressemblait pas d'oublier son portable.

Elle se résolut à passer chez lui. Chemin faisant, elle essaya plusieurs fois de l'appeler.

Arrivée devant la maison, elle vit qu'il y avait de la lumière dans le salon. Mais il ne répondit pas au téléphone lorsqu'elle fit une nouvelle tentative.

Elle se décida à sortir de son sac la clé que lui avait confiée Ayané.

La porte était verrouillée. Elle tourna la clé dans la serrure et l'ouvrit. La lampe de l'entrée était allumée.

Elle ôta ses chaussures et avança dans le couloir. Une légère odeur de café flottait dans l'air. Il avait dû en refaire dans la journée.

Elle poussa la porte du salon. Et s'immobilisa, pétrifiée.

Yoshitaka gisait sur le sol, une tasse à café renversée à côté de lui. Le liquide noir s'était répandu sur le plancher.

D'une main tremblante, elle sortit son portable de son sac pour appeler une ambulance. Elle ne parvenait pas à se souvenir du numéro à composer.

3

De belles maisons bordaient la rue en pente douce. L'éclairage public suffisait à montrer qu'elles étaient toutes parfaitement entretenues. Les habitants du quartier n'avaient visiblement aucun mal à boucler les fins de mois.

Quelques voitures de police étaient stationnées au bord du trottoir. Kusanagi dit au chauffeur du taxi qu'ils étaient arrivés.

Il descendit de la voiture et consulta sa montre. Vingt-deux heures passées. Le film qu'il voulait voir était déjà commencé. Il l'avait raté au moment de sa sortie en salle et s'était dit qu'il n'avait pas besoin de l'emprunter car il ne tarderait pas à être diffusé à la télévision. Lorsque son supérieur lui avait téléphoné, il était parti précipitamment de chez lui sans penser à l'enregistrer.

Peut-être à cause de l'heure tardive, il ne vit aucun curieux. Les reporters de la télévision n'avaient apparemment pas encore entendu parler de l'affaire. Avec un peu de chance, elle se réglerait rapidement, espéra-t-il.

Un policier en tenue au visage fermé gardait l'entrée de la maison d'où était venu l'appel. Kusanagi lui montra sa carte de police et son collègue le salua.

Il jeta un coup d'œil sur la demeure. Des voix lui parvenaient de l'intérieur. Presque toutes les lumières étaient allumées.

Quelqu'un était debout près de la haie. Malgré l'obscurité, Kusanagi devina de qui il s'agissait à la petite taille et à la coiffure de la silhouette. Il s'en approcha.

— Que fais-tu là ?

Kaoru Utsumi se retourna lentement vers lui sans montrer aucune surprise.

— Bonsoir, fit-elle d'une voix égale.

— Tu peux répondre à ma question et me dire ce que tu fais dehors ?

— Rien de spécial, répondit sa collègue. Je regardais les fleurs et la végétation du jardin. Et celles qui ornent le balcon.

— Le balcon ?

— Oui, là-haut, fit-elle en montrant l'étage du doigt.

Kusanagi leva la tête et vit les fleurs qui le décoraient. Cela n'avait rien d'extraordinaire.

— Ne le prends pas mal, mais peux-tu me dire pourquoi tu restes dehors ?

— Il y a du monde à l'intérieur. C'est bondé.

— La foule te déplaît ?

— A mon avis, cela ne sert pas à grand-chose que tant de gens regardent la même chose. Sinon à gêner les techniciens dans leur travail, et je me suis dit que je serais plus utile à inspecter les alentours.

— Mais tu n'as pas bougé depuis tout à l'heure. Tu te contentes de regarder les fleurs ?

— Non, j'ai déjà terminé mon inspection.

— D'accord. Et tu as déjà vu l'intérieur ?

— Non. Je suis allée dans l'entrée et j'ai fait demi-tour.

Intrigué, Kusanagi observa sa collègue. Il lui semblait évident que chaque enquêteur veuille arriver le premier sur les lieux du crime. Mais cela ne s'appliquait visiblement pas à elle.

— J'entends ce que tu dis, mais viens quand même avec moi. On ne perd jamais rien à voir de ses propres yeux.

Il fit demi-tour et elle le suivit en silence.

Elle n'avait pas menti : la maison était pleine de policiers, venus du commissariat du quartier et de la division à laquelle ils appartenaient tous les deux. Kishitani, un jeune collègue de Kusanagi, lui sourit.

— Tu commences tôt aujourd'hui !

— Tu te crois drôle ? Alors, il s'agit d'un meurtre, oui ou non ?

— Rien n'est encore sûr, même si cela semble probable.

— Comment ça ? Explique-moi rapidement.

— Le propriétaire de cette maison est mort subitement. Dans le salon. Il était seul.

— Seul ?

— Venez avec moi.

Kishitani emmena ses deux collègues dans le salon qui devait faire plus de cinquante mètres carrés. Une table basse en marbre entourée de canapés de cuir vert était disposée au centre.

La silhouette d'un homme allongé était marquée par un ruban en plastique blanc sur le sol. Lorsqu'ils l'eurent regardée, Kishitani se tourna vers Kusanagi.

— L'homme qui est mort est le propriétaire de cette maison, Yoshitaka Mashiba.

— Tu ne m'apprends rien. Je le savais avant d'arriver ici. Il est PDG, non ?

— Oui, d'une société d'informatique. Il ne travaillait pas aujourd'hui, puisque c'est dimanche. On ne sait pas encore s'il est sorti dans la journée.

— Il y a une tache sur le parquet, non ?

Une empreinte de liquide était visible, comme si quelque chose s'était renversé.

— C'était du café, répondit Kishitani. Il y en avait à côté du corps. Nos collègues de la scientifique l'ont prélevé. Il y avait aussi une tasse à café.

— Qui a trouvé le corps ?

— Euh… fit Kishitani en ouvrant son calepin. Une certaine Hiromi Wakayama. C'est une élève de Mme Mashiba.

— Une élève ?

— Mme Mashiba est une créatrice de patchwork célèbre.

— De patchwork ? On peut devenir célèbre avec ça ?

— Apparemment. Je l'ignorais aussi, répondit Kishitani en regardant Kaoru Utsumi. Toi qui es une femme, tu as peut-être entendu parler d'Ayané Mita ? Le nom s'écrit avec ces caractères.

Il lui montra son calepin.

— Je ne sais pas qui c'est, répondit-elle vivement. Pourquoi penses-tu qu'une femme devrait le savoir ?

— Enfin, euh… répondit Kishitani en se grattant la tête.

Kusanagi réprima un sourire. Peut-être parce qu'il avait envie de se faire valoir, son jeune collègue n'avait pas des relations faciles avec la jeune inspectrice qui venait d'être nommée dans leur service.

— Dans quelles circonstances a-t-elle trouvé le corps ? demanda Kusanagi.

— L'épouse de M. Mashiba est partie chez ses parents depuis hier. Elle a laissé à son élève la clé de sa maison. Elle ne savait pas exactement quand elle reviendrait et cela la rassurait de savoir que quelqu'un d'autre avait la clé. Hiromi Wakayama a appelé M. Mashiba ce soir pour s'assurer que tout allait bien, mais elle n'a réussi à le joindre ni sur son portable ni sur son fixe. Inquiète, elle a décidé de passer ici. Elle a expliqué qu'elle avait commencé à essayer de l'appeler vers dix-neuf heures et qu'elle était arrivée ici environ une heure plus tard.

— Et il était mort, c'est ça ?

— Exactement. Elle a appelé les secours depuis son portable. Une ambulance est venue presque immédiatement, les ambulanciers ont constaté le décès et ont appelé un médecin du quartier. Trouvant la mort suspecte, il a contacté la police.

— Hum… fit Kusanagi en regardant sa collègue qui s'était éloignée de lui et contemplait un buffet vitré.

— Et où se trouve Hiromi Wakayama maintenant ?

— Elle se repose dans une voiture de police. Avec le chef.

— Il est déjà là ? Pourtant je ne l'ai pas vu dehors, remarqua Kusanagi en faisant une grimace. On connaît la cause de la mort ?

— Non, mais il s'agit probablement de poison. On ne peut exclure le suicide, mais l'hypothèse d'un meurtre paraît plus vraisemblable, d'où notre présence ici.

— Ah bon, commenta Kusanagi en suivant des yeux sa collègue qui se dirigeait vers la cuisine. Lorsque cette Hiromi Wakayama est arrivée, la porte était fermée à clé ?

— Oui.

— Et les fenêtres fermées ? Etait-il possible de rentrer autrement que par la porte ?

— Les policiers du commissariat de quartier ont trouvé toutes les fenêtres fermées, sauf celle des toilettes au premier étage.

— Parce qu'il y a des toilettes au premier ? La fenêtre est assez grande pour que quelqu'un passe par là ?

— Je n'ai pas essayé, mais cela semble difficile.

— Dans ce cas, ce doit être un suicide, fit Kusanagi en se laissant tomber sur un des canapés. Qui aurait pu mettre du poison dans son café ? Et comment cette personne aurait-elle pu quitter la maison ? Drôle d'histoire ! Je ne comprends pas pourquoi le commissariat du quartier pense qu'il peut s'agir d'un meurtre.

— S'il n'y avait que cela, la thèse du suicide paraîtrait plus solide.

— Pourquoi ? Il y a autre chose ?

— Au moment où les policiers du quartier inspectaient les lieux, le portable de la victime a sonné. Un collègue a répondu : l'appel venait d'un restaurant d'Ebisu où M. Mashiba avait réservé une table pour huit heures. Pour deux personnes. Le restaurant appelait parce que l'heure passait et qu'il ne venait pas. Il avait fait la réservation vers dix-huit heures trente. Vous vous souvenez qu'il n'a pas répondu quand Mlle Wakayama l'a appelé aux alentours de dix-neuf heures ? Que quelqu'un qui réserve une table au restaurant à six heures et demie se soit suicidé une demi-heure plus tard, cela paraît étrange. Pour moi, la réaction du commissariat de quartier est justifiée.

Une expression dépitée apparut sur le visage de Kusanagi qui se frotta les sourcils.

— Tu aurais pu me le dire plus tôt.

— Tu ne m'en as pas laissé le temps avec toutes tes questions.

— Tu m'énerves ! s'exclama Kusanagi qui se releva en se donnant une claque sur les cuisses.

Kaoru Utsumi sortit de la cuisine et revint se placer devant le buffet qu'elle observa attentivement.

— Au lieu de te promener comme ça, tu aurais mieux fait d'écouter Kishitani !

— Il m'a déjà tout raconté. Merci, Kishitani.

Son collègue inclina la tête.

— Qu'est-ce qu'il a, ce buffet ?

— Regardez, fit-elle en pointant le doigt vers l'intérieur. Vous ne trouvez pas qu'on dirait qu'il manque quelque chose ici ?

Elle avait raison. Un vide laissait penser que quelque chose était posé là d'ordinaire.

— Oui, probablement.

— Dans la cuisine, j'ai vu cinq flûtes à champagne sur le séchoir.

— D'habitude, elles sont sans doute rangées ici.

— C'est ce que je pense.

— Et donc ? Cela change quelque chose ?

Utsumi releva la tête vers Kusanagi, et remua les lèvres. Mais elle secoua la tête comme si elle avait changé d'avis.

— Rien d'important. Les Mashiba ont dû recevoir récemment. Je pense qu'ils n'utilisent ces verres que lorsqu'ils ont des invités.

— Je vois. Peut-être que, dans leur milieu, on s'invite beaucoup chez soi. Mais même s'ils ont reçu des amis il y a peu, cela n'exclut pas la possibilité d'un suicide, dit Kusanagi en se retournant vers Kishitani. Les êtres humains sont complexes, et parfois contradictoires. S'ils ont envie de mourir, ils meurent.

A moitié convaincu, son collègue hocha la tête.

— Et l'épouse ? reprit Kusanagi.

— Quoi ?

— Oui, la femme de la victime, enfin, je veux dire du mort. Elle est prévenue ?

— Non, pas encore. D'après Mlle Wakayama, elle est chez ses parents à Sapporo. Ils n'habitent pas en ville, et même si on arrive à la joindre, elle ne pourra pas revenir ici cette nuit.

— Depuis Hokkaido, c'est impossible.

Kusanagi en fut soulagé. Autrement, il aurait fallu que quelqu'un reste ici à l'attendre. En règle générale, c'est à lui que son chef, Mamiya, confiait ce genre de tâche.

Il était déjà tard, et l'enquête de voisinage serait sans doute effectuée le lendemain. Au moment où Kusanagi se disait qu'il allait sans doute pouvoir rentrer chez lui, la porte s'ouvrit et le visage carré de Mamiya apparut dans l'entrebâillement.

— Tu es là, Kusanagi. Tu en as mis du temps !

— Ne croyez pas que je viens d'arriver ! Kishitani m'a tout expliqué.

Son supérieur hocha la tête et se retourna.

— Entrez, je vous prie.

La jeune femme à qui il s'adressait avait une vingtaine d'années. Elle était grande et mince. Ses cheveux mi-longs n'étaient pas teints, à la différence de la majorité des femmes de son âge. Leur noir intense soulignait la pâleur de sa peau. Il aurait d'ailleurs été plus exact de dire qu'elle avait pour l'instant le teint blafard. Cela n'enlevait rien à sa beauté. De plus, elle savait se maquiller.

Kusanagi devina qu'il s'agissait de Hiromi Wakayama.

— Vous m'avez dit tout à l'heure que vous aviez découvert le corps en entrant dans cette pièce, n'est-ce pas ? Vous vous trouviez à peu près à l'endroit où vous êtes maintenant ?

Elle se redressa pour jeter un coup d'œil en direction du canapé. Elle devait penser à l'instant où elle avait fait la macabre découverte.

— Oui, je crois, répondit-elle d'un ton qui manquait de vigueur.

Peut-être parce qu'elle avait mauvaise mine, Kusanagi eut l'impression qu'elle avait à peine la force de tenir sur ses jambes. Elle avait dû être fortement choquée.

— Et vous n'étiez pas venue ici depuis avant-hier soir, n'est-ce pas ? demanda Mamiya en recherchant son assentiment.

La jeune femme fit oui de la tête.

— Remarquez-vous quelque chose qui aurait changé dans l'intervalle ? Tout est important, même un détail infime.

Elle fit le tour de la pièce des yeux, avec une expression craintive. Puis elle secoua la tête.

— Je ne sais pas. L'autre soir, je n'étais pas seule, nous venions de finir de dîner et… expliqua-t-elle, la voix tremblante.

Mamiya acquiesça en fronçant les sourcils, comme pour exprimer sa résignation.

— Vous devez être épuisée. Rentrez chez vous et reposez-vous. Si cela ne vous dérange pas, je souhaiterais vous poser quelques questions demain.

— Cela ne me dérange pas, mais je ne pourrai sans doute pas vous apprendre grand-chose.

— Peut-être, mais nous cherchons toujours à en savoir le plus possible. J'espère que vous accepterez de nous aider.

— Oui, murmura Hiromi Wakayama sans relever la tête.

— Je vais demander à quelqu'un de vous raccompagner, ajouta Mamiya en regardant Kusanagi. Tu es venu en voiture ?

— Non, en taxi. Désolé.

— Pourquoi es-tu sans voiture aujourd'hui ?

— Je ne m'en sers pas souvent en ce moment.

Dépité, Mamiya claqua de la langue.

— Moi, j'ai pris la mienne ce soir, dit Kaoru Utsumi.

Surpris, son supérieur se tourna vers elle.

— On ne se refuse rien, je vois !

— J'étais en train de dîner dehors quand mon téléphone a sonné. Désolée.

— Tu n'as pas à te justifier. Tu veux bien ramener Mlle Wakayama chez elle ?

— Bien sûr. Mais avant cela, puis-je lui poser une seule question ?

Une expression intriguée parut sur le visage de Mamiya. Celui de Hiromi Wakayama se crispa.

— Et c'est quoi, ta question ? demanda Mamiya.

Sans quitter la jeune femme des yeux, Utsumi fit un pas vers elle.

— M. Mashiba s'est apparemment effondré en buvant son café, mais je voulais vous demander s'il avait l'habitude de ne pas se servir de soucoupe.

Hiromi Wakayama écarquilla les yeux. Son regard vacilla.

— Eh bien… euh… Peut-être n'en utilisait-il pas quand il était seul.

— Ce qui voudrait dire qu'il a eu de la visite aujourd'hui ou hier. Auriez-vous une idée de l'identité du visiteur ?

Kusanagi observa le profil de sa collègue qui parlait d'un ton assuré.

— Comment sais-tu qu'il a eu de la visite ?

— Il y a une tasse à café sale et deux soucoupes dans l'évier. Si M. Mashiba s'en était servi, il n'y aurait pas deux soucoupes.

Kishitani alla s'en assurer dans la cuisine, avant de revenir immédiatement.

— Utsumi a raison. Il y a une tasse et deux soucoupes dans l'évier.

Kusanagi échangea un regard avec son supérieur et regarda à nouveau Hiromi Wakayama.

— Auriez-vous une idée à ce sujet ?

Elle fit non de la tête, l'air inquiet.

— Non… pas la moindre. Je ne suis pas venue ici depuis avant-hier soir. Les Mashiba avaient des invités, mais je n'en sais pas plus.

Kusanagi tourna à nouveau les yeux vers son patron, qui reprit la parole, l'air songeur.

— Très bien. Merci d'être restée si tard. Utsumi, je compte sur toi. Kusanagi, va avec elles.

— Oui patron, fit ce dernier qui comprenait ce que Mamiya voulait.

Hiromi Wakayama dissimulait quelque chose. Il comptait sur lui pour trouver quoi.

Lorsqu'il sortit de la maison avec les deux femmes, sa collègue leur dit :

— Je vais chercher ma voiture. Je l'ai garée dans un parking, puisque ce n'est pas une voiture de service. Je ne serai pas longue.

Pendant qu'ils l'attendaient, Kusanagi observa la jeune femme qui paraissait profondément affectée. Son abattement ne pouvait être entièrement dû au choc d'avoir vu un cadavre.

— Vous n'avez pas froid ? demanda-t-il.

— Non, non.

— Vous deviez sortir ce soir ?

— Non, bien sûr que non.

— Ah bon ! Je pensais que vous aviez peut-être rendez-vous avec quelqu'un.

Il remarqua que la jeune femme avait remué les lèvres comme si elle hésitait à parler.

— Je crains que l'on ne vous ait déjà posé cette question, mais si vous le voulez bien, j'aimerais que vous me répondiez…

— A quel sujet ?

— Pourquoi avez-vous eu l'idée d'appeler M. Mashiba ce soir ?

— Quand Mme Mashiba m'a confié la clé de la maison, je me suis dit que je ferais mieux de l'appeler de temps à autre. Pour lui rendre service s'il en avait besoin…

— Et vous êtes venue jusqu'ici parce qu'il ne répondait pas, c'est bien cela ?

— Oui, glissa-t-elle avec un hochement de tête.

Kusanagi inclina la sienne sur le côté.

— Il arrive que les gens ne décrochent pas leur portable, non ? Ni leur fixe, d'ailleurs. Vous ne vous êtes pas dit qu'il pouvait être sorti, ou qu'il ne pouvait pas répondre à son portable ?

Après un court silence, elle fit non de la tête.

— Non, pas du tout…

— Pourquoi ? Vous étiez inquiète à son sujet ?

— Non, ce n'est pas cela. Juste légèrement préoccupée.

— Préoccupée…

— Je n'aurais pas dû l'être ? Je n'aurais pas dû venir jusqu'ici ?

— Non, ce n'est pas ce que je veux dire. Vous vous sentiez responsable, simplement parce que Mme Mashiba

34

vous avait confié la clé, c'est ça ? Je vous trouve admirable. Et la suite a prouvé que vous aviez raison d'être préoccupée. Vous avez bien fait.

Elle parut ne pas prendre pour argent comptant ce qu'il disait et elle détourna la tête.

Un Pajero rouge foncé s'arrêta devant eux. Kaoru Utsumi en descendit.

— Tu as un quatre-quatre ? demanda Kusanagi en écarquillant les yeux.

— Il est confortable, répondit-elle en invitant Mlle Wakayama à y monter.

Elle prit place sur le siège arrière, et Kusanagi l'imita.

Utsumi s'assit à son tour et alluma le GPS. Elle avait déjà enregistré l'adresse de sa passagère qui habitait dans l'arrondissement de Meguro.

— Excusez-moi mais… fit Hiromi Wakayama une fois que la voiture roulait. M. Mashiba… Vous ne croyez pas qu'il s'agisse d'un accident ou d'un suicide ?

Kusanagi regarda la conductrice. Leurs regards se croisèrent dans le rétroviseur.

— Il est trop tôt pour le savoir. Il faut attendre les résultats de l'autopsie.

— Mais vous appartenez à la brigade criminelle, non ?

— Oui, mais pour l'instant, nous ne sommes pas certains qu'il s'agisse d'un meurtre. Nous ne pouvons rien dire de plus, ou plutôt, nous n'en savons pas plus.

— Ah, je vois, murmura la jeune femme.

— Si vous le permettez, je voudrais vous demander si vous avez une idée sur l'identité du meurtrier, si tant est qu'il s'agisse d'un meurtre.

Kusanagi avait l'impression qu'elle retenait son souffle, et il concentra son attention sur ses lèvres.

— Je ne sais pas… M. Mashiba est le mari de mon professeur, et je ne sais presque rien de lui, répondit-elle d'une voix qui manquait de vigueur.

— Ah bon… Ce n'est pas grave si vous ne pouvez rien répondre. Si vous pensez à quelque chose d'autre, n'hésitez pas à nous le faire savoir.

Elle se contenta de garder le silence, immobile.

Lorsque la voiture s'arrêta devant son immeuble, elle en descendit et Kusanagi vint s'asseoir à côté de sa collègue.

— Qu'en penses-tu ? demanda-t-il sans la regarder.

— Elle a du caractère, non ? répliqua-t-elle en faisant redémarrer la voiture.

— Du caractère ? Tu trouves ?

— Oui, elle était tout le temps au bord des larmes, non ? Et elle a réussi à ne pas en verser une seule devant nous.

— Peut-être parce qu'elle n'était pas si triste que ça.

— Non, je suis sûre qu'elle a pleuré. Qu'elle n'a pas cessé de le faire en attendant l'ambulance.

— Comment peux-tu le savoir ?

— A la manière dont ses yeux étaient maquillés. J'ai remarqué qu'elle avait fait des retouches.

Kusanagi considéra le profil de sa jeune collègue.

— Tu crois vraiment…

— J'en suis certaine.

— Les femmes ne voient pas les choses comme nous. Je précise que c'est un compliment.

— Je l'avais compris, dit-elle avec un demi-sourire. Mais quelles sont tes conclusions ?

— Pour faire court, elle me paraît suspecte. Je veux bien qu'elle se soit sentie responsable à cause de la clé, mais de là à ce qu'une jeune femme comme elle aille voir ce qui se passe dans la maison d'un homme seul…

— Je suis d'accord. Moi, je ne le ferais en aucun cas.

— Serait-ce excessif de penser qu'elle et la victime étaient amants ?

Elle soupira imperceptiblement.

— Bien au contraire, je ne vois pas d'autre explication. Ils devaient probablement dîner ensemble ce soir.

— Dans ce restaurant d'Ebisu ! s'exclama Kusanagi en se donnant une tape sur les genoux.

— Le restaurant a appelé parce que le client n'arrivait pas, non ? La réservation était pour deux personnes. Donc ni M. Mashiba ni son convive n'étaient là.

— Que ce convive ait été Hiromi Wakayama explique tout.

Kusanagi fut immédiatement convaincu que les choses s'étaient passées ainsi.

— Si nous avons raison, je pense qu'on pourra facilement l'établir.

— Comment ça ?

— Les tasses à café. Ils ont dû se servir de celles qui étaient dans l'évier. Si c'est le cas, il y aura ses empreintes digitales sur l'une des deux.

— Je vois. Mais cela ne signifie pas que nous devons la traiter comme faisant partie des suspects.

— J'en suis consciente, dit-elle avant d'arrêter sa voiture au bord du trottoir. Je peux passer un coup de fil ? Je voudrais m'assurer de quelque chose.

— Bien sûr, mais qui veux-tu appeler ?

— Hiromi Wakayama, évidemment !

Elle composa le numéro sous les yeux étonnés de Kusanagi. La communication fut établie.

— Mademoiselle Wakayama ? C'est Kaoru Utsumi, l'inspectrice qui vient de vous raccompagner… Non, non, ce n'est rien de grave. J'ai oublié de vous demander ce que vous comptiez faire demain… Ah, je vois. Très bien. Désolée de vous avoir dérangée. Reposez-vous bien, conclut-elle avant de raccrocher.

— Et que fait-elle demain ? demanda Kusanagi.

— Elle n'a rien prévu, et elle sera sans doute chez elle. Etant donné que l'atelier de patchwork sera probablement fermé.

— Hum !

— Si je l'ai appelée, ce n'est pas seulement pour savoir ce qu'elle avait prévu demain.

— Que veux-tu dire ?

— J'ai entendu qu'elle pleurait. Elle a essayé de le dissimuler, sans y parvenir. Elle a dû éclater en sanglots sitôt de retour chez elle.

Kusanagi se raidit sur son siège.

— Tu l'as appelée pour ça ?

— Découvrir un mort cause un choc et peut entraîner une crise de larmes. Mais qu'elle recommence à pleurer plusieurs heures après…

— A ton avis, cela indique qu'ils avaient une relation, fit Kusanagi avec un sourire. Tu m'impressionnes.

— Tu es trop aimable, fit sa collègue qui desserra le frein à main en souriant à son tour.

La sonnerie du téléphone tira Kusanagi du sommeil le lendemain matin. L'appel venait de Mamiya. Il était tout juste sept heures.

— Vous êtes matinal, osa-t-il.

— Estime-toi heureux d'avoir pu dormir chez toi. Il y a une réunion ce matin au commissariat de Meguro. Le quartier général de l'enquête va y être installé. A partir de ce soir, tu ne pourras sans doute plus dormir chez toi.

— Vous m'appelez pour me le dire ?

— Bien sûr que non. Je veux que tu ailles immédiatement à Haneda.

— A Haneda ? Pour quoi faire ?

— Qui dit Haneda dit aéroport, non ? Mme Mashiba est dans l'avion qui la ramène de Sapporo. Va l'accueillir. Et accompagne-la au commissariat de Meguro.

— Elle est au courant ?

— En principe, oui. Vas-y avec Utsumi, dans sa voiture. L'avion atterrit à huit heures.

— A huit heures, répéta Kusanagi en sautant de son lit.

Son téléphone sonna à nouveau pendant qu'il se préparait en toute hâte. L'appel venait d'Utsumi. Elle l'attendait au pied de son immeuble.

Ils se dirigèrent vers l'aéroport dans son Pajero rouge.

— Ce n'est pas une tâche agréable qu'on nous a confiée. Je ne m'habituerai jamais à rencontrer la famille des victimes.

— Le chef a dit que, chez nous, c'est toi qui le fais le mieux.

— Le vieux a dit ça ?

— Parce que tu as un visage apaisant.

— Ça veut dire quoi ? Que j'ai l'air idiot ? lâcha Kusanagi dépité.

Il était huit heures moins cinq quand ils arrivèrent à l'aéroport. Le hall d'arrivée était rempli de passagers. Les deux inspecteurs cherchaient Ayané Mashiba des yeux. Ils savaient qu'elle portait un manteau beige et que sa valise était bleue.

— Tu ne crois pas que c'est elle ? demanda soudain Utsumi.

Il regarda dans la direction qu'elle lui indiquait. La femme correspondait à la description. Ses yeux avaient une expression triste, et sa silhouette quelque chose de tendu.

— Je pense que tu as raison, souffla Kusanagi.

Il était ému. Il fixa la femme des yeux sans comprendre pourquoi il se sentait à ce point bouleversé.

4

Sitôt qu'ils se furent présentés, la première question qu'Ayané Mashiba posa aux deux inspecteurs concernait le lieu où reposait son mari.

— Il y aura une autopsie mais je n'ai pas plus de détails pour l'instant. Je vais m'en informer et je vous tiendrai au courant, lui répondit Kusanagi.

— Ah bon… Donc, pour l'instant, je ne peux pas le voir, murmura Ayané avec une expression défaite.

Il eut l'impression qu'elle retenait ses larmes. Elle avait des taches rouges sur le visage, ce qui devait être inhabituel chez elle.

— Le corps vous sera rendu dès que le médecin légiste aura terminé son travail, ajouta-t-il, conscient de la raideur de son ton.

Rencontrer la famille d'un défunt n'est jamais facile, mais l'émotion qu'il éprouvait aujourd'hui était d'une autre nature.

— Je vous remercie.

La voix d'Ayané, au timbre grave, paraissait séduisante aux oreilles de Kusanagi.

— Si cela ne vous dérange pas, nous aimerions vous poser quelques questions au commissariat de Meguro.

— Très bien. Je suis au courant.

— Merci d'accepter. Si vous voulez bien nous suivre ! Nous sommes en voiture.

Il la fit monter à l'arrière du Pajero, et alla s'asseoir à côté de sa collègue.

— Où étiez-vous quand vous avez été prévenue hier ? demanda Kusanagi en se tournant vers elle.

— Dans une source thermale, non loin de Sapporo. J'y étais avec une vieille amie, nous avions décidé de nous offrir ce petit plaisir. Mon portable était éteint et je ne me suis rendu compte de rien… Jusqu'à ce que j'écoute mes messages avant de me coucher, expliqua-t-elle.

Elle s'interrompit et poussa un long soupir.

— D'abord, j'ai cru à une mauvaise plaisanterie. Je n'avais encore jamais reçu de message de la police.

— Cela ne m'étonne pas, glissa Kusanagi.

— Et… euh… que s'est-il passé exactement ? Je ne suis pas sûre d'avoir bien compris.

La gorge de l'inspecteur se serra en entendant sa question. Elle la leur aurait posée directement si elle avait osé.

— Que vous a-t-on dit au téléphone ?

— Que mon mari était mort, que sa mort semblait suspecte, et que la police devait faire son travail. Je ne sais rien de plus.

Le policier qui l'avait appelée ne pouvait pas en dire plus. Mais cette nuit avait dû être un cauche-mar pour Ayané Mashiba. Elle n'avait probablement presque pas dormi. Kusanagi se sentit oppressé en songeant aux pensées qu'elle avait dû avoir dans l'avion.

— Votre mari est décédé chez lui. Nous ignorons la cause de sa mort. Il n'avait aucune blessure appa-rente. Mlle Wakayama l'a trouvé allongé par terre dans votre salon.

— Ah, c'est Hiromi qui… souffla Ayané.

Kusanagi tourna les yeux vers sa collègue qui con-duisait. Elle en fit autant. Leurs regards se croisèrent.

41

Elle pensait sans doute à la même chose que lui. Moins de douze heures s'étaient écoulées depuis qu'ils avaient discuté de la relation entre la victime et Wakayama.

La jeune femme était l'élève favorite de son professeur qui devait la considérer un peu comme sa fille, étant donné qu'elle avait été invitée à dîner chez eux. Si cette élève avait une liaison avec la victime, elle s'était conduite comme un chien qui mord la main nourricière.

Tout le problème était de déterminer si Ayané était au courant de cette relation. Il aurait été présomptueux d'affirmer qu'elle ne pouvait que le savoir. Kusanagi savait d'expérience que la proximité peut aveugler.

— Votre mari souffrait d'une maladie quelconque ?

— Non, je ne pense pas. Il faisait des bilans de santé réguliers, et tout allait toujours bien. Il buvait de l'alcool, mais sans excès.

— Il n'a jamais eu de syncope ?

— Je ne pense pas. En tout cas, pas à ma connaissance. Je ne peux pas l'imaginer, répondit-elle en portant la main à son front comme si elle avait mal à la tête.

Kusanagi se dit que, pour le moment, mieux valait ne pas lui parler de poison. Jusqu'à ce que les résultats de l'autopsie soient connus, il fallait taire la possibilité d'un suicide ou d'un meurtre.

— A l'heure actuelle, nous considérons son décès comme une mort suspecte, dit-il. Dans ce genre de situation, nous nous devons d'enregistrer aussi précisément que possible les circonstances du décès, qu'il soit accidentel ou non. Mlle Wakayama nous a beaucoup aidés, et nous avons pu rassembler des informations matérielles chez vous. Avant que nous réussissions à vous joindre.

— Oui, je l'ai appris hier soir.

— Vous rendez souvent visite à vos parents à Sapporo ?

Elle fit non de la tête.

— C'était la première fois depuis mon mariage.

— Il leur était arrivé quelque chose ?

— Mon père est en mauvaise santé, et je ne l'avais pas vu depuis longtemps. Mais il se portait beaucoup mieux que je ne le pensais, et j'ai décidé de faire ce petit voyage avec une amie…

— Je vois. Pourquoi avez-vous confié une clé à Mlle Wakayama ?

— Au cas où elle en aurait besoin. Elle m'assiste dans mon travail, et elle aurait pu vouloir utiliser de la documentation ou un patchwork que je garde à la maison.

— Elle nous a dit qu'elle avait appelé votre mari pour s'assurer que tout allait bien, et qu'elle avait décidé de passer chez vous parce qu'elle s'inquiétait de ne pas arriver à le joindre. Vous lui aviez demandé de veiller sur lui ? demanda Kusanagi en pesant ses mots pour être sûr de parler de ce qui l'intéressait.

Ayané fronça les sourcils et secoua la tête.

— Je ne sais plus. Il se peut que je l'aie fait. Mais il n'est pas non plus impossible qu'elle en ait pris l'initiative, c'est quelqu'un d'attentionné… Cela vous paraît important ? A vos yeux, lui laisser la clé posait problème ?

— Non, pas du tout. Vous confirmez ce qu'elle nous a dit hier.

Ayané se couvrit le visage des deux mains.

— C'est tellement incroyable. Il était en pleine forme, vendredi soir, nous avions invité des amis à dîner, et il avait l'air si content… continua-t-elle d'une voix tremblante.

— Je comprends votre émotion. Et qui étaient ces amis que vous aviez invités vendredi ?

43

— Un ami de mon mari, avec qui il a fait ses études, et sa femme, répondit-elle en lui donnant leurs noms.

Elle détacha ses mains de son visage.

— Je voudrais vous demander quelque chose, fit-elle d'une voix oppressée.

— Quoi donc ?

— Nous devons aller au commissariat immédiatement ?

— Pourquoi ?

— J'aimerais passer à la maison avant. Je voudrais voir l'endroit où il est tombé… C'est possible ?

Kusanagi jeta à nouveau un coup d'œil vers sa collègue. Concentrée sur la conduite, elle regardait droit devant elle.

— Je vais demander à mon chef ce qu'il en pense, répondit-il en sortant son portable de sa poche.

Mamiya décrocha et il lui fit part de la demande d'Ayané. Son chef hésita une seconde puis donna son accord.

— La situation a légèrement évolué. C'est peut-être une bonne idée de l'interroger chez elle. Emmenez-la là-bas.

— De quoi s'agit-il ?

— Je t'en parlerai plus tard.

— Bien, dit-il avant de raccrocher. Nous allons chez vous, ajouta-t-il à l'intention d'Ayané.

— Tant mieux, murmura-t-elle.

Kusanagi se retourna et entendit la passagère composer un numéro sur son portable.

— Allô, Hiromi ? C'est moi, Ayané.

Kusanagi était pris au dépourvu. Il ne s'attendait pas à ce qu'elle l'appelle. Mais il ne pouvait pas non plus lui ordonner de raccrocher.

— Oui, je sais. Je suis avec des policiers. Ils me raccompagnent à la maison. Ma pauvre Hiromi ! Cela a dû être terrible !

Kusanagi était embarrassé. Il n'arrivait pas à imaginer comment réagirait l'assistante d'Ayané. Emportée par son chagrin d'avoir perdu l'homme qu'elle aimait, ne risquait-elle pas de laisser échapper son secret ? Ayané ne pourrait rester indifférente.

— Oui, c'est ce que j'ai appris. Mais, toi, ça va ? Tu te sens bien, j'espère. Ah bon ? Je suis contente de te l'entendre dire. Dis, Hiromi, tu ne voudrais pas venir à la maison ? Je comprendrai si tu ne veux pas, mais j'aimerais que tu me racontes ce qui s'est passé.

Kusanagi en déduisit que l'assistante n'avait pas perdu le contrôle d'elle-même. Il ne s'attendait cependant pas à ce qu'Ayané lui demande de venir.

— Tu peux ? Alors à tout à l'heure. D'accord, et merci. Toi aussi, ménage-toi, conclut-elle avant de raccrocher.

Il l'entendit renifler.

— Mlle Wakayama va passer ? s'enquit-il.

— Oui. Oh ! Cela pose un problème ?

— Non, pas du tout. Comme c'est elle qui est arrivée sur les lieux la première, vous avez raison de vouloir tout apprendre de sa bouche, répondit-il en ressentant une certaine nervosité.

L'idée d'entendre la maîtresse de l'homme qui venait de mourir décrire à l'épouse comment les choses s'étaient passées lui paraissait fascinante. De plus, en l'observant attentivement pendant le récit de son assistante, il parviendrait certainement à établir si elle s'était rendu compte de cette liaison.

Le Pajero quitta l'autoroute urbaine et commença à se rapprocher de la demeure des Mashiba. Sans doute parce qu'Utsumi était venue sur les lieux en voiture la veille, elle connaissait la route à suivre.

Mamiya était arrivé quand ils descendirent de voiture. Kusanagi fit les présentations.

— Veuillez accepter mes condoléances, fit son chef qui s'inclina devant Ayané avant de se tourner vers son subordonné. Tu lui as expliqué comment les choses s'étaient passées ?

— Dans les grandes lignes, en tout cas.

Mamiya opina du chef et se tourna à nouveau vers la veuve.

— Nous aimerions vous poser quelques questions. Je suis désolé de ne pas vous laisser plus de temps.

— Cela ne me dérange pas.

— Eh bien, allons donc à l'intérieur. Kishitani, les clés !

Kishitani les sortit de sa poche et Ayané les accepta avec une expression hésitante.

Elle ouvrit la porte et le petit groupe la suivit dans la maison. Kusanagi fermait la marche, la valise d'Ayané à la main.

— Où était mon mari ? demanda-t-elle sitôt qu'elle fut entrée.

— Ici, répondit Mamiya en le lui montrant.

L'emplacement du cadavre était marqué par une bande de plastique. Ayané s'immobilisa en la voyant, une main sur la bouche.

— Mlle Wakayama nous a dit que c'est ici qu'elle l'avait trouvé, expliqua Mamiya.

La tristesse et l'émotion d'Ayané la firent frissonner de tout son corps. Elle s'agenouilla sur le plancher. Kusanagi remarqua que ses épaules tremblaient. Il entendait ses sanglots étouffés.

— C'est arrivé à quelle heure ? demanda-t-elle d'une voix sans force.

— Mlle Wakayama l'a découvert aux alentours de vingt heures.

— Vers vingt heures… Je me demande ce qu'il était en train de faire.

— Il venait apparemment de boire un café. Il n'en reste plus trace, mais il y avait une tasse de café renversée sur le sol.

— Du café… Il s'en serait fait lui-même ?

— Que voulez-vous dire ? demanda Kusanagi.

— Il ne faisait rien tout seul, vous savez ! Je ne l'ai jamais vu se préparer du café.

Kusanagi vit son patron froncer les sourcils.

— Il n'avait pas l'habitude de s'en faire ? insista Mamiya.

— Si, avant notre mariage. En se servant d'une cafetière électrique.

— Et vous n'en avez plus ?

— Non. Je m'en suis débarrassée car nous n'en avions plus besoin.

Mamiya la regarda avec une expression soupçonneuse.

— Tant que nous n'avons pas les résultats de l'autopsie, nous ne pouvons rien affirmer avec certitude, mais il semble que votre mari ait été empoisonné, expliqua-t-il.

Le visage d'Ayané se figea, puis elle écarquilla les yeux.

— Empoisonné ? Avec quoi ?

— Nous ne le savons pas encore. Mais l'analyse du café trouvé sur les lieux montre qu'il contenait un poison très puissant. La mort de votre mari n'était due, en d'autres termes, ni à un accident ni à un malaise.

Elle se couvrit à nouveau la bouche de la main, et cligna plusieurs fois des yeux. Kusanagi vit qu'ils rougissaient.

— Mais qui… comment… pourquoi…

— C'est exactement ce que nous nous demandons. Si vous avez une idée là-dessus, nous aimerions que vous nous en parliez.

Kusanagi comprit pourquoi son chef lui avait dit tout à l'heure au téléphone que la situation avait évolué. Il admira sa franchise vis-à-vis de l'épouse de la victime.

Ayané se laissa tomber sur le canapé en se tenant le front d'une main.

— Je n'en ai aucune idée, absolument aucune.

— Quand avez-vous parlé à votre mari pour la dernière fois ? reprit Mamiya.

— Samedi matin. Nous avons quitté la maison ensemble.

— Avez-vous remarqué quelque chose de particulier chez lui à ce moment-là ? Le plus petit détail nous intéresse.

Ayané réfléchit quelques instants, puis elle fit non de la tête.

— Je suis désolée, j'ai la tête vide.

C'est compréhensible, pensa Kusanagi avec sympathie. Rien d'étonnant à ce qu'elle soit troublée : elle venait d'apprendre, alors qu'elle n'était pas encore remise du choc causé par la mort subite de son mari, qu'il avait vraisemblablement été empoisonné.

— Vous ne croyez pas que Mme Mashiba a besoin de se reposer quelques instants, chef ? Elle vient juste d'arriver de Sapporo, elle doit être fatiguée, dit-il.

— C'est vrai.

— Non, ce n'est pas la peine, répliqua Ayané en relevant la tête. Mais si vous me le permettez, j'aimerais me changer. Je n'ai pas quitté ces vêtements depuis hier soir.

Elle portait un tailleur sombre.

— Depuis hier soir ? répéta Kusanagi.

— Oui, j'ai passé la nuit à me demander si je ne pouvais pas trouver le moyen de rentrer à Tokyo, et je ne me suis pas déshabillée.

— Vous n'avez pas fermé l'œil de la nuit ?

— Non, mais je ne pense pas que j'y serais arrivée de toute façon.

— Ce n'est pas bien ! s'exclama Mamiya. Vous êtes sûre que vous ne voulez pas vous reposer un peu ?

— Non, je vous assure. Je vais me changer et je reviens tout de suite, déclara-t-elle en se levant.

Kusanagi la regarda disparaître dans sa chambre, avant de se tourner vers son supérieur :

— Le poison a été identifié ?

Mamiya hocha la tête.

— Le café contenait de l'arsenic.

Kusanagi ouvrit tout grands les yeux.

— De l'arsenic ? Comme dans l'affaire du curry empoisonné* ?

— Il s'agirait plus précisément d'acide orthoarsénieux. La quantité présente dans le café bu par M. Mashiba dépasserait de très loin la dose fatale. Nous devrions avoir les résultats complets de l'autopsie cet après-midi, mais d'après ce que je sais, l'état de la victime correspond parfaitement à un empoisonnement à l'arsenic.

Kusanagi hocha la tête en soupirant. L'hypothèse d'une mort naturelle était à écarter.

— Il n'avait apparemment pas l'habitude de se faire du café, n'est-ce pas ? Qui a bien pu lui préparer celui-là ? demanda Mamiya, comme en se parlant à lui-même, mais assez fort pour que ses subordonnés l'entendent.

— Je pense qu'il lui arrivait de s'en faire tout seul, fit soudain Kaoru Utsumi.

* Il s'agit d'un crime commis à Wakayama en juillet 1998 dans lequel une femme, Masumi Hayashi, aurait tué quatre de ses voisins en versant une importante quantité d'arsenic dans la marmite d'un curry destiné à être mangé lors d'une fête de quartier. (N.d.T.)

— Comment peux-tu l'affirmer ?

— Nous avons un témoin, répondit-elle. Mlle Wakayama.

— Elle a dit ça ? fit Kusanagi en essayant de s'en souvenir.

— Oui, quand je lui ai posé une question sur les soucoupes, hier. Je voulais savoir s'il avait l'habitude de ne pas en utiliser quand il buvait du café. Et elle m'a répondu qu'il ne s'en servait peut-être pas quand il était seul.

Kusanagi s'en souvenait à présent.

— C'est vrai. Je l'ai entendu aussi, fit Mamiya en hochant la tête. Comment se fait-il que l'assistante de Mme Mashiba le sache, et pas sa femme ?

— Je voulais justement vous dire quelque chose à ce sujet.

Kusanagi rapporta le contenu de la discussion qu'il avait eue avec sa collègue – leur supposition que Yoshitaka Mashiba avait eu une liaison avec la jeune femme – en chuchotant à l'oreille de son chef.

Mamiya dévisagea successivement ses subordonnés avant de leur sourire.

— Vous aussi, vous y avez pensé ?

Kusanagi lui lança un regard surpris.

— Dois-je comprendre que vous partagez notre opinion ?

— Vous me croyez gâteux ? Je l'ai deviné hier soir ! s'exclama Mamiya en se tapotant le front du bout des doigts.

— De quoi s'agit-il ? demanda Kishitani.

— Je t'expliquerai tout à l'heure, lança Mamiya avant de se retourner vers Kusanagi et Utsumi. Je vous interdis de parler de cela devant sa femme.

— Bien, chef, acquiesça Kusanagi.

Utsumi exprima son accord par un hochement de tête.

— Il y avait du poison uniquement dans le reste de café ? s'enquit Kusanagi.

— Non, il y en avait ailleurs.

— Où donc ?

— Dans le filtre en papier. Ou plus précisément, dans le marc de café du filtre.

— Par conséquent, le poison a été mélangé au café moulu au moment où il a été préparé, conclut Kusanagi.

— C'est la première possibilité. Mais il y en a une autre, reprit Mamiya en levant l'index.

— Le poison aurait pu être mélangé à l'avance, dit Utsumi.

— Exactement, confirma Mamiya avec une expression satisfaite. Les techniciens n'en ont pas trouvé trace dans le paquet de café moulu qui était dans le réfrigérateur, mais cela ne signifie pas que ce n'était pas le cas. Il aurait pu être mélangé au-dessus du paquet et avoir été complètement utilisé.

— Quand aurait-il été placé là ? demanda Kusanagi.

— Nous l'ignorons. Les filtrés utilisés récupérés par les techniciens dans la poubelle ne contenaient pas de trace de poison. Ça n'a rien d'étonnant. Dans le cas contraire, quelqu'un d'autre aurait bu du café empoisonné plus tôt.

— Il y avait une tasse sale dans l'évier, dit Utsumi. Il est important de savoir quand elle a été utilisée. De même que de savoir qui l'a utilisée.

— Tss, fit Mamiya en l'entendant. Ça, on le sait. Les empreintes ont été relevées. Sur l'une, il s'agissait de celles de la victime, sur l'autre, de la personne à laquelle vous pensez.

Kusanagi échangea un regard avec sa collègue. Ils savaient à présent qu'ils ne s'étaient pas trompés.

— Vous savez, Mlle Wakayama ne va pas tarder, commença-t-il, et il lui rapporta la conversation téléphonique entre Mme Mashiba et son assistante.

Mamiya l'écouta en fronçant les sourcils.

— Parfait ! Demande-lui quand elle a bu ce café avec lui. Ne la laisse pas te raconter n'importe quoi !

— Compris, patron, répondit son subordonné.

Ils entendirent des pas dans l'escalier et se turent.

Ayané Mashiba les rejoignit en s'excusant de les avoir fait attendre. Elle était à présent vêtue d'un pantalon noir et d'un chemisier bleu clair. Elle avait dû retoucher son maquillage, car elle avait meilleure mine.

— Vous sentez-vous en état de répondre à nos questions ? demanda Mamiya.

— Mais oui, bien sûr.

— Asseyez-vous, je vous en prie. Vous devez être épuisée, continua-t-il en désignant le sofa.

Elle s'y assit et tourna les yeux vers le jardin.

— Les pauvres, elles sont toutes fripées. J'avais pourtant demandé à mon mari de les arroser, mais il ne s'y intéressait pas.

Kusanagi suivit son regard. Des fleurs multicolores s'épanouissaient dans le jardin, dans des jardinières et des pots.

— Vous permettez que je les arrose d'abord ? Je serai plus calme après l'avoir fait.

Mamiya sembla hésiter, puis son visage se détendit et il hocha la tête en signe d'assentiment.

Elle le remercia et se leva pour aller dans la cuisine. Surpris, Kusanagi la vit remplir un seau d'eau dans l'évier.

— Il n'y a pas de robinet dans le jardin ? lui demanda-t-il.

Elle se retourna vers lui en souriant.

— Je vais commencer par celles du balcon en haut. Il n'y a pas de lavabo à l'étage.

— Je vois.

Ce que lui avait dit Kaoru Utsumi à leur propos la veille au soir lui revint à l'esprit.

Le seau rempli d'eau paraissait lourd. Il lui offrit de le porter.

— Non, non, ce n'est pas la peine.

— Mais si. Vous l'emportez à l'étage, n'est-ce pas ?

— Je vous remercie, souffla-t-elle d'une voix sans vigueur.

La vaste chambre à coucher, d'une vingtaine de mètres carrés, avait un sol parqueté. Un grand ouvrage de patchwork ornait un de ses murs. Ses splendides couleurs enchantèrent les yeux de Kusanagi.

— C'est vous qui...

— Oui. Je l'ai fait il y a quelque temps.

— C'est impressionnant. Pour tout vous dire, je croyais que le patchwork était un genre de broderie. J'étais loin d'imaginer que cela pouvait être aussi artistique...

— Le patchwork n'est pas de l'art. Un ouvrage au patchwork est d'abord un objet pratique. Il doit être utile. Mais c'est encore mieux s'il est plaisant à voir, non ?

— Certainement ! Je vous admire de fabriquer des choses pareilles. Cela doit représenter beaucoup de travail, non ?

— Oui. Il faut être patient, car la réalisation prend du temps. Mais j'aime tirer l'aiguille. Sinon, je ne pense pas que j'arriverais à faire quelque chose de bien.

Kusanagi fit oui de la tête et reposa les yeux sur la tapisserie. Il n'y avait vu d'abord qu'un assemblage de couleurs, mais à présent qu'il savait qu'Ayané l'avait réalisé avec plaisir, il la trouvait apaisante.

Le balcon aussi était spacieux. Mais les jardinières y étaient si nombreuses qu'il paraissait juste assez grand pour une personne.

Ayané saisit une boîte de conserve vide posée dans un coin.

— C'est amusant, non ? fit-elle en la lui montrant.

Le fond de la boîte était percé de petits trous. Elle s'en servit pour puiser de l'eau dans le seau. Quelques gouttes tombèrent sur le sol. Elle commença à arroser les fleurs.

— Elle vous sert d'arrosoir ?

— Oui. Ce n'est pas commode de puiser de l'eau dans un seau avec un arrosoir, n'est-ce pas ? Voilà pourquoi j'ai bricolé une boîte de conserve vide.

— Excellente idée !

— N'est-ce pas ? Mais mon mari ne comprenait pas que je puisse avoir à ce point envie de fleurs ici.

Elle se tut, le visage soudain sombre, et s'accroupit. Elle continua à arroser.

— Madame Mashiba !

— Excusez-moi. Je n'arrive pas à croire qu'il est mort.

— C'est tout à fait compréhensible.

— Vous devez savoir que nous nous sommes mariés il y a à peine un an. Je commençais tout juste à m'habituer à cette nouvelle vie, à connaître ses goûts en matière de cuisine. J'avais l'impression que nous avions encore beaucoup de temps à passer ensemble.

En la voyant baisser la tête pour se cacher le visage d'une main, Kusanagi eut le cœur serré. La gaieté des fleurs qui l'entouraient lui paraissait à présent cruelle.

— Excusez-moi, murmura-t-elle. Je ne vais pas pouvoir vous être utile dans cet état. Il faut que je me reprenne !

— Nous pouvons vous poser des questions un autre jour, s'entendit dire Kusanagi qui imagina la grimace qu'aurait faite son chef s'il l'avait entendu.

— Non, non, ça va aller. Moi aussi, je tiens à découvrir ce qui s'est passé. Cette histoire n'a aucun sens pour moi. Qui a bien pu l'empoisonner…

La sonnette de l'entrée retentit au même moment. Elle se redressa, comme soulagée, et regarda par-dessus la rambarde.

— Hiromi ! cria-t-elle en agitant la main.

— Mlle Wakayama est arrivée ?

— Oui, répondit-elle en retournant à l'intérieur.

Kusanagi la suivit. Kaoru Utsumi l'attendait au pied des marches. Elle avait dû entendre la sonnette. Elle lui souffla que Hiromi Wakayama venait d'arriver.

La maîtresse de maison lui ouvrit la porte.

— Hiromi ! s'écria Ayané, des larmes dans la voix.

— Comment vous sentez-vous ?

— Ça va, merci. Je suis tellement contente que tu sois là, répondit-elle en la serrant dans ses bras.

Elle se mit à sangloter comme une enfant.

5

Ayané Mashiba se détacha de son assistante et s'essuya les yeux en lui demandant pardon d'une petite voix.

— Je me suis retenue tout le temps mais j'ai craqué en te voyant. Ça va mieux maintenant, je vais y arriver.

Le cœur de Kusanagi se serra quand il la vit se forcer à sourire. Si cela avait été en son pouvoir, il l'aurait laissée seule.

— Dites-moi si je peux faire quelque chose pour vous, dit Hiromi en levant les yeux vers elle.

Ayané fit non de la tête.

— Ta présence m'aide déjà beaucoup. J'ai la tête vide. Entre, s'il te plaît. Je voudrais aussi que tu me racontes ce qui s'est passé.

— Ecoutez, madame Mashiba… commença Kusanagi, embarrassé, en regardant les deux femmes. Nous devons aussi parler à Mlle Wakayama. Hier, il y avait tant de monde que nous n'avons pas pu le faire.

Le regard de Hiromi vacilla, comme si cela la troublait. Elle devait penser n'avoir plus rien à leur dire puisqu'elle leur avait raconté les circonstances de la découverte du corps.

— Votre présence ne me dérange pas du tout, s'empressa d'ajouter Ayané qui n'avait visiblement pas compris le sens de la remarque de Kusanagi.

— C'est que nous avons besoin de parler avec Mlle Wakayama en dehors de votre présence.

Elle cligna des yeux comme si elle en doutait.

— Pourquoi donc ? Moi aussi, je veux entendre ce qu'elle a à dire. C'est la raison pour laquelle je lui ai demandé de venir.

— Madame Mashiba, intervint Mamiya qui s'était approché d'elle à son insu. Je suis navré, mais nous devons respecter certaines règles dans notre travail, et je vous prie de laisser Kusanagi et ses collègues faire ce qu'ils ont à faire. Je dois vous paraître pointilleux, mais si nous nous écartons de la procédure, cela ne manquera pas de causer des problèmes ultérieurement.

Le ton condescendant de Mamiya fit naître sur le visage d'Ayané une expression qui indiquait son déplaisir, mais elle fit oui de la tête.

— Très bien. Dans ce cas, où souhaitez-vous que j'aille ?

— Vous pouvez rester ici, bien sûr. Nous souhaitons aussi vous poser quelques questions, précisa Mamiya avant de regarder Kusanagi et Utsumi. Emmenez Mlle Wakayama quelque part où vous pourrez parler tranquillement.

— Bien, chef, répondit Kusanagi.

— Je vais chercher ma voiture, ajouta Utsumi en ouvrant la porte de la maison.

Une vingtaine de minutes plus tard, ils étaient assis tous les trois à la table d'un café. Kaoru Utsumi prit place à côté de son collègue. Hiromi Wakayama leur faisait face, le visage fermé.

— Vous avez bien dormi ? demanda Kusanagi après avoir bu une gorgée de café.

— Pas vraiment…

— La découverte du corps a été un choc pour vous, j'imagine ?

Les lèvres serrées, les yeux baissés, elle ne répondit pas.

Si Kaoru Utsumi avait raison, la jeune femme s'était effondrée en pleurs dès son retour chez elle. Même si leur liaison n'était pas officielle, la découverte du corps sans vie de son amant avait dû la bouleverser.

— Il y a quelques questions que nous n'avons pas pu vous poser hier soir. Etes-vous prête à y répondre ?

Hiromi Wakayama inspira profondément.

— Je ne sais rien, moi… Je doute de pouvoir vous satisfaire.

— Ne vous inquiétez pas ! Nos questions sont simples. A condition que vous soyez disposée à y répondre en toute honnêteté.

Elle leva les yeux vers lui. Son regard était indiscutablement hostile.

— Je ne suis pas une menteuse !

— Très bien. Allons-y. Hier, vous avez déclaré avoir découvert le corps de M. Mashiba vers vingt heures, et vous avez précisé que c'était la première fois que vous veniez chez eux depuis le dîner auquel vous aviez été invitée vendredi soir. Vous en êtes sûre ?

— Oui.

— Vraiment ? Il arrive souvent qu'un choc intense entraîne une certaine confusion. Réfléchissez calmement ! Vous n'étiez vraiment pas retournée dans leur maison depuis vendredi soir ?

Kusanagi reformula sa question en regardant attentivement les longs cils de la jeune femme. Il avait insisté sur le mot "vraiment".

Elle se concentra quelques instants avant de répondre.

— Pourquoi me posez-vous cette question ? J'imagine que vous avez une raison, puisque je vous ai dit que j'en étais sûre.

Kusanagi esquissa un sourire.

— C'est nous qui posons les questions !

— Mais…

— Il s'agit d'une simple vérification. Vous avez remarqué mon insistance, précisément parce que je tiens à ce que vous réfléchissiez avant de répondre. Pour dire les choses d'une manière moins agréable, je pense que si vous prenez ma question à la légère, vous risquez de vous en mordre les doigts plus tard.

La jeune femme serra à nouveau les lèvres. Kusanagi devina qu'elle envisageait toutes les possibilités. Elle devait se demander si elle avait intérêt à mentir à la police, en courant le danger que ce mensonge fût découvert, plutôt que d'admettre la réalité devant eux.

Elle semblait avoir du mal à parvenir à une conclusion et son silence se prolongeait. Kusanagi s'impatienta.

— Hier, quand nous sommes venus chez les Mashiba, il y avait une tasse à café et deux soucoupes dans l'évier. Quand nous vous avons demandé si vous saviez pourquoi, vous avez répondu que non. Mais nous avons trouvé vos empreintes digitales sur la tasse et les soucoupes. Quand les avez-vous touchées ?

Le soupir qu'elle poussa fit se lever et s'abaisser ses épaules.

— Vous avez rencontré Yoshitaka Mashiba pendant le week-end, n'est-ce pas ? Avant qu'il meure, j'entends.

Elle posa les coudes sur la table et se cacha le visage des mains. Peut-être espérait-elle pouvoir garder le silence, mais Kusanagi n'avait pas l'intention de le lui permettre.

Elle détacha les mains de son visage et acquiesça de la tête, les yeux baissés.

— Vous avez raison. Je vous demande pardon.

— Vous avez rencontré M. Mashiba.

— Oui, répondit-elle après un instant.

— A quel moment ?

Elle ne lui répondit pas immédiatement. Sa résistance à admettre sa défaite irritait Kusanagi.

— Dois-je vraiment répondre à cette question ? demanda-t-elle en relevant la tête pour regarder Kusanagi et sa collègue. Je ne vois pas le rapport ! C'est une intrusion dans ma vie privée, non ? demanda-t-elle d'un ton vif.

Elle semblait au bord des larmes, mais la colère n'était pas absente de son regard.

Kusanagi se rappela ce que lui avait dit jadis un collègue plus âgé : les femmes qui ont une liaison avec un homme marié paraissent faibles, mais il faut s'en méfier.

Peut-être, mais il n'avait pas de temps à perdre. Il décida d'abattre sa prochaine carte.

— Nous connaissons la cause de la mort de M. Mashiba. Il a été empoisonné.

La jeune femme le regarda, déconcertée.

— Empoisonné ?

— Nous avons trouvé du poison dans le café qui restait dans sa tasse.

Elle ouvrit tout grands les yeux.

— C'est impossible !

Kusanagi se pencha légèrement en avant pour la dévisager.

— Pourquoi dites-vous cela ?

— Mais…

— Serait-ce parce que, lorsque vous en avez bu plus tôt, il ne s'est rien produit ?

Elle cligna des yeux et fit oui de la tête, à contrecœur.

— C'est bien là qu'est le problème, mademoiselle Wakayama. Si M. Mashiba avait mis le poison dans son café, et que nous en ayons retrouvé la trace, tout serait simple. Ce serait un suicide, ou une mort accidentelle. Mais cette possibilité est quasiment exclue pour l'instant. La situation nous force à penser que quelqu'un a mis du poison dans le café de M. Mashiba, dans un but criminel. D'autant plus que nous en avons retrouvé des traces dans le filtre dont il s'est servi. A l'heure actuelle, l'hypothèse la plus vraisemblable est que le poison ait été mélangé au café moulu.

Abasourdie, Hiromi Wakayama fit vivement non de la tête.

— Je ne sais rien, moi !

— Dans ce cas, nous aimerions que vous répondiez au moins à nos questions. Savoir quand vous avez bu du café avec lui nous sera très utile. Cela nous aidera à déterminer à quel moment le meurtrier, et j'ai peut-être tort de parler de meurtre, nous n'en sommes pas encore sûrs, enfin, à quel moment quelqu'un a mélangé du poison au café. Alors ? conclut-il en se redressant pour la regarder de haut, avec l'intention de ne plus ouvrir la bouche jusqu'à ce qu'elle se mette à parler.

Elle se cacha la bouche des deux mains et laissa son regard divaguer sur la table.

— Ce n'est pas moi, lâcha-t-elle au bout de quelques instants.

— Quoi ?

— Ce n'est pas moi qui l'ai mis, reprit-elle en secouant la tête, le regard plaintif. Je n'ai pas mis de poison dans le café. Je vous le jure. Vous devez me croire.

Kusanagi et Kaoru Utsumi échangèrent un regard.

Hiromi Wakayama faisait indéniablement partie des suspects. Elle était tout en haut de leur liste. Elle avait eu l'opportunité de mettre le poison et, si elle était la maîtresse de Yoshitaka Mashiba, une brouille entre eux aurait pu lui fournir un motif. Peut-être avait-elle fait semblant de découvrir le crime pour cacher qu'elle en était l'auteur.

Pour l'instant, Kusanagi s'efforçait de lui parler sans aucune idée préconçue. Il n'avait pas conscience de lui avoir fait sentir qu'il la soupçonnait. La seule question qu'il lui avait posée concernait le moment où elle avait bu du café avec Yoshitaka Mashiba. Pourquoi lui avait-elle répondu cela ? Peut-être avait-elle perçu une insinuation dans sa question et essayé de devancer son attaque parce qu'elle était coupable.

— Nous ne vous soupçonnons pas, déclara-t-il en souriant. Comme je viens de vous le dire, nous cherchons à établir à quel moment le crime a eu lieu. Si vous avez rencontré M. Mashiba et que vous avez bu du café avec lui, pouvez-vous nous dire quand cela s'est produit, qui a préparé le café, et de quelle manière ?

Hiromi Wakayama, le visage pâle, paraissait inquiète. Kusanagi était incapable de déterminer si c'était seulement parce qu'elle hésitait à reconnaître sa liaison devant eux.

— Mademoiselle Wakayama ! intervint tout à coup Kaoru Utsumi.

Surprise, la jeune femme releva le menton.

— Nous avons notre idée au sujet de votre relation avec M. Mashiba. Même si vous vous refusez à la reconnaître, nous allons devoir contrôler la véracité de vos propos. La police réussit généralement à procéder à ce genre de vérifications quand elle décide que c'est nécessaire. Mais il nous faudra parler à beaucoup de monde. Réfléchissez bien. Sachez que si vous répondez honnêtement à nos questions, nous réagirons de manière appropriée. Par exemple, si vous deviez nous demander d'éviter au maximum que cela se sache, nous le ferions.

Après s'être exprimée du ton neutre d'un fonctionnaire qui explique à un usager la manière dont l'administration fonctionne, elle échangea un regard avec son collègue en lui faisant un discret signe de tête, probablement pour lui demander d'excuser son intervention.

Peut-être parce qu'il avait été prodigué par une personne du même sexe qu'elle, ce conseil produisit l'effet recherché sur Hiromi Wakayama. Elle pencha encore une fois la tête sur le côté, la releva et battit lentement des cils avant de soupirer.

— Vous n'en parlerez pas ?

— Non, dans la mesure où cela est sans lien avec le crime, nous n'en parlerons pas, soyez-en certaine, déclara Kusanagi.

Hiromi Wakayama opina de la tête.

— Vous avez raison, M. Mashiba et moi avions une liaison. Ce week-end, je ne suis pas allée là-bas qu'hier soir.

— A quand remontait votre visite précédente ?

— A samedi soir. J'ai dû y arriver un peu après vingt et une heures.

Ce qui signifiait que les deux amants s'étaient retrouvés dès qu'Ayané Mashiba était partie voir ses parents.

— Vous aviez rendez-vous ?

— Non, M. Mashiba m'a appelée lorsque j'avais fini mon travail à l'atelier. Pour me demander de venir le retrouver chez lui.

— Vous y êtes allée et que s'est-il passé ensuite ?

Elle eut une expression embarrassée, puis regarda posément Kusanagi comme si elle avait décidé de se jeter à l'eau.

— J'ai dormi là-bas. Je suis repartie le lendemain matin.

Kaoru Utsumi avait commencé à prendre des notes, le visage inexpressif. Pourtant ce qu'elle entendait devait éveiller quelque chose en elle. Kusanagi se dit qu'il aimerait lui en parler plus tard.

— Quand avez-vous bu du café avec lui ?

— Hier matin. Je l'ai préparé. Ah… Nous en avons aussi bu avant-hier soir.

— Samedi soir ? Cela fait donc deux fois, en tout.

— Exactement.

— Et samedi aussi, c'est vous qui l'aviez fait ?

— Non, M. Mashiba était en train d'en préparer quand je suis arrivée. Il y en avait assez pour moi. Elle continua en baissant les yeux. C'était la première fois que je le voyais s'en occuper. Il a d'ailleurs reconnu que cela ne lui était pas arrivé depuis longtemps.

— Et il n'avait pas sorti de soucoupes, n'est-ce pas ? demanda Kaoru Utsumi en relevant la tête de son bloc-note.

— Non, répondit la jeune femme.

— Hier matin, c'est vous qui l'avez préparé ?

Kusanagi posa à nouveau la même question pour éliminer les doutes.

— Comme celui de samedi soir était un peu amer, M. Mashiba m'a demandé de le faire. Et il m'a observée pendant que je le préparais, expliqua-t-elle en regardant Utsumi. J'avais sorti des soucoupes. Celles qui étaient dans l'évier.

Kusanagi hocha la tête. Son récit était cohérent.

— Pour que les choses soient tout à fait claires, dites-moi si le café moulu utilisé samedi soir et dimanche matin était le même que celui que buvaient les Mashiba d'ordinaire.

— Je crois. Dimanche, je me suis servi du paquet qui se trouvait au frigo. Je ne peux rien vous dire au sujet de celui dont s'est servi M. Mashiba samedi soir. Ce devait être le même.

— Aviez-vous déjà fait du café chez les Mashiba ?

— Une ou deux fois seulement, à la demande d'Ayané. C'est elle qui m'a appris la bonne manière de le préparer. J'ai respecté ses consignes dimanche matin.

— Avez-vous remarqué quelque chose de particulier à ce moment-là ? Des changements quant à l'emplacement de la vaisselle, ou de la marque du café ?

Hiromi Wakayama ferma brièvement les yeux, puis elle fit non de la tête.

— Non. Tout était comme d'habitude, dit-elle et elle rouvrit les yeux en inclinant la tête, perplexe. De toute façon, ce qui s'est passé à ce moment-là est sans rapport avec ce qui est arrivé ensuite, non ?

— Comment ça ?

— Eh bien, commença-t-elle en rentrant le menton pour les regarder par en dessous. Il n'y avait pas encore de poison dans le café moulu à ce moment-là. Si quelqu'un en a mis, cela a dû se passer plus tard.

— Oui, bien sûr, mais le coupable pourrait avoir inventé un dispositif.

— Un dispositif… répéta-t-elle d'un ton qui manquait de conviction. Je n'ai rien remarqué.

— Qu'avez-vous fait après avoir bu ce café ?

— Je suis partie. Le dimanche, je donne des cours de patchwork dans un centre culturel du quartier d'Ikebukuro.

— Vous y étiez de quelle heure à quelle heure ?

— Les cours ont lieu le matin de neuf heures à midi, et l'après-midi de quinze à dix-huit heures.

— Vous avez passé la journée là-bas ?

— Oui. J'ai rangé la salle de cours, pris mon déjeuner, et ensuite j'ai préparé la session de l'après-midi.

— Vous avez déjeuné dehors ?

— Oui. Dans un restaurant de nouilles situé dans un grand magasin, répondit-elle en fronçant les sourcils. J'ai dû rester environ une heure dehors. Je n'aurais pas eu le temps de retourner chez les Mashiba et d'en revenir.

Kusanagi esquissa un sourire en faisant un geste apaisant des mains.

— Notre but n'est pas d'établir si vous avez un alibi, ne vous faites pas de souci. Hier, vous nous avez dit avoir appelé M. Mashiba quand vous aviez fini vos cours. Souhaitez-vous revenir sur cette déclaration ?

Elle détourna les yeux, embarrassée.

— J'ai vraiment appelé. Mais pas tout à fait pour la raison que je vous ai donnée hier.

— Vous nous avez expliqué vouloir vous assurer que tout se passait bien pour lui pendant l'absence de sa femme, n'est-ce pas ?

— En réalité, quand je suis partie hier matin, M. Mashiba m'a demandé de lui téléphoner une fois que j'aurais fini mon travail.

Kusanagi remua la tête de côté deux ou trois fois sans quitter des yeux la jeune femme qui évitait son regard.

— Il voulait vous emmener au restaurant, n'est-ce pas ?

— Oui, je crois.

— Tout est clair à présent. Que vous vous montriez si attentionnée à son égard, même s'il s'agissait du mari de votre professeur, nous semblait bizarre. Pour ne rien dire de votre décision de passer chez lui simplement parce qu'il ne décrochait pas son téléphone.

L'air accablé, Hiromi Wakayama rentra la tête dans les épaules.

— Je me rendais compte que mon explication était peu convaincante. Mais je ne voyais pas comment justifier ma présence…

— Et vous êtes venue parce que son absence de réponse vous inquiétait, avez-vous dit. Voulez-vous ajouter quelque chose à ce sujet ?

— Non. Je n'ai rien à changer à ce que je vous ai dit hier soir. Je vous demande pardon d'avoir menti, fit-elle en s'inclinant devant eux.

Sa collègue assise à côté de lui continuait de prendre des notes. Il lui jeta un coup d'œil et reporta son attention sur Hiromi Wakayama.

Il n'y avait aucune incohérence dans ce qu'elle venait de leur dire. Les doutes qu'il avait pu avoir à son sujet hier soir s'étaient dissipés. Mais il ne pouvait lui faire entièrement confiance.

— Comme je vous l'ai dit, il s'agit vraisemblablement d'un meurtre. Hier, nous vous avons demandé si vous aviez une idée là-dessus. Vous nous avez répondu que vous n'en aviez pas. Et vous avez ajouté que vous ne saviez rien de M. Mashiba, sinon qu'il était l'époux de votre professeur. Maintenant que vous avez reconnu avoir eu une liaison avec lui, peut-être avez-vous autre chose à nous dire.

Elle l'écouta en fronçant les sourcils.

— Non. Je n'arrive pas à croire que quelqu'un l'ait tué.

Kusanagi remarqua que c'était la première fois qu'elle parlait du défunt sans l'appeler M. Mashiba.

— Essayez de vous souvenir de vos conversations avec lui. Si c'est un meurtre, il était prémédité. Le meurtrier devait avoir un mobile. Dans la plupart des cas, les victimes sont conscientes des griefs qu'on a contre elles. Il n'est pas rare qu'elles en parlent quasiment à leur insu.

Les mains sur les tempes, la jeune femme secoua la tête.

— Je ne vois rien. Son entreprise marchait bien, il n'avait aucun souci professionnel, et il ne disait du mal de personne.

— Pourriez-vous y réfléchir encore un peu ?

Elle leva vers lui un regard triste, comme pour exprimer son opposition.

— J'y ai beaucoup pensé. Je n'ai fait que cela la nuit dernière, en pleurant. Je me suis demandé s'il s'était suicidé ou s'il s'agissait d'un meurtre. Je n'y comprends rien. J'ai réfléchi à nos conversations. Cela ne m'a pas aidée à y voir plus clair. Croyez bien que je suis la première à vouloir savoir pourquoi il a été tué.

Kusanagi remarqua que ses yeux rougissaient. Le contour de ses yeux rosissait à vue d'œil.

Elle l'aimait, pensa-t-il, tout en se disant que si elle jouait la comédie, elle était redoutable.

— Depuis combien de temps entreteniez-vous une liaison avec Yoshitaka Mashiba ?

Elle écarquilla les yeux.

— Je ne vois pas le lien avec ce qui vient de se passer.

— Laissez-nous juger de cela. Je vous ai dit que ce que vous nous direz restera entre nous, et nous ne vous reposerons plus ce genre de questions si nous déterminons que cela n'a pas de lien avec ce crime.

Elle serra les lèvres et inspira profondément, prit sa tasse et but une gorgée de son thé qui devait être froid.

— Depuis environ trois mois.

— Je vois, dit Kusanagi qui rentra le menton en pensant qu'il aurait aimé lui demander comment ils en étaient arrivés là. Y a-t-il des gens au courant de votre relation ?

— Non, je ne pense pas.

— Mais vous avez dû dîner dehors ensemble, non ? Quelqu'un a pu vous voir.

— Nous étions très prudents. Nous n'allions jamais plus de deux fois dans le même restaurant. Comme il lui arrivait dans son travail de dîner avec des femmes qu'il connaissait professionnellement ou avec des hôtesses de bar, je ne pense pas que cela aurait été un problème si quelqu'un nous avait vus ensemble.

Yoshitaka Mashiba aimait apparemment s'amuser. Peut-être avait-il une autre maîtresse que cette jeune femme, qui aurait eu une raison de vouloir sa mort, et celle de Hiromi Wakayama, se dit Kusanagi.

Kaoru Utsumi cessa de griffonner et releva la tête.

— Fréquentiez-vous des hôtels de rendez-vous avec lui ? demanda-t-elle d'un ton neutre.

Kusanagi la regarda à la dérobée. Il avait eu l'intention de poser cette question à la jeune femme mais il n'aurait pas osé être aussi direct.

— Avez-vous besoin de le savoir dans le cadre de votre enquête ? demanda Hiromi Wakayama d'un ton vif, sans dissimuler son mécontentement.

Kaoru Utsumi ne changea pas d'expression.

— Evidemment ! Pour résoudre cette énigme, nous devons enquêter sur tous les aspects de la vie de M. Mashiba, afin d'établir le plus précisément possible quelles étaient ses habitudes. Nous espérons apprendre des choses en posant des questions à de nombreuses personnes. Pour l'instant, nous ne savons presque rien. Je ne vous demande pas de détails sur ce qu'il faisait avec vous, mais vous devez au moins nous dire où vous vous rencontriez.

Kusanagi se retint de lui souffler que, tant qu'elle y était, elle aurait dû demander des détails sur le contenu de leurs rencontres.

Hiromi Wakayama fit la moue, comme si elle était fâchée.

— Nous allions le plus souvent dans des hôtels normaux.

— Utilisiez-vous toujours le même ?

— Non, il y en avait trois. Mais je ne pense pas que vous pourrez le vérifier. Il ne donnait jamais son vrai nom.

— Pouvez-vous cependant préciser leurs noms ? demanda Kaoru Utsumi, le stylo à la main.

La jeune femme lui obéit, avec une expression résignée. Elle mentionna trois hôtels connus, avec de nombreuses chambres. A moins qu'ils n'y fussent revenus plusieurs fois de suite, le personnel ne se souviendrait vraisemblablement pas du couple.

— Vous vous rencontriez toujours le même jour ? continua la jeune inspectrice.

— Non, nous nous fixions rendez-vous par SMS.

— A quelle fréquence ?

La jeune femme pencha la tête sur le côté.

— A peu près une fois par semaine, je pense.

Kaoru Utsumi cessa d'écrire et regarda son collègue avec un hochement de tête presque imperceptible.

— Nous vous remercions de votre coopération. Ce sera tout pour aujourd'hui, dit-il.

— Je ne pense pas pouvoir vous en dire plus.

Kusanagi tendit la main vers la note en esquissant un sourire à l'attention de la jeune femme renfrognée.

Ils sortirent ensemble du café, mais Hiromi Wakayama s'arrêta soudain alors qu'ils marchaient vers le parking.

— Euh…

— Qu'y a-t-il ?

— Je peux rentrer chez moi ?

Kusanagi la regarda, surpris.

— Vous ne voulez pas revenir chez Mme Mashiba ? Elle vous l'a pourtant demandé, non ?

— Je ne me sens pas bien, je suis épuisée. Pourriez-vous le lui dire, s'il vous plaît ?

— Bien sûr.

Kusanagi et sa collègue n'avaient plus rien à lui demander et cela ne les dérangeait pas.

— Nous pouvons vous ramener chez vous, offrit Kaoru Utsumi.

— Ce n'est pas la peine. Je vais prendre un taxi. Je vous remercie.

Elle s'éloigna. Par chance, un taxi arriva. Elle le héla et y monta. Kusanagi le regarda partir.

— Elle a dû penser que nous allions informer Mme Mashiba de sa liaison avec son mari.

— Je ne sais pas. Je crois plutôt qu'elle n'avait pas envie que nous la voyions parler avec elle comme si de rien n'était après nous avoir raconté tout cela.

— Ah ! Tu as peut-être raison.

— Mais elle, où en est-elle ?

— De qui parles-tu ?

— De Mme Mashiba. Elle n'aurait vraiment rien remarqué ?

— Non, bien sûr.

— Qu'est-ce qui te fait dire cela ?

— Son attitude tout à l'heure quand elle a serré Hiromi Wakayama dans ses bras en pleurant.

— Tu crois ? demanda sa collègue en baissant les yeux.

— Tu vois les choses différemment ?

Elle releva la tête.

— Voilà ce que je me suis dit en les voyant : peut-être que celle qui peut pleurer en public veut le faire comprendre à celle qui n'en a pas le droit.

— Hein ?

— Désolée si je t'ai choqué. Je vais chercher ma voiture.

Ebahi, Kusanagi la regarda s'éloigner au petit trot.

6

Chez les Mashiba, Mamiya et ses subordonnés avaient fini d'interroger Ayané à qui Kusanagi annonça que son assistante était rentrée chez elle car elle ne se sentait pas bien.

— Ah bon ! Je comprends, le choc a été violent pour elle aussi, dit-elle, le regard vague, en serrant sa tasse de thé entre ses mains.

Elle paraissait abattue. Mais sa posture sur le canapé, le dos bien droit, avait quelque chose de sévère qui faisait sentir sa force de caractère.

Une sonnerie de portable retentit à l'intérieur de son sac. Ayané l'ouvrit et chercha des yeux l'assentiment de Mamiya, qui le lui donna d'un hochement de tête.

Elle vérifia d'où provenait l'appel avant d'y répondre.

— Allô… Non, tu ne me déranges pas… Il y a des policiers chez nous… Je ne sais pas encore. Il était tombé dans le salon… D'accord, je vous appellerai quand je le saurai… Oui, dis à papa de ne pas se faire de souci… Bon, alors à bientôt, conclut-elle avant de raccrocher et de préciser à l'intention de Mamiya : C'était ma mère.

— Vous lui avez raconté ce qui est arrivé ? demanda Kusanagi.

— Je leur ai juste dit qu'il était mort subitement. Ils aimeraient avoir plus de détails, mais je ne savais que lui répondre… dit Ayané en se tenant le front.

— Vous avez prévenu la société de votre mari ?

— J'ai appelé le conseil juridique ce matin avant de prendre l'avion. C'est ce M. Ikai dont je vous ai parlé.

— Celui que vous aviez invité à dîner vendredi soir ?

— Oui. Cela ne va pas être facile pour les employés de se retrouver soudain sans patron, mais je ne peux rien pour eux…

Elle fixa un point dans le vide, l'air préoccupée. Malgré les grands efforts qu'elle faisait pour se montrer forte, son désarroi était visible. Kusanagi aurait aimé pouvoir la soutenir.

— Vous ne croyez pas que vous feriez mieux de demander à une amie ou à une parente de venir vous tenir compagnie jusqu'à ce que votre assistante aille mieux ? Je suis sûr que vous en auriez besoin.

— Ne vous faites pas de souci pour moi, ça va aller. De toute manière, vous préférez sans doute que personne ne vienne ici aujourd'hui, non ? demanda-t-elle à Mamiya.

L'air embarrassé, il regarda Kusanagi.

— Les techniciens doivent repasser cet après-midi. Mme Mashiba est d'accord.

Elle n'aurait pas le temps de sombrer dans le chagrin. Kusanagi inclina la tête en silence.

Mamiya se leva et s'approcha de la veuve.

— Nous sommes désolés de vous avoir importunée. Kishitani va rester ici, n'hésitez pas à faire appel à lui si vous avez besoin de quoi que ce soit.

Ayané le remercia d'une petite voix.

Sitôt que Mamiya franchit la porte d'entrée avec Kusanagi et Utsumi, il se tourna vers eux pour leur demander comment tout s'était passé.

— Hiromi Wakayama a reconnu qu'elle et Yoshi-taka Mashiba avaient une liaison. Depuis environ trois mois. Elle ne croit pas que quelqu'un d'autre ait été au courant.

Les narines de Mamiya se gonflèrent en entendant cela.

— Donc la tasse de l'évier…

— Ils s'en sont servis dimanche matin. C'est elle qui avait fait le café. Elle n'a rien remarqué de spécial à ce moment-là.

— Par conséquent le poison aurait été introduit plus tard ? s'interrogea Mamiya, une main sur son menton mal rasé.

— Mme Mashiba avait-elle quelque chose à vous dire ? demanda Kusanagi.

Son supérieur fit non de la tête, l'air sombre.

— Rien de particulier. Je ne suis pas sûr qu'elle ait remarqué l'infidélité de son mari. Je lui ai pourtant demandé assez directement ce qu'elle avait à nous dire sur la présence d'autres femmes dans la vie de son époux. Elle s'est montrée surprise et nous a dit qu'il n'y en avait pas. Elle ne semblait pas émue. Je n'ai pas eu l'impression qu'elle simulait. Si je me trompe, c'est une grande actrice.

Kusanagi regarda sa collègue à la dérobée. Selon elle, les sanglots d'Ayané en étreignant Hiromi Wakayama relevaient de la comédie. Il se demandait comment elle allait réagir. Mais elle demeura impassible, le stylo à la main, prête à prendre des notes.

— Vous pensez que nous devons lui parler de la liaison de son mari ? demanda-t-il à Mamiya qui fit immédiatement non de la tête.

— Nous n'avons pas à le faire. Cela ne fera pas avancer l'enquête. Vous allez la voir souvent, faites attention à ce que vous lui racontez.

— Vous voulez dire que nous devons le lui cacher ?

— Non, mais nous n'avons aucune raison de lui en parler. Si elle le découvre toute seule, nous n'y pouvons rien. Si tant est qu'elle ne le sache pas déjà, ajouta-t-il en sortant un papier de sa poche. Je veux que vous alliez voir ces gens-là.

Il y avait noté le nom de Tatsuhiko Ikai, son numéro de téléphone et son adresse.

— Renseignez-vous sur le dîner de vendredi et l'état de M. Mashiba à ce moment-là.

— Etant donné ce que je viens d'apprendre, j'imagine que ce monsieur doit être fort occupé avec les affaires de son ami.

— N'oublie pas qu'il a une femme. Téléphonez-lui et allez la voir. Mme Mashiba m'a dit qu'elle a eu un bébé il y a deux mois. Et elle m'a prié de ne pas la questionner trop longtemps, car le bébé fatigue beaucoup cette dame.

Ayané avait deviné que la police allait questionner les Ikai. L'idée qu'elle se préoccupait de la fatigue de son amie à un moment pareil émut Kusanagi.

Kaoru Utsumi et lui se dirigèrent vers la résidence des Ikai dans la voiture qu'elle conduisait. Il appela Mme Ikai en route. La voix de Yukiko Ikai se tendit en apprenant que la police souhaitait la rencontrer. Il dut lui répéter plusieurs fois qu'ils ne lui poseraient que quelques questions avant qu'elle accepte de les rencontrer. Elle ne pourrait les recevoir qu'une heure plus tard. Kusanagi et sa collègue décidèrent d'attendre dans un café.

— Pour en revenir à ce dont nous parlions tout à l'heure, tu penses vraiment que Mme Mashiba savait que son mari la trompait ? demanda Kusanagi en buvant une gorgée de chocolat, boisson qu'il avait choisie parce qu'il avait pris un café en interrogeant Hiromi Wakayama.

— J'en ai le sentiment.

— Et tu le penses aussi ?

Kaoru Utsumi observa le contenu de sa tasse à café en silence.

— Si tu as raison, pourquoi ne s'en prenait-elle pas à son mari ou à son assistante ? Elle a invité Hiromi Wakayama à ce dîner qu'elle donnait pour les Ikai ! Normalement, elle n'aurait pas dû, non ?

— C'est vrai qu'une telle découverte ferait probablement perdre son calme à une femme ordinaire.

— Tu ne la prends pas pour quelqu'un d'ordinaire, si je comprends bien.

— Il est trop tôt pour en avoir la certitude, mais je la crois intelligente. Intelligente et résistante.

— Et parce qu'elle est résistante, elle pouvait supporter l'infidélité de son mari ?

— Elle comprenait qu'elle n'avait rien à gagner à se mettre en colère et à s'en prendre à lui. Cela aurait pu lui faire perdre deux choses importantes pour elle : un mariage stable et paisible, et une excellente assistante.

— Elle n'aurait pas pu garder éternellement auprès d'elle la maîtresse de son mari. Mais que vaut un mariage qui n'est qu'une façade ?

— Chacun a son propre sens des valeurs. Les choses auraient été différentes si elle avait souffert de violences conjugales, mais les Mashiba devaient bien s'entendre, puisqu'ils invitaient des amis chez eux. En tout cas superficiellement. Elle n'avait aucun souci matériel et pouvait se consacrer à son cher patchwork – je ne la crois pas stupide au point de risquer de perdre cette vie sur un coup de tête. J'imagine qu'elle s'est dit qu'elle pourrait peut-être tout garder si elle patientait jusqu'à la fin de la liaison entre son mari et son assistante.

Elle n'avait pas l'habitude de se montrer si prolixe, et elle ajouta, peut-être parce qu'elle pensait s'être exprimée trop fermement :

— C'est comme ça que je vois les choses, mais je peux me tromper.

Kusanagi but son chocolat et fit la grimace car il était trop sucré. Il se jeta sur son verre d'eau.

— J'ai du mal à la croire si calculatrice.

— Elle ne l'est pas. Il s'agit de l'instinct de conservation qui caractérise les femmes intelligentes.

Kusanagi s'essuya la bouche du revers de la main et dévisagea sa jeune collègue.

— Toi aussi, tu l'as ?

Elle secoua la tête avec un sourire contraint.

— Non. Je pense que je me mettrais en colère si j'apprenais qu'on me trompe, sans penser aux conséquences.

— Je plains l'homme qui subirait ta colère. Mais je n'y comprends rien. Comment une femme peut-elle continuer à vivre paisiblement si elle sait que son époux la trompe ?

Il consulta sa montre. Une demi-heure s'était écoulée depuis qu'il avait parlé avec Yukiko Ikai.

La demeure des Ikai n'avait rien à envier à celle des Mashiba. Elle disposait d'un espace couvert pour les voitures des invités, ce qui évita à Kaoru Utsumi d'avoir à utiliser un parking payant.

Yukiko Ikai n'était pas seule. Son mari l'avait rejointe. Il leur expliqua qu'il était rentré en toute hâte en apprenant que des policiers allaient leur rendre visite.

— Cela ne vous a pas posé de problème d'emploi du temps ? demanda Kusanagi.

— Non, j'ai d'excellents collaborateurs. Mais je crains les questions de mes clients au sujet de cette affaire. J'espère que vous arriverez à la résoudre rapidement, cela m'aiderait, déclara-t-il en scrutant les deux inspecteurs. De quoi s'agit-il ? Que s'est-il passé ?

— Yoshitaka Mashiba est mort chez lui.

— Je suis au courant. Et j'imagine que si vous êtes ici, c'est qu'il ne s'agit ni d'un accident ni d'un suicide.

Kusanagi soupira discrètement. Il avait affaire à un avocat qui ne se satisferait pas d'explications approximatives et pourrait sans doute, s'il le souhaitait, obtenir des informations d'une autre source.

Après lui avoir demandé de ne pas en parler à d'autres personnes, il lui apprit que la mort était due à un empoisonnement à l'arsenic, poison que l'on avait trouvé dans le café bu par la victime.

Yukiko, assise à côté de son mari sur le canapé en cuir, les écoutait, le visage entre les mains. Ses yeux étaient rouges. Elle était un peu ronde mais Kusanagi, qui ne l'avait jamais vue, ne pouvait déterminer si c'était parce qu'elle avait eu un enfant récemment.

Ikai se passa la main dans les cheveux qu'il avait légèrement ondulés, probablement grâce à une permanente.

— Je m'en doutais un peu. En apprenant qu'elle avait été prévenue par la police, et qu'il y aurait une autopsie, je me suis dit qu'il ne s'agissait probablement pas d'une mort naturelle. Et la perspective d'un suicide est exclue.

— Mais vous pouvez envisager un meurtre ?

— Oui, parce que personne ne peut comprendre ce que les gens ont dans la tête. Mais un empoisonnement…

— Savez-vous si quelqu'un avait des griefs contre lui ?

— Si vous me demandiez s'il n'a jamais eu de conflits professionnels, je ne pourrais pas vous répondre non. Mais je ne peux pas imaginer qu'un conflit professionnel ait pu aboutir à un meurtre. D'autant plus que s'il avait eu de graves ennuis avec quelqu'un, c'est moi qui aurais été aux premières loges, et pas lui ! s'exclama-t-il en se frappant le torse du bout des doigts.

— Et sur le plan privé ? M. Mashiba n'avait pas d'ennemis ?

Ikai s'appuya au dossier du canapé et croisa les bras.

— Je n'en sais rien. Nos relations professionnelles étaient excellentes, mais nous avions pour règle de ne pas discuter de notre vie privée.

— Pourtant, il vous invitait chez lui ?

Ikai secoua la tête, sans dissimuler une légère exaspération.

— Oui, parce que c'était la meilleure façon de nous voir en dehors du travail. Les gens occupés comme nous ont besoin de détente pour compenser le stress.

Il voulait apparemment leur faire comprendre que des hommes de leur trempe n'avaient pas de temps à perdre à boire avec leurs amis.

— Et vous n'avez rien remarqué de particulier pendant ce dîner ?

— Si vous me demandez si j'ai remarqué quelque chose qui pouvait annoncer ce qui allait arriver, ma réponse est non. Nous avons passé un moment très agréable et très satisfaisant. Il fronça les sourcils et reprit : Dire que c'était il y a trois jours seulement et qu'il n'est plus de ce monde…

— M. Mashiba ne vous a pas dit qu'il devait rencontrer quelqu'un samedi ?

— Non, répondit-il avant de se tourner vers sa femme.

— Tout ce que je sais est qu'Ayané devait aller passer quelques jours chez ses parents.

Kusanagi se gratta la tempe du bout de son crayon. Il avait l'impression qu'il n'apprendrait rien d'utile de ces deux personnes.

— Vous vous rencontriez souvent de cette manière ? demanda Kaoru Utsumi.

— Une fois tous les deux ou trois mois.

— C'était toujours chez les Mashiba ?

— Nous les avons invités ici peu de temps après leur mariage. Mais depuis, nous nous sommes vus chez eux, parce que ma femme était enceinte.

— Vous connaissiez Mme Mashiba avant son mariage avec lui ?

— Oui. J'étais avec lui quand ils se sont rencontrés.

— Vraiment ?

— Oui, c'était lors d'une réception, à laquelle elle aussi était invitée. Ils ont commencé à se fréquenter à partir de ce moment-là.

— Cela remonte à quand ?

— Eh bien… commença Ikai en inclinant la tête. Il y a environ un an et demi, je pense. Non, un peu moins que ça.

— Ils se sont mariés il y a un an, non ? Ils se sont décidés rapidement ! ne put s'empêcher de s'exclamer Kusanagi.

— Ce n'est pas faux.

— M. Mashiba voulait des enfants, expliqua Yukiko Ikai. Ne pas rencontrer une femme capable de lui en donner commençait à le préoccuper.

— Ils n'ont pas à le savoir ! la fustigea son mari en dévisageant les deux enquêteurs. Je ne vois pas le rapport entre leur rencontre ou leur mariage et ce qui vous amène ici.

— Pourtant il y en a un, le contredit Kusanagi en levant la main. Pour l'instant, nous n'avons aucune piste et nous sommes en quête d'informations sur leur couple.

— Ah bon… Je comprends votre désir d'en rassembler dans le cadre de votre enquête, mais moins votre intérêt pour ce genre de détails, fit Ikai en leur lançant un regard légèrement méfiant, qui leur rappela qu'il était avocat.

— Je le conçois, fit Kusanagi en inclinant la tête avant de la relever pour le regarder droit dans les yeux. Ce que je vais vous demander risque de vous choquer. Mais je dois le faire et j'espère que vous ne le prendrez pas mal. Je vous serais très reconnaissant de bien vouloir me dire ce que vous avez fait ce week-end.

Ikai hocha la tête en faisant la moue.

— Vous voulez savoir si nous avons un alibi. C'est une question que vous devez nous poser, commenta-t-il en sortant son agenda de sa poche.

Il avait passé la journée de samedi à travailler à son bureau, et il avait ensuite dîné avec un client. Le lendemain, il avait joué au golf avec un autre client pour revenir chez lui vers vingt-deux heures. Sa femme était restée chez elle, et le dimanche, ses parents, ainsi que sa sœur, lui avaient rendu visite.

Les policiers chargés de l'enquête tinrent une réunion ce soir-là au commissariat de Meguro. Le responsable de la première division du bureau des enquêtes criminelles de la police métropolitaine de Tokyo l'ouvrit en déclarant que la présence d'arsenic dans le marc de café du filtre utilisé rendait hautement vraisemblable l'hypothèse d'un meurtre. Si la victime s'était suicidée, le poison n'aurait pas été mélangé au café, et si d'aventure il avait choisi ce moyen, il l'aurait plutôt mélangé au café déjà préparé.

Comment le poison avait-il été introduit dans le café moulu ? Les techniciens de la police scientifique firent un rapport sur leurs analyses, qui ne leur avaient pas permis d'apporter une réponse à cette question.

Ils avaient effectué une deuxième visite chez les Mashiba dans l'après-midi, pour s'assurer que les aliments, boissons et épices, ainsi que la vaisselle de la maison, ne contenaient pas de poison. Ce travail qui était à présent terminé à quatre-vingts pour cent ne leur avait pas permis d'en trouver. La probabilité qu'il apparaisse dans les vingt pour cent restants leur paraissait faible.

L'auteur du crime avait dû viser spécifiquement le café. Deux méthodes étaient possibles. Soit il en avait introduit dans le café moulu, le filtre ou la tasse, soit il l'avait fait au moment où le café avait été préparé. Pour l'heure, il était impossible de dire quelle méthode avait été utilisée. Aucune trace d'arsenic n'avait été retrouvée sur les lieux, et aucun élément ne confirmait ni n'infirmait la présence d'un tiers au moment où M. Mashiba avait préparé le café.

L'enquête de voisinage n'avait rien donné. Personne n'avait remarqué si M. Mashiba avait eu de la visite ce jour-là. Il y avait peu de passage dans ce quartier résidentiel dont les habitants n'avaient pas pour habitude de s'intéresser à leurs voisins, à moins qu'ils ne les dérangent. Par conséquent, qu'aucun visiteur n'ait été observé ne signifiait pas que personne n'était venu chez M. Mashiba.

Kusanagi fit un rapport sur les informations que lui avaient permis de recueillir ses conversations avec Mme Mashiba et les Ikai. Il respecta la consigne donnée par Mamiya avant la réunion de passer sous silence la liaison entre la victime et Hiromi Wakayama. Son chef en avait bien sûr parlé au responsable de la première division d'enquêtes. Le sujet était sensible et le supérieur de Mamiya avait décidé de n'en informer que quelques enquêteurs, tant qu'il n'aurait pas été établi que cet élément était pertinent pour l'enquête. Il craignait probablement que les médias ne le découvrent et ne s'en fassent l'écho.

Mamiya convoqua Kusanagi et Kaoru Utsumi une fois la réunion terminée.

— Je veux que vous alliez à Sapporo demain, dit-il en les dévisageant successivement.

Kusanagi comprit immédiatement l'intention de son chef.

— Pour vérifier l'alibi de Mme Mashiba ?

— Exactement. Son mari qui la trompait a été assassiné. Il est logique de suspecter sa femme et sa maîtresse. La maîtresse n'a pas d'alibi. Nous devons vérifier celui de sa femme. Mon supérieur m'a ordonné de le faire rapidement. Vous partirez demain matin et rentrerez demain soir. Je vais faire en sorte que la police de Hokkaido vous fournisse sa collaboration.

— Mme Mashiba nous a dit qu'elle avait passé la nuit dans une source thermale. Je pense qu'il faut y aller aussi.

— Il s'agit de Jozankei, à une heure de voiture de Sapporo. Ses parents habitent l'arrondissement de Nishi. Si l'un de vous va chez eux, et l'autre à l'hôtel où elle a passé la nuit, vous n'en aurez que pour une demi-journée.

Kusanagi acquiesça à contrecœur. Mamiya n'avait visiblement pas l'intention de leur faire cadeau d'une nuit d'hôtel dans une source thermale.

— Utsumi, tu as quelque chose à ajouter ? demanda Mamiya.

Kusanagi jeta un coup d'œil à sa collègue qui serrait les lèvres avec une expression ambiguë.

— Vous pensez que vérifier son alibi pour cette période suffit ?

— Que veux-tu dire par là ? Précise ta pensée ! lui ordonna Mamiya.

— Mme Mashiba est partie de Tokyo samedi matin, et elle y est revenue lundi matin. Je ne sais pas si vérifier son alibi pour cette période suffit.

— Tu ne le penses pas ?

— Je n'en suis pas sûre. Dans la mesure où nous ignorons comment et à quel moment le poison a été introduit, je me demande si nous pouvons conclure qu'elle ne fait plus partie des suspects parce qu'elle a un alibi pour cette période.

— Nous ignorons comment cela a été accompli, mais nous savons à quel moment, fit Kusanagi. Hiromi Wakayama a bu du café avec Yoshitaka Mashiba dimanche matin. Le café était normal. Le poison a été introduit ensuite.

— Cette conclusion est-elle valide ?

— Elle ne le serait pas ? A quel autre moment le poison aurait-il pu être introduit ?

— Eh bien… je n'ai pas de réponse à cette question.

— Tu penses que Hiromi Wakayama ment ? demanda Mamiya. Et qu'elle aurait agi de concert avec Mme Mashiba ? Cela me paraît peu vraisemblable.

— Je n'y crois pas non plus.

— Dans ce cas, où est le problème ? fit Kusanagi d'un ton irrité. Il suffit d'établir son alibi pour samedi et dimanche. Non, je fais erreur : si elle a un alibi pour dimanche, elle ne peut pas être suspecte. Tu n'es pas d'accord ?

— Si, si, entièrement, fit sa collègue en hochant la tête. Mais je ne suis pas certaine qu'il n'y ait pas d'autre possibilité. Comme par exemple un mécanisme par lequel il aurait lui-même mis le poison.

Kusanagi fronça les sourcils.

— Qu'elle l'ait poussé à se suicider ?

— Non, pas du tout. Elle ne lui aurait pas dit qu'il s'agissait de poison, mais elle aurait pu lui expliquer que c'était un moyen d'améliorer le goût du café.

— Un moyen d'améliorer le goût du café ?

— Comme le garam masala pour le riz au curry. Le curry est meilleur si on en met un peu dans la sauce avant de la manger. Elle aurait pu le lui confier en lui indiquant comment s'en servir. Il ne l'aurait pas utilisé quand Mlle Wakayama était là, mais il s'en serait souvenu quand il était seul… Ça te paraît forcé ?

— Oui. Et absurde, répondit sèchement son collègue.

— Vraiment ?

— Je n'ai jamais entendu parler d'une poudre qui donne meilleur goût au café. Je doute que M. Mashiba ait pu croire à une telle histoire. Et s'il l'avait fait, il en aurait parlé à Hiromi Wakayama, non ? Il a discuté avec elle de la bonne façon de faire du café. De plus, si tu avais raison, cet ingrédient caché aurait laissé une trace. Il est question d'arsenic, donc de poudre, donc d'un sachet. On n'en a pas retrouvé sur les lieux du crime. Qu'as-tu à répondre à cela ?

Kaoru Utsumi hocha légèrement la tête en entendant les arguments de son collègue.

— Rien, à mon grand regret. Je pense que tu as raison. Mais en même temps, je n'arrive pas à m'ôter de la tête qu'il doit exister un moyen.

Kusanagi soupira en regardant son profil.

— Tu veux que je fasse confiance à ton instinct féminin, c'est ça ?

— Absolument pas. Mais le fait est que les femmes ne pensent pas comme les hommes…

— Stop ! fit Mamiya, avec une expression lasse. Je n'ai rien contre les discussions, à condition qu'elles soient productives. Utsumi, tu soupçonnes Mme Mashiba ?

— Je n'ai pas de certitude absolue, mais…

Kusanagi eut envie de lui asséner : "C'est ton instinct, sans doute", mais il se retint.

— Sur quelles bases ? demanda Mamiya.

— Les flûtes à champagne, répondit-elle après avoir pris une profonde inspiration.

— Les flûtes à champagne ? Comment ça ?

— Quand nous sommes arrivés là-bas, il y en avait qui séchaient dans l'évier. Cinq en tout, commença-t-elle en regardant son collègue. Tu t'en souviens ?

— Oui. Elles avaient servi pendant le dîner du vendredi.

— Normalement, elles sont rangées dans un meuble du salon. J'ai remarqué un espace vide leur correspondant dimanche soir.

— Et alors ? coupa Mamiya. Je dois être idiot, car je ne vois pas où est le problème.

Kusanagi partageait son incompréhension. Il regarda le profil volontaire de sa collègue.

— Pourquoi Mme Mashiba ne les a-t-elle pas rangées avant de partir ?

— Quoi ? s'exclama Kusanagi.

Mamiya posa la même question une seconde plus tard.

— Je ne vois pas comment le fait qu'elles aient ou non été rangées a de l'importance, ajouta Kusanagi.

— D'ordinaire, elle devait les ranger. Vous avez dû remarquer l'ordre qui règne dans le buffet, si rigoureux qu'on en devinait immédiatement la place de ces coupes. A mon avis, une personne comme elle ne supporte pas que les choses ne soient pas à leur place. Ce qui rend incompréhensible la présence des flûtes dans l'évier.

— Elle a pu oublier, non ?

La jeune femme secoua vigoureusement la tête en l'entendant.

— C'est impossible.

— Pourquoi ?

— Je ne dis pas qu'elle aurait pu ne pas y penser un jour ordinaire. Mais pas quand elle savait qu'elle allait s'absenter quelques jours. Cela me semble rigoureusement impossible.

Kusanagi et Mamiya échangèrent un regard. Mamiya semblait surpris. Kusanagi devinait que son propre visage exprimait le même étonnement. Ils n'avaient ni l'un ni l'autre prêté attention au point dont elle venait de leur parler.

— Je ne peux envisager qu'une seule explication, continua la jeune inspectrice. Elle avait prévu qu'elle ne serait pas absente longtemps. Elle a dû se dire qu'elle n'aurait qu'à les ranger à son retour.

Mamiya s'adossa au dossier de sa chaise et croisa les bras. Il leva ensuite les yeux vers Kusanagi.

— As-tu une objection à faire à ta jeune collègue ?

Kusanagi se gratta le front. Aucun argument ne lui vint à l'esprit.

— Pourquoi ne nous en as-tu pas parlé plus tôt ? Tu y as pensé dès hier soir, non ? demanda-t-il.

Elle pencha la tête sur le côté et esquissa un sourire, manifestant un embarras rare chez elle.

— Je craignais de m'entendre dire que j'attachais trop d'importance aux détails. Et j'ai pensé que si elle était coupable, on trouverait autre chose. Je vous présente mes excuses.

Mamiya soupira vigoureusement, avant de se tourner vers Kusanagi.

— Nous devons changer d'attitude. A quoi peut nous servir d'avoir à présent une femme dans notre équipe si l'ambiance qui y règne l'empêche de s'exprimer ?

— Ce n'est pas du tout mon sentiment, s'empressa de bredouiller Kaoru Utsumi, mais son chef l'arrêta de la main.

— Si tu as quelque chose à dire, tu dois le faire sans crainte. Que tu sois une femme ou la dernière arrivée chez nous n'a aucune importance. Je vais informer ma hiérarchie de ta déduction. Il ne faut pas que ça te monte à la tête. Je suis d'accord, le fait que

Mme Mashiba n'ait pas rangé ces verres est bizarre. Pourtant cela ne prouve rien. Et ce que nous cherchons, ce sont précisément des preuves. Je vous donne l'ordre de vous mettre en quête d'éléments qui établissent l'alibi de Mme Mashiba. Vous n'avez pas besoin de penser à l'usage qui en sera fait. Vous m'avez compris ?

Kaoru Utsumi baissa les yeux et battit des cils.

— Oui, chef, répondit-elle ensuite en le regardant.

7

Hiromi ouvrit les yeux en entendant la sonnerie de son portable.

Elle ne dormait pas. Les yeux fermés, elle se reposait, allongée sur son lit. Elle s'apprêtait à passer une autre nuit sans sommeil, comme la précédente. Yoshitaka lui avait donné des somnifères quelque temps auparavant, mais elle avait peur de s'en servir.

Elle se releva lourdement en sentant qu'elle avait une légère migraine. L'idée de répondre la remplissait d'appréhension. Qui pouvait l'appeler à cette heure-ci ? Elle vit sur son réveil qu'il était près de vingt-deux heures.

Le nom qu'elle vit sur l'écran de son portable lui fit l'effet d'une douche froide. C'était Ayané. Elle se hâta de répondre.

— Bonsoir, fit-elle d'une voix rauque.

— Oh… excuse-moi. C'est moi, Ayané. Je t'ai réveillée ?

— Non, j'étais allongée, c'est tout. Euh… toutes mes excuses pour ce matin. Je n'ai pas pu revenir chez vous.

— Ce n'est pas grave. Comment te sens-tu, maintenant ?

— Ça va, merci. Et vous, vous n'êtes pas fatiguée ? demanda Hiromi en pensant à autre chose.

Les policiers avaient-ils parlé à Ayané de sa liaison avec Yoshitaka ?

— Si, un peu. Et je me sens perdue… Tout me semble irréel.

Hiromi avait la même sensation. Elle avait l'impression de vivre un cauchemar.

— Je vous comprends, glissa-t-elle.

— Tu es sûre que tu te sens mieux ? Tu n'es pas souffrante ?

— Mais non, je vais bien. Je suis sûre que je serai en état de travailler demain.

— Ne t'en fais pas pour le travail. En fait, je voulais te demander si on pouvait se voir tout de suite.

— Tout de suite… Vous êtes sûre ? demanda-t-elle en sentant l'angoisse l'envahir. Pourquoi ?

— Je préfère t'en parler de vive voix. Je n'en ai pas pour longtemps. Si tu es fatiguée, je peux venir chez toi.

Le téléphone collé à l'oreille, Hiromi fit non de la tête.

— Non, non, je vais venir chez vous. Il faut que je me prépare, je serai chez vous d'ici une heure.

— Je ne suis pas chez moi, mais à l'hôtel.

— Ah… Ah bon.

— Oui, j'ai décidé d'y aller parce que les policiers m'ont dit qu'ils devaient revenir. Je n'avais pas encore défait ma valise et je n'ai eu qu'à y ajouter quelques affaires.

L'hôtel qu'elle avait choisi était proche de la gare de Shinagawa. Hiromi lui dit qu'elle arrivait et raccrocha.

Que pouvait vouloir lui dire Ayané ? En s'habillant, elle ne cessa de s'interroger à ce sujet. Même si Ayané s'était inquiétée de son état de santé, elle avait utilisé un ton plutôt impératif. Il devait par conséquent s'agir de quelque chose d'urgent, ou de tellement important qu'elle devait l'en informer immédiatement.

Dans le train qui l'emmenait à Shinagawa, Hiromi ne put s'empêcher de continuer à y penser. Les policiers lui avaient-ils révélé sa liaison avec Yoshitaka ? Elle n'avait pas eu l'impression que la voix d'Ayané trahissait sa colère, mais peut-être avait-elle fait de grands efforts pour la contenir.

Si la police le lui avait appris, comment avait-elle réagi ? Hiromi n'arrivait pas à se l'imaginer. Elle ne l'avait jamais vue véritablement courroucée. Il était cependant impossible qu'elle soit dépourvue de la faculté de se fâcher.

Comment Ayané, une femme qui parlait d'une voix posée et ne s'emportait pas, accueillerait-elle la femme qui lui avait volé son mari ? Incapable de le prévoir, Hiromi se sentait mal à l'aise. Elle décida cependant de ne pas tenter de le nier si Ayané l'interrogeait. Il lui faudrait s'excuser et s'excuser. Ayané ne lui pardonnerait probablement pas, et ne manquerait pas de la congédier, mais Hiromi était résignée. Elle ressentait le besoin d'une solution définitive.

Arrivée à l'hôtel, elle téléphona à Ayané qui lui dit de monter dans sa chambre.

Elle l'y attendait, vêtue d'une tenue d'intérieur beige.

— Excuse-moi d'avoir insisté, alors que tu es fatiguée.

— Ce n'est rien, mais de quoi vouliez-vous me parler ?

En guise de réponse, Ayané l'invita à s'asseoir sur l'un des deux fauteuils de la chambre.

Hiromi s'exécuta et jeta un coup d'œil autour d'elle. La valise d'Ayané était ouverte à côté du lit double. Elle était bien remplie. Peut-être comptait-elle passer plusieurs jours ici.

— Tu as soif ?

— Non, je vous remercie.

— Ecoute, je t'en sers un verre quand même, au cas où tu changerais d'avis, dit Ayané en remplissant deux verres de thé glacé d'une bouteille qu'elle sortit du petit réfrigérateur.

Hiromi la remercia et tendit la main vers son verre. Elle avait en réalité la gorge sèche.

— Et de quoi voulaient te parler les policiers ? demanda Ayané de son habituel ton paisible.

Hiromi posa son verre et se passa la langue sur les lèvres.

— Des circonstances dans lesquelles j'ai trouvé M. Mashiba. Ils m'ont aussi demandé si j'avais une idée sur un possible coupable.

— Et que leur as-tu répondu ?

— Que je n'en avais pas, répondit-elle en faisant non de la main. Oui, c'est ce que je leur ai dit.

— Ah bon ! Ils ne t'ont rien demandé d'autre ?

— Non… rien d'autre, fit Hiromi en baissant la tête.

Elle ne pouvait pas lui raconter qu'ils l'avaient questionnée sur le café qu'elle avait bu avec lui.

Ayané hocha la tête et prit son verre. Elle but une gorgée et le posa contre sa joue, comme pour se rafraîchir. Elle devait avoir chaud.

— Hiromi, commença-t-elle. J'ai quelque chose à te dire.

Son assistante releva la tête, surprise. Son regard croisa celui d'Ayané. La colère qu'elle crut y lire disparut immédiatement, remplacée par quelque chose d'autre. Les yeux d'Ayané n'exprimaient ni fureur ni ressentiment, mais un mélange de tristesse et d'incompréhension. Le léger sourire qui flottait sur ses lèvres accentuait encore ce sentiment.

— Il m'a dit qu'il voulait me quitter, dit-elle d'une voix monocorde.

Hiromi détourna les yeux. Peut-être aurait-elle dû feindre la surprise, mais elle n'en avait pas la force. Elle n'osait même pas la regarder.

— Ce vendredi, juste avant l'arrivée des Ikai, dans notre chambre. Pour lui, être marié à une femme stérile n'avait pas de sens.

Elle l'écouta avec accablement. Elle savait que Yoshitaka avait parlé à Ayané, mais elle n'avait pas pensé une minute que ce serait en ces termes.

— Et il a ajouté qu'il avait une autre femme dans sa vie. Il ne m'a pas dit qui. Il a précisé que je ne la connaissais pas.

Hiromi se tendit. Elle ne croyait pas qu'Ayané lui aurait raconté cela si elle n'avait pas tout deviné. Son calme lui paraissait destiné à la déstabiliser.

— Je crois qu'il mentait. Et qu'il s'agit de quelqu'un que je connais. Que je connais même très bien. C'est peut-être pour cela qu'il n'a pas voulu prononcer son nom.

Hiromi se sentait mal. Incapable de résister plus longtemps, elle releva la tête. Les larmes coulaient sur son visage.

Ayané la dévisagea sans montrer aucune surprise. Elle continuait à sourire de la même manière.

— Hiromi, c'est de toi qu'il s'agit, n'est-ce pas ? demanda-t-elle du même ton que pour s'adresser gentiment à un enfant qui vient de faire une bêtise.

Hiromi, incapable de répondre, se tut, de peur de commencer à sangloter. Ses larmes ruisselaient sur ses joues.

— C'est bien toi, non ?

Il était trop tard pour le nier. Elle fit imperceptiblement oui de la tête.

Ayané expira de manière audible.

— Je ne me trompais pas…

— Je suis…

— Je comprends, ne dis rien. Quand il m'a annoncé son intention de me quitter, tout d'un coup, j'ai compris. Peut-être ferais-je mieux de dire que je m'en étais déjà rendu compte. Et que je ne voulais pas l'admettre… Nous étions si proches, je ne pouvais pas ne pas le voir. Et tu n'es pas plus douée que lui pour mentir ou jouer la comédie.

— Vous devez m'en vouloir.

Ayané inclina la tête.

— Eh bien… Oui, je crois que je suis fâchée. J'imagine que tout est venu de lui mais pourquoi ne l'as-tu pas repoussé ? Pourtant je ne pense pas que tu m'as volé mon mari. Je t'assure. Il ne m'a pas trompée. Il a d'abord dû cesser de m'aimer, et s'intéresser à toi ensuite. Je m'en veux aussi de ne pas avoir su garder son affection.

— Pardon. Je savais que j'agissais mal, mais il a insisté, insisté, et…

— Je ne veux pas en savoir plus, l'interrompit Ayané, d'un ton différent de celui qu'elle avait eu jusque-là, pointu, glaçant. Parce que je t'en voudrais encore plus. Tu crois vraiment que j'ai envie de savoir ce qui t'a attirée chez lui ?

Elle avait indubitablement raison. Hiromi baissa la tête, avant de la secouer.

— Nous nous sommes promis quelque chose quand nous nous sommes mariés, reprit Ayané qui avait retrouvé son habituelle voix douce. Si je n'étais pas enceinte après un an de mariage, nous reconsidérerions la situation. Nous n'étions plus très jeunes ni l'un ni l'autre, n'est-ce pas ? C'est pour cela que nous n'envisagions pas de nous lancer dans un long traitement contre l'infertilité. Je dois reconnaître que j'ai été choquée quand j'ai compris qu'il s'agissait de toi, mais lui, il s'est peut-être dit qu'il ne faisait que tenir la promesse que nous nous étions faite.

— Il m'en a parlé, souffla Hiromi, sans relever la tête.

Il l'avait mentionné samedi, en utilisant le mot "règle". Hiromi trouvait cela incompréhensible, mais Ayané l'avait apparemment accepté.

— J'ai décidé de partir à Sapporo pour faire de l'ordre dans ma tête. L'idée de continuer à vivre ici, alors qu'il m'avait fait part de son intention de me quitter, m'était insupportable. Et je t'ai confié la clé pour ne plus penser à lui. Je savais que vous alliez vous voir pendant mon absence. La situation me paraissait plus claire si tu avais la clé.

Hiromi se souvint de la manière dont elle la lui avait remise. Elle n'avait pas une seconde pensé que son geste exprimait une détermination si forte. Bien au contraire, elle avait été flattée de la confiance qu'Ayané lui accordait. Elle se pétrifia en réfléchissant à ses sentiments au moment où elle avait accepté la clé sans se douter de rien.

— Tu as parlé aux policiers de votre relation ?

Hiromi fit doucement oui de la tête.

— J'ai senti qu'ils s'en étaient rendu compte, et que je n'avais pas le choix.

— Ah bon ! Je peux comprendre pourquoi. Ils ont dû trouver bizarre que tu décides d'entrer dans la maison parce que tu étais inquiète à son sujet. Ils ne pouvaient que faire le lien. Pourtant ils ne m'en ont pas parlé.

— Vraiment ?

— Ils font sans doute semblant de ne rien savoir pour voir ce que je vais faire. Je dois faire partie des gens qu'ils soupçonnent.

— Vous ? fit Hiromi en regardant Ayané. Vous croyez ?

— C'est normal qu'ils pensent que j'ai un mobile, non ? Mon mari voulait me quitter…

Elle avait raison. Hiromi cependant ne partageait pas du tout leur point de vue. Le fait qu'elle se soit trouvée à Sapporo au moment où Yoshitaka était mort y était pour quelque chose, et plus encore les assurances qu'il lui avait données qu'elle avait accepté la séparation.

— Mais ça m'est égal. Ça n'a aucune importance pour moi, ajouta-t-elle en tirant à elle son sac dont elle sortit un mouchoir pour s'essuyer les yeux. Non, tout ce que je veux savoir, c'est ce qui est arrivé. Pourquoi est-il mort ainsi… Tu n'as vraiment aucune idée là-dessus ? Quand l'as-tu vu pour la dernière fois ?

Hiromi aurait préféré ne pas lui répondre, mais elle ne pouvait pas non plus lui mentir.

— Hier matin. Nous avons bu du café ensemble. Les policiers m'ont posé de nombreuses questions à ce sujet, mais je n'ai rien remarqué de bizarre. M. Mashiba était tout à fait normal.

— Ah bon ! souffla Ayané, qui inclina la tête comme pour réfléchir, avant de reposer les yeux sur Hiromi. Tu ne leur as rien caché, n'est-ce pas ? Tu leur as dit tout ce que tu savais, j'imagine.

— Oui, je pense.

— Très bien, mais si jamais tu as oublié quelque chose, tu dois absolument leur dire. Parce que leurs soupçons peuvent se tourner vers toi aussi.

— Peut-être me soupçonnent-ils déjà. Pour l'instant, je suis la seule personne à avoir rencontré M. Mashiba samedi.

— C'est vrai. Cela leur donne une bonne raison de te soupçonner.

— Je voulais vous demander… Vous croyez qu'il faudra que je leur dise que je vous ai rencontrée ce soir ?

— Euh… commença Ayané, en posant la main sur sa joue, perplexe. Tu n'as pas à leur cacher, en tout cas. Moi, cela m'est égal. En plus, s'ils s'en aperçoivent, cela pourrait renforcer leurs soupçons.

— Très bien.

Le visage d'Ayané se détendit.

— C'est assez particulier, non ? Une femme à qui son mari avait annoncé son intention de rompre discute avec sa maîtresse dans une chambre comme celle-ci. Sans se disputer, parce qu'elles sont désorientées toutes les deux. D'ailleurs, si nous pouvons le faire, c'est peut-être parce qu'il est mort.

Hiromi ne réagit pas, mais elle pensait la même chose. Si cela avait pu ramener Yoshitaka à la vie, elle aurait accepté avec plaisir de se faire conspuer. Elle était convaincue qu'elle souffrait plus de sa disparition qu'Ayané. Mais elle savait aussi qu'elle ne pouvait pour l'instant lui expliquer pourquoi.

8

La maison des parents d'Ayané Mashiba était située dans un agréable quartier résidentiel. Comme le rez-de-chaussée servait de garage, il était administrativement considéré comme une cave. Leur maison avait deux étages, mais dans les documents de propriété, elle apparaissait comme une maison avec un rez-de-chaussée et un étage.

— C'est fréquent par ici, expliqua Kazunori Mita en cassant un cracker au riz. Comme il neige beaucoup en hiver, ce n'est pas pratique d'avoir l'entrée de la maison au rez-de-chaussée.

— Je comprends, fit Kusanagi en hochant la tête tout en tendant la main vers le gobelet à thé que lui avait apporté Tokiko Mita, la mère d'Ayané, qui était assise à côté de son mari, le plateau en équilibre sur ses genoux.

— Vous ne pouvez imaginer à quel point la mort du mari de notre fille nous a surpris. Apprendre qu'il ne s'agissait ni d'un accident ni d'une maladie nous a paru incompréhensible. Mais de là à penser que quelqu'un de la police viendrait nous voir… continua Kazunori en levant ses sourcils poivre et sel.

— Nous ne sommes pas encore absolument certains qu'il s'agisse d'un meurtre, précisa Kusanagi pour la forme.

Son interlocuteur fit une mine perplexe. Il était mince, et son visage paraissait d'autant plus ridé.

— Il devait avoir beaucoup d'ennemis. C'est souvent le cas des hommes d'affaires qui réussissent. Mais quand même, qui a pu faire une chose aussi affreuse…

Kazunori Mita avait travaillé dans une banque jusqu'à sa retraite, cinq ans plus tôt, et il avait sans doute fréquenté un grand nombre d'hommes d'affaires.

— Euh… commença sa femme. Comment va Ayané ? Elle nous a dit de ne pas nous faire de souci pour elle mais…

Une mère pense d'abord à sa fille.

— Elle est très forte. Le choc a dû être terrible pour elle, et nous lui sommes reconnaissants de collaborer à notre enquête.

— Vraiment ? Vous me rassurez, répondit sa mère, sans pour autant paraître moins préoccupée.

— Votre fille est arrivée ici samedi, n'est-ce pas ? Elle nous a dit que vous, monsieur Mita, n'étiez pas en très bonne santé.

Kusanagi se décida à aborder le sujet de sa visite en le regardant. Il était maigre et avait mauvaise mine, mais il ne semblait pas malade.

— J'ai eu une pancréatite il y a trois ans, dont je ne me suis pas vraiment remis. J'ai parfois de la fièvre et des douleurs au ventre et au dos, qui m'empêchent de bouger. Mais je m'efforce de faire comme si tout allait bien.

— Vous n'aviez cependant pas particulièrement besoin de la présence de votre fille ?

— Non, pas particulièrement. N'est-ce pas ? répondit Kazunori en recherchant l'approbation de son épouse.

— Elle nous a téléphoné vendredi en fin de journée pour nous apprendre qu'elle arrivait le lendemain. Parce qu'elle se faisait du souci pour son père et qu'elle n'était pas venue nous voir une seule fois depuis son mariage.

— Elle ne vous a rien dit d'autre ?

— Non.

— Elle ne vous a pas non plus indiqué combien de temps elle pensait rester ?

— Non. Quand je lui ai demandé combien de temps elle passerait chez nous, elle m'a dit qu'elle ne le savait pas encore.

A en croire les parents d'Ayané, elle n'avait aucune raison impérieuse de revenir chez eux. Pourquoi, dans ce cas, avait-elle décidé de le faire ?

La première raison qui vient à l'esprit pour expliquer qu'une femme mariée agisse ainsi est un différend avec son mari.

— Dites, monsieur l'inspecteur, reprit Kazunori après quelques instants de silence, j'ai l'impression que vous vous intéressez particulièrement à la décision d'Ayané de venir nous voir. Elle vous pose un problème ?

Il était retraité, mais sa longue expérience des contacts humains lui avait fait deviner, probablement après avoir envisagé plusieurs hypothèses, le but de la visite de cet inspecteur venu exprès de Tokyo.

— Si M. Mashiba a été assassiné, il se peut que le meurtrier ait choisi d'agir en profitant de l'absence de votre fille, commença Kusanagi d'un ton posé. Dans ce cas, nous devons nous demander comment il savait qu'elle ne serait pas chez elle. Voilà pourquoi je suis venu vous déranger. Comme vous pouvez l'imaginer, c'est important pour notre enquête.

— Ah, je vois… commenta son interlocuteur sans que Kusanagi pût déterminer s'il était sincère ou non.

— Une fois arrivée chez vous, comment votre fille a-t-elle passé son temps ? demanda Kusanagi en regardant alternativement les parents d'Ayané.

— Le premier jour, elle n'est pas sortie de la maison. A part le soir, quand nous sommes allés manger des sushis dans un restaurant du quartier, qu'elle aime beaucoup.

— Vous pouvez préciser son nom ?

Une expression soupçonneuse apparut sur le visage de Tokiko et de son mari.

— Cela pourra s'avérer important plus tard, et je préfère tout vérifier pendant que je suis ici. J'espère que vous le comprendrez. Venir jusqu'ici n'est pas si simple pour nous.

Sans paraître convaincue par ce qu'elle venait d'entendre, Tokiko lui fournit l'information requise.

— Et dimanche, elle a été dans une source thermale avec une amie, n'est-ce pas ?

— Oui, avec Saki, une amie d'enfance, dont les parents habitent à cinq minutes à pied d'ici. Depuis qu'elle est mariée, elle s'est installée dans l'arrondissement de Minami, mais Ayané l'a appelée samedi soir et elles ont décidé d'aller ensemble à Jozankei.

Kusanagi hocha la tête en regardant son carnet. Mamiya avait appris d'Ayané le nom de cette amie, Sakiko Motooka, à qui Kaoru Utsumi devait rendre visite en revenant de Jozankei.

— Vous m'avez dit que c'était la première fois qu'elle venait vous voir depuis son mariage. Vous a-t-elle parlé de son mari ?

Tokiko pencha la tête sur le côté.

— Oui, elle nous a dit qu'il travaillait toujours autant mais que cela ne l'empêchait pas de trouver le temps de jouer au golf, des choses de ce genre.

— Donc il ne s'était rien passé de spécial chez elle ?

— Non, d'ailleurs c'est plutôt elle qui nous a posé des questions, à propos de la santé de mon mari, de ce que fait son frère. Nous avons un fils, plus jeune qu'elle, qui est aux Etats-Unis pour son travail en ce moment.

— Si je comprends bien, vous ne voyiez pas votre gendre souvent, puisque c'était la première visite de votre fille depuis qu'elle est mariée.

— Tout à fait. Nous lui avons rendu visite peu de temps avant leur mariage, nous ne l'avions pas revu depuis. Il nous avait dit que nous étions les bienvenus chez eux quand nous voulions, mais la santé de mon mari étant ce qu'elle est, nous n'avons pas pu y aller une seule fois.

— Je crois que, en tout, nous avons dû le rencontrer quatre fois, déclara son mari en inclinant la tête de côté.

— Ils se sont mariés peu de temps après avoir fait connaissance, n'est-ce pas ?

— Tout à fait ! Ayané avait déjà trente ans, et nous commencions à nous faire du souci quand elle nous a appelés pour nous annoncer qu'elle allait se marier, expliqua sa mère en faisant la moue.

Les Mita lui apprirent que leur fille s'était installée à Tokyo quelque huit ans auparavant. Elle avait déjà quitté Sapporo à l'époque : après un cursus court, elle était partie étudier en Grande-Bretagne. Elle avait commencé le patchwork au lycée, et très vite remporté des prix dans des concours locaux. A son retour au Japon, elle avait publié un livre qui avait rencontré un grand succès auprès des amateurs de patchwork et avait assuré sa renommée.

— Elle était très prise par son travail, et chaque fois que nous lui demandions quand elle comptait se marier, elle nous répondait qu'elle n'avait pas le temps d'être l'épouse de quelqu'un, et qu'au contraire elle aurait aimé en avoir une !

— Ah bon… fit Kusanagi, un peu surpris par ce qu'il venait d'entendre. Pourtant sa maison est très bien tenue.

Son père fit la moue en faisant non de la main.

— Elle est peut-être douée pour la couture, mais ne croyez pas qu'elle sache tout faire à la maison.

Quand elle habitait chez nous, elle ne s'occupait de rien ici. Et tant qu'elle vivait seule à Tokyo, elle ne cuisinait quasiment pas.

— Vraiment ?

— Oui, dit Tokiko. Je suis allée plusieurs fois la voir chez elle et je n'ai pas eu l'impression qu'elle se faisait à manger elle-même. Elle se nourrissait de plats tout préparés ou elle mangeait dehors.

— Mais les amis de M. Mashiba nous ont dit qu'ils étaient souvent invités chez eux. Et que c'est votre fille qui cuisinait...

— Oui, elle nous en a parlé. Elle a fait de gros progrès grâce aux cours de cuisine qu'elle a pris avant de se marier. Nous nous sommes dit que même quelqu'un comme elle pouvait changer si elle rencontrait un homme à qui elle avait envie de faire plaisir.

— Elle doit souffrir d'avoir perdu ce mari pour qui elle était prête à faire tout cela, dit son père en baissant tristement les yeux.

Il pensait sans doute à l'état d'esprit de sa fille.

— Est-ce que nous pouvons... aller la voir à Tokyo ? Nous aimerions l'aider pour les obsèques, vous comprenez.

— Bien sûr, nous n'y voyons pas d'objection. Mais, et croyez que j'en suis désolé, nous ne pouvons pas encore dire quand il nous sera possible de remettre le corps à la famille.

— Ah bon...

— Tu n'auras qu'à l'appeler plus tard, dit Kazunori à sa femme.

Kusanagi avait obtenu toutes les informations qu'il recherchait et il décida de s'en aller. Au moment où il enfilait ses chaussures dans l'entrée, il remarqua un manteau en patchwork suspendu à un cintre. Il était assez long pour descendre jusqu'aux genoux d'un adulte.

— Ma fille l'a cousu il y a quelques années, expliqua Tokiko. Elle voulait que mon mari s'en serve quand il sort chercher le journal en hiver ou qu'un livreur passe.

— Elle aurait pu me faire quelque chose de plus discret, sourit son père.

— La mère de mon mari est tombée un matin en hiver, en allant chercher le journal. Ma fille s'en souvenait, et elle a fait en sorte que ce manteau soit rembourré au niveau des hanches, ajouta sa femme en montrant la doublure à Kusanagi, qui y vit une marque de prévenance féminine.

Il se rendit ensuite au restaurant de sushis *Fuku*. Il n'était pas encore ouvert mais le patron, un homme d'une cinquantaine d'années aux cheveux courts qui s'affairait derrière le comptoir, se souvenait de la dernière visite d'Ayané.

— Je ne l'avais pas vue depuis longtemps, et j'ai préparé leurs sushis avec un soin particulier. Je crois qu'ils sont partis d'ici vers dix heures. Pourquoi voulez-vous le savoir, d'ailleurs ? Il leur est arrivé quelque chose ?

Kusanagi, qui n'avait aucune raison de le lui raconter, partit après avoir fourni une explication appropriée.

Il avait rendez-vous avec sa collègue dans le hall d'un hôtel proche de la gare où il la trouva en train d'écrire quelque chose.

— Bonne pêche ? lui demanda Kusanagi en s'asseyant en face d'elle.

— Mme Mashiba a vraiment passé la nuit dans une auberge de Jozankei. J'ai parlé au personnel qui m'a dit qu'elle avait l'air ravie de passer du temps avec son amie.

— Et cette Sakiko Motooka…

— Je l'ai rencontrée.

— Ce qu'elle avait à dire concordait avec les déclarations de Mme Mashiba ?

Kaoru Utsumi baissa les yeux et hocha la tête.

— Oui. Elle m'a raconté la même chose ou presque.

— Mêmes résultats de mon côté. Elle n'a pas eu le temps de faire un aller-retour à Tokyo.

— Mme Motooka a passé la journée de dimanche avec elle à partir de la fin de la matinée. Elle a confirmé que Mme Mashiba avait trouvé le message sur son portable tard le dimanche soir.

— Dans ce cas, son alibi est inattaquable, dit Kusanagi en s'appuyant au dossier de sa chaise, le regard fixé sur sa jeune collègue. Ayané Mashiba n'est pas coupable. C'est exclu. Ça n'a pas l'air de te plaire, mais tu dois tenir compte de cette réalité objective.

Elle détourna un instant les yeux, comme pour se donner le temps de respirer, avant de les porter à nouveau sur son collègue.

— Il y a une ou deux choses dans le récit de Mme Motooka qui me paraissent un peu bizarres.

— Comment ça ?

— Elles ne s'étaient pas vues depuis longtemps, apparemment. En tout cas pas depuis le mariage de Mme Mashiba.

— C'est pareil pour les parents.

— Elle l'a trouvée différente. Moins détendue qu'avant, moins calme. Elle s'est dit que son amie n'était pas en forme.

— Et alors ? fit Kusanagi. Il est vraisemblable qu'elle s'était rendu compte de l'infidélité de son mari. C'est d'ailleurs peut-être pour cela qu'elle a décidé de venir chez ses parents. Je ne comprends pas où tu veux en venir. Le chef nous a ordonné de vérifier si son alibi tient ou pas. Il tient. Cela ne te suffit pas ?

— Il y a autre chose, reprit Utsumi sans changer d'expression. Son amie a remarqué qu'elle a allumé son téléphone à plusieurs reprises pour vérifier qu'elle n'avait pas de SMS ou de message. Chaque fois, elle l'a éteint ensuite.

— Pour ne pas user toute sa batterie, sans doute. Beaucoup de gens font ça.

— Tu crois ?

— Tu vois une autre explication ?

— Elle savait peut-être qu'on allait l'appeler. Et elle ne voulait pas répondre à cet appel. Elle préférait éteindre pour pouvoir rappeler une fois qu'elle saurait qui l'avait appelée.

Kusanagi fit non de la tête. Sa jeune collègue était intelligente, mais elle avait tendance à tout interpréter d'une manière qui l'arrangeait.

Il consulta sa montre et se leva.

— Il faut y aller si on ne veut pas rater l'avion.

9

Le silence à l'intérieur du bâtiment était profond. Malgré les semelles de caoutchouc de ses tennis, ses pas lui paraissaient bruyants, comme si toutes les salles derrière les portes qui s'alignaient le long du couloir étaient vides.

Ce n'est qu'arrivée dans l'escalier qu'elle croisa quelqu'un. Un jeune homme à lunettes qui la regarda sans dissimuler sa surprise. Peu de jeunes femmes inconnues devaient fréquenter l'endroit.

Kaoru Utsumi y était venue quelques mois plus tôt, peu de temps après son affectation à la première division du bureau des enquêtes criminelles. Dans le cadre d'une affaire pour laquelle il fallait résoudre une énigme relevant du domaine de la physique. Elle se dirigea vers le laboratoire qui était son but en faisant appel à ses souvenirs.

Le laboratoire n° 13 se trouvait bien là où elle pensait. Comme les autres fois, le tableau accroché à la porte indiquait la présence ou l'absence de ses utilisateurs. A son grand soulagement, elle remarqua l'aimant rouge placé à côté du nom de Yukawa. Il était donc ici et n'avait pas l'intention d'ignorer leur rendezvous. Tous ses assistants et étudiants étaient en cours. Cela la rassura. Elle préférait que personne n'entende ce dont elle voulait lui parler.

Elle frappa à la porte et une voix répondit : "Oui." Mais personne ne vint lui ouvrir.

— Désolé, mais la porte ne s'ouvre pas toute seule, dit la même voix.

Elle la poussa et aperçut le dos d'un homme qui portait un polo noir à manches courtes. Il regardait le grand écran d'un ordinateur où de petites sphères s'agglutinaient.

— Vous pourriez mettre en marche la cafetière électrique qui se trouve à côté de l'évier ? Elle est prête à fonctionner.

L'évier se trouvait à droite de la porte. Une cafetière qui paraissait neuve y était posée. Kaoru Utsumi appuya sur le bouton de mise en route et entendit presque immédiatement l'eau glouglouter.

— J'avais entendu dire que vous aimiez le café instantané.

— J'ai gagné cet appareil dans une compétition de badminton. Puisque je l'ai, pourquoi ne pas l'utiliser ? C'est vraiment pratique. Cerise sur le gâteau, le prix de revient par tasse est peu élevé.

— Regrettez-vous de ne pas vous en être aperçu plus tôt ?

— Non, je n'irais pas jusque-là. Cette machine a un défaut majeur.

— Lequel ?

— Son café n'a pas le même goût que le café instantané. Manabu Yukawa, le directeur du laboratoire qui avait continué à pianoter sur son clavier, fit tourner son siège vers elle. Vous vous êtes accoutumée à la première division ?

— Un peu.

— Bien. Ou devrais-je dire très bien ? En dépit de ma théorie selon laquelle s'accoutumer au travail d'enquêteur signifie perdre peu à peu son humanité.

— Vous en avez déjà discuté avec M. Kusanagi ?

— Oui, et plus d'une fois. Cela ne lui fait ni chaud ni froid, dit-il en tournant à nouveau les yeux vers son écran, la main sur sa souris.

— Qu'est-ce que c'est ?

— Ça ? La modélisation de la structure cristalline du ferrite.

— Du ferrite… des aimants ?

Les yeux du physicien s'agrandirent derrière ses lunettes.

— Vous en savez des choses ! Il est plus juste de parler de corps magnétiques, mais ce n'est déjà pas mal.

— Je l'ai lu quelque part. On s'en sert pour les têtes magnétiques, non ?

— Dommage que Kusanagi ne soit pas ici, commenta Yukawa en éteignant son écran pour se tourner vers elle. Avant toute chose, j'ai une question à vous poser. Pourquoi m'avez-vous demandé de ne pas parler de votre visite à Kusanagi ?

— Pour y répondre, je vais devoir vous parler de l'affaire sur laquelle nous travaillons actuellement.

Yukawa fit non de la tête en l'entendant.

— Quand vous m'avez appelé, j'ai commencé par refuser. Je ne veux plus m'occuper d'enquêtes policières. Je me suis ravisé quand vous m'avez demandé de ne pas en parler à Kusanagi. Je vous ai donné rendez-vous parce que je suis curieux de savoir pourquoi vous voulez que je garde le silence. Il faut donc que vous répondiez d'abord à ma question. Je déciderai ensuite si j'accepte ou non que vous me parliez de votre enquête.

Kaoru Utsumi le regarda en s'interrogeant sur ce qui avait pu se passer. Kusanagi lui avait dit qu'autrefois le physicien s'était montré prêt à coopérer avec les enquêteurs. Elle savait aussi que depuis une certaine affaire policière, dont elle ignorait la nature, les deux hommes se voyaient moins souvent qu'auparavant.

— Vous l'expliquer sans vous présenter l'affaire me sera difficile.

— Je ne vois pas pourquoi. Quand vous effectuez des enquêtes de voisinage, parlez-vous des détails de votre enquête à ceux à qui vous posez des questions ? Vous savez très bien pêcher les informations qui vous intéressent en cachant l'essentiel, non ? Il vous suffit d'appliquer la même technique. Et faites vite. Si vous continuez à perdre du temps, les étudiants vont revenir.

Kaoru faillit faire la moue en entendant son explication sarcastique. Elle eut envie de faire perdre contenance à ce scientifique imperturbable.

— Que vous arrive-t-il ? demanda-t-il en fronçant les sourcils. Vous avez décidé de vous taire ?

— Non.

— Alors, dépêchez-vous. Je n'ai vraiment pas beaucoup de temps.

— Je sais, répondit-elle, et elle se jeta à l'eau. Kusanagi est amoureux, continua-t-elle, sans quitter des yeux le visage du physicien.

— Hein ?

Le sang-froid disparut des yeux du physicien. Son regard s'adoucit, devint celui d'un petit garçon égaré. Il posa les yeux sur elle.

— Que dites-vous ?

— Il est amoureux, répéta-t-elle. Oui, Kusanagi est amoureux.

Yukawa rentra le menton et réajusta ses lunettes. Quand il releva les yeux vers elle, ils avaient une expression hostile.

— De qui ?

— De la principale suspecte. Il a des sentiments pour elle. Ce qui fait que nos points de vue sur cette affaire sont très différents. Voilà pourquoi je ne voulais pas qu'il sache que j'étais venue vous voir.

— Vous voulez dire qu'il ne s'attend pas que je vous donne des conseils.

— Exactement, dit-elle en hochant la tête.

Yukawa croisa les bras et ferma les yeux. Il s'adossa au dossier de sa chaise et soupira.

— Je vous avais sous-estimée. J'avais l'intention de ne pas vous répondre, mais je ne m'attendais pas du tout à ce que vous venez de me dire. Il est amoureux. Kusanagi !

— Je peux vous parler de cette affaire ? demanda-t-elle en savourant sa victoire.

— Une seconde. Buvons d'abord notre café. J'ai besoin de calme pour pouvoir me concentrer.

Il se leva et remplit deux tasses.

— Cela tombe bien, fit Kaoru en prenant celle qu'il lui tendait.

— Qu'est-ce qui tombe bien ?

— Le café. C'est le point de départ de cette affaire.

— Parfois le café fait fleurir les rêves… Je crois qu'il y a une chanson qui commence comme ça. Allez-y, racontez-moi tout, dit-il en s'asseyant pour boire une gorgée.

Elle lui expliqua ce que la police savait du meurtre de Yoshitaka Mashiba, en respectant la chronologie. Elle enfreignait le règlement qui interdisait de parler de l'enquête à une tierce personne, mais Kusanagi lui avait appris que Yukawa ne fournissait son aide qu'à cette condition. De plus, elle lui faisait entièrement confiance.

Lorsqu'elle se tut, le physicien finit son café et scruta le fond de sa tasse.

— Si je comprends bien, vous soupçonnez la femme de la victime, et Kusanagi est incapable de juger équitablement de la situation parce qu'il en est amoureux.

— Dire qu'il en est amoureux est peut-être exagéré. J'ai choisi ce terme choquant pour éveiller votre intérêt. Mais je suis convaincue qu'il a pour elle un sentiment particulier. En tout cas, il n'agit pas comme d'ordinaire.

— Je ne vous demanderai pas ce qui vous amène à dire cela. Je fais confiance à l'instinct féminin dans ce domaine.

— Je vous remercie.

Yukawa posa sa tasse sur la table en fronçant les sourcils.

— Pourtant je n'ai pas eu l'impression en vous écoutant qu'il se montrait si partial. L'alibi de cette femme – Ayané Mashiba, c'est bien ça ? – est inattaquable.

— Oui, mais il ne s'agit pas d'un crime commis avec une arme directe, comme un couteau ou une arme à feu, mais d'un empoisonnement. Il me semble qu'on ne peut exclure un dispositif installé à l'avance.

— Vous ne pensez quand même pas me demander de réfléchir aux moyens concrets de faire cela ?

Elle se tut car il avait deviné juste.

— C'était votre intention ? l'interrogea-t-il en faisant la moue. J'ai comme l'impression qu'il y a un malentendu. Vous confondez physique et prestidigitation.

— Pourtant vous avez souvent résolu des énigmes qui faisaient appel à ce qui ressemblait à de la magie, n'est-ce pas ?

— Il y a une différence entre un trucage criminel et un tour de passe-passe. Vous la saisissez ? Il continua en la voyant faire non de la tête. Commençons par la similitude : il y a une astuce au départ. Mais la manière de la traiter n'est pas du tout la même. Dans le cas de la magie, une fois que le spectacle est terminé, le spectateur perd la chance de la déceler. Dans le cas d'une astuce criminelle, les enquêteurs ont la possibilité d'analyser les lieux du crime jusqu'à ce qu'ils soient satisfaits. Un dispositif, quel qu'il soit, laisse obligatoirement des traces. Le plus difficile pour un criminel est de parvenir à les faire disparaître complètement.

— Vous croyez impossible que, dans cette affaire, elles aient été ingénieusement éliminées ?

— D'après ce que vous m'avez dit, je ne peux que dire que cela me paraît peu vraisemblable. Euh… comment s'appelait la maîtresse de la victime ?

— Hiromi Wakayama.

— Elle a déclaré avoir bu du café avec la victime, non ? Du café qu'elle avait elle-même préparé. S'il existait un trucage, pourquoi n'a-t-il pas fonctionné à ce moment-là ? C'est la clé de l'énigme. Tout à l'heure, vous avez émis une hypothèse intéressante, cette idée que le poison aurait été confié à la victime comme un moyen de rendre le café plus savoureux. Je pense que c'est une bonne base pour un épisode d'une série policière à la télévision, mais ce n'est pas la méthode choisie par l'auteur de ce crime.

— Pourquoi pas ?

— Mettez-vous à sa place. Que se passerait-il si la victime décidait de l'utiliser ailleurs que chez lui ? S'il expliquait à la personne avec qui il était : "Ma femme m'a donné cela, pourquoi ne pas l'essayer maintenant ?"

Kaoru se mordit les lèvres. Il avait raison. Pourtant elle n'arrivait pas à renoncer à cette possibilité.

— Si l'épouse est coupable, elle n'a pu mettre en place son dispositif qu'après avoir surmonté trois obstacles, dit-il en levant trois doigts. Le premier, c'est l'assurance qu'il ne serait pas découvert avant qu'il agisse. Sinon, à quoi lui aurait servi d'avoir un alibi ? Le deuxième, c'est la certitude que M. Mashiba ingérerait le poison. Le dispositif serait dénué de sens s'il ne garantissait pas la mort de la victime, même si sa maîtresse pouvait aussi succomber. Et le dernier, c'est la rapidité : le dispositif devait pouvoir être installé en un clin d'œil.

Les Mashiba ont donné un dîner la veille du départ de Mme Mashiba pour Hokkaido, n'est-ce pas ? S'il avait déjà été en place à ce moment-là, quelqu'un d'autre aurait pu en être la victime. Je pense que le dispositif a été préparé après le dîner, continua-t-il d'un ton assuré, avant de tendre ses mains vers elle, paumes tournées vers le haut. Je déclare forfait. Une telle astuce est inimaginable. En tout cas pour moi.

— Ces obstacles sont-ils si difficiles à franchir ?

— A mon avis, oui. Particulièrement le premier. Penser que l'épouse n'est pas coupable me paraît plus rationnel.

Kaoru soupira. S'il était parvenu à une conclusion aussi définitive, elle avait peut-être tort de s'entêter.

Son portable sonna au même moment. Elle y répondit en regardant du coin de l'œil Yukawa qui était allé se resservir du café.

— Où es-tu ?

C'était la voix de Kusanagi. Il avait l'air pressé.

— Dans une pharmacie. Pour me renseigner sur la manière de se procurer de l'arsenic. Il y a du neuf ?

— Oui, grâce aux techniciens. On a retrouvé du poison ailleurs que dans le café.

Elle serra plus fort son téléphone.

— Et où ?

— Dans la bouilloire. Celle qui a servi à faire chauffer l'eau pour le café.

— Ah bon !

— Il y en avait une quantité infime, mais il y en avait. Nous allons immédiatement convoquer Hiromi Wakayama.

— Pourquoi ?

— Ses empreintes digitales ont été relevées sur la bouilloire.

— C'est normal, non ? Elle nous a dit qu'elle avait fait du café dimanche matin.

— Je sais. Elle a donc eu une opportunité de mettre le poison dans la bouilloire.

— Il n'y avait pas d'autres empreintes digitales ?

— Si, celles de la victime.

— Et pas celles de son épouse ?

Elle entendit son collègue soupirer.

— Bien sûr que si, puisqu'il s'agit de son domicile. Mais ce n'est pas elle qui l'a utilisée en dernier. Et on n'a trouvé aucune trace de doigts gantés.

— Moi, je me souviens d'avoir appris qu'une main gantée ne laisse pas nécessairement de trace.

— Tu crois que je l'ignore ? Mais étant donné les circonstances, Hiromi Wakayama est la seule personne qui ait pu introduire le poison dans la bouilloire. On va l'interroger dans nos bureaux, dépêche-toi de revenir.

— Très bien, dit Kaoru avant de raccrocher.

— Il s'est passé quelque chose ? demanda Yukawa qui but une gorgée de café.

Elle lui raconta ce qu'elle venait d'apprendre. Il l'écouta attentivement.

— Il y avait du poison dans la bouilloire… Je trouve cela plutôt surprenant.

— Je me suis peut-être trompée. Hiromi Wakayama s'en est servie pour faire le café qu'elle a bu avec la victime dimanche matin. Il n'y avait donc pas de poison dans la bouilloire à ce moment-là. Ayané Mashiba ne peut pas être l'auteur du crime.

— De plus, introduire du poison dans la bouilloire ne présentait aucun avantage pour elle. Ce n'était même pas une astuce.

Kaoru inclina la tête sur le côté, sans comprendre.

— Vous venez de déclarer que l'épouse ne peut pas avoir commis le crime, parce que quelqu'un s'est servi de la bouilloire avant qu'il ait lieu. Qu'en serait-il si ce n'était pas le cas ? La police aurait pu envisager que l'épouse l'y ait mis, non ? Son alibi n'aurait alors aucun sens.

— Ah… vous avez raison, fit Kaoru en croisant les bras, tête baissée. Dans les deux cas, il faut écarter Ayané Mashiba de la liste des suspects, n'est-ce pas ?

Sans répondre à sa question, Yukawa la fixa des yeux.

— Et que comptez-vous faire à présent ? Si l'épouse n'est pas coupable, allez-vous, comme Kusanagi, envisager que la maîtresse de la victime soit coupable ?

Elle secoua la tête.

— Non, je ne pense pas.

— Vous m'avez l'air sûre de vous. Expliquez-moi pourquoi. Vous n'allez quand même pas me dire qu'elle n'avait aucune raison de tuer l'homme qu'elle aimait.

Yukawa se rassit, et croisa les jambes.

Kaoru dissimula son embarras. C'est ce qu'elle s'apprêtait à lui dire. Elle n'avait pas d'autres preuves.

En regardant Yukawa, elle se rendit compte que lui non plus ne croyait pas à la culpabilité de Hiromi Wakayama, et qu'il avait sans doute de bonnes raisons pour cela. Il ne savait de cette affaire que ce qu'elle lui avait raconté. Lui avait-elle à son insu fourni un indice sur l'impossibilité pour Hiromi Wakayama d'avoir placé le poison dans la bouilloire ?

— Ah ! s'exclama-t-elle en relevant la tête.

— Qu'y a-t-il ?

— Elle aurait lavé la bouilloire.

— Comment ça ?

— Si elle y avait mis le poison, elle aurait lavé la bouilloire avant l'arrivée de la police. C'est elle qui a découvert le corps. Elle avait le temps de le faire.

Yukawa hocha la tête, l'air satisfait.

— Exactement. J'ajoute que si elle était coupable, elle aurait non seulement lavé la bouilloire, mais elle se serait débarrassée du filtre et du marc de café. Elle aurait aussi laissé à proximité du corps le sachet qui avait contenu le poison. Pour faire croire à un suicide.

— Je vous remercie, fit Kaoru en s'inclinant légèrement. Je suis contente d'être venue vous voir, continua-t-elle en se dirigeant vers la porte.

— Hé ! l'arrêta Yukawa. Je ne pense pas que je pourrais moi-même aller sur les lieux du crime, mais cela m'aiderait d'avoir des photos.

— Des photos de quoi ?

— De la cuisine où a été préparé ce café empoisonné. Ainsi que de la vaisselle qui a servi, et de la bouilloire.

Kaoru écarquilla les yeux.

— Vous êtes prêt à m'aider ?

Yukawa se gratta la tête en faisant la grimace.

— En tout cas à y réfléchir un peu si j'ai le temps. Pour décider si quelqu'un qui se trouve à Hokkaido peut tuer une personne qui est à Tokyo.

Kaoru ne put retenir un sourire. Elle ouvrit son sac d'où elle sortit une chemise.

— C'est pour vous.

— Qu'est-ce que c'est ?

— Ce que vous m'avez demandé. Je les ai prises ce matin.

Ebahi, Yukawa ouvrit la chemise.

— Si nous arrivions à percer cette énigme, c'est à vous qu'il faudra demander conseil ! glissa-t-il avant d'ajouter, avec emphase : Du moins c'est ce que je dirai à Kusanagi !

10

Lorsque Kusanagi téléphona à Hiromi Wakayama, elle lui apprit qu'elle se trouvait à Daikanyama, dans l'atelier de patchwork d'Ayané Mashiba.

Il y partit en voiture avec Kishitani, qui conduisait. L'atelier se trouvait au deuxième étage d'un immeuble. Sa façade blanche était couverte de carrelage, mais il n'y avait pas d'interphone à l'entrée sur rue de ce quartier élégant, à la différence de la plupart des immeubles aujourd'hui. Les deux policiers prirent l'ascenseur. Le panneau fixé sur la porte de l'appartement 305 indiquait : *Ann's House*.

Ils sonnèrent. Hiromi Wakayama, qui leur ouvrit, les accueillit avec une expression inquiète.

— Désolé de vous déranger, dit Kusanagi en faisant un pas vers l'intérieur.

Au moment où il allait continuer, il s'interrompit, décontenancé. Il venait d'apercevoir Ayané Mashiba au fond de la pièce.

— Il y a du nouveau ? demanda-t-elle en venant à leur rencontre.

— Je ne savais pas que vous étiez ici.

— Nous étions en train de parler de ce que nous allons faire. Vous avez encore quelque chose à lui demander ? Je pensais qu'elle vous avait déjà tout dit, fit-elle d'une voix douce, très calme.

Kusanagi y perçut cependant sa réprobation et il se recroquevilla sous son regard hostile.

— L'enquête a légèrement progressé, répondit-il en se tournant vers Hiromi Wakayama. Nous voudrions que vous nous accompagniez à la préfecture de police.

La jeune femme écarquilla les yeux. Puis elle battit vivement des cils.

— De quoi s'agit-il ? demanda Ayané. Pourquoi doit-elle vous accompagner ?

— Il ne nous est pas possible de vous le dire pour l'instant. Mademoiselle Wakayama, vous acceptez, n'est-ce pas ? Soyez rassurée, nous ne sommes pas venus dans une voiture de police.

Hiromi Wakayama tourna un regard apeuré vers Ayané puis elle hocha la tête.

— Très bien. Vous me laisserez repartir, n'est-ce pas ?

— Oui, une fois que vous aurez répondu à nos questions.

— Laissez-moi le temps de me préparer.

Elle alla chercher son manteau et son sac dans l'autre pièce. Kusanagi n'osait pas affronter le regard d'Ayané. Il avait l'impression qu'elle continuait à le défier des yeux.

Hiromi Wakayama suivit Kishitani dans le couloir. Ayané arrêta Kusanagi au moment où il s'apprêtait à en faire autant.

— Attendez, s'il vous plaît ! fit-elle en le prenant par le bras, avec une vigueur qui le surprit. Vous soupçonnez Hiromi ? Je me trompe, n'est-ce pas ?

Kusanagi était embarrassé. Kishitani l'attendait devant la porte de l'appartement.

— Je vous rejoindrai dans la voiture, lui lança-t-il et il referma la porte en regardant Ayané.

— Oh… pardon, dit-elle en lâchant son bras. Il est impossible qu'elle soit coupable. Vous vous trompez lourdement si vous pensez le contraire.

— Nous devons examiner toutes les possibilités.

Ayané secoua vigoureusement la tête.

— Et celle-ci est égale à zéro. Elle n'a pas tué mon mari. J'imagine que vous le savez, non ?

— Que voulez-vous dire ?

— Vous êtes au courant de sa liaison avec mon mari, n'est-ce pas ?

Pris au dépourvu, Kusanagi hésita.

— Vous le saviez ?

— Nous en avons parlé l'autre jour. Je l'ai interrogée, et elle a tout reconnu.

Ayané entreprit de lui raconter la manière dont leur entretien s'était déroulé. Que, quelques minutes auparavant, les deux femmes aient discuté de leur collaboration professionnelle malgré les circonstances parut plus étrange encore à Kusanagi. Il était sidéré. Sans doute pouvaient-elles le faire car le mari d'Ayané était mort, mais le policier était incapable d'imaginer l'état d'esprit des deux femmes.

— Je suis partie à Sapporo parce que l'idée de rester dans la maison m'était insupportable une fois qu'il m'avait annoncé son intention de me quitter. Je vous ai menti, et je vous prie de m'en excuser, fit-elle en baissant la tête. Mais elle n'avait aucune raison de tuer mon mari. Je vous en supplie, cessez de la considérer comme suspecte.

Son ton pressant troubla Kusanagi. L'entendre plaider à ce point la cause de celle qui lui avait volé son mari lui paraissait incroyable.

— J'y vois plus clair à présent. Mais nous ne pouvons pas nous baser seulement sur les sentiments. Notre devoir est d'enquêter impartialement, à partir de preuves matérielles.

— De preuves matérielles ? Dois-je comprendre que vous disposez d'éléments qui établissent sa culpabilité ? demanda Ayané, en lui lançant un regard soupçonneux.

Kusanagi soupira et réfléchit rapidement. Lui parler du nouvel élément qui conduisait les enquêteurs à considérer la jeune femme comme suspecte ne nuirait pas à l'enquête, se dit-il.

— Nous savons à présent comment le poison a été introduit dans le café, commença-t-il.

Il lui expliqua que des traces d'arsenic avaient été retrouvées dans la bouilloire, et que Hiromi Wakayama était la seule personne dont la présence était attestée chez les Mashiba le jour du meurtre.

— Dans la bouilloire… Vraiment…

— Il ne s'agit pas d'une preuve irréfutable. Nous ne pouvons cependant que soupçonner votre assistante, dans la mesure où elle est la seule personne qui aurait pu l'y mettre.

— Mais… commença Ayané sans finir sa phrase.

— Je ne peux pas rester plus longtemps, l'interrompit Kusanagi avant de quitter l'atelier en la saluant de la tête.

Sitôt le petit groupe arrivé dans les locaux de la police métropolitaine, Mamiya entama l'interrogatoire de Hiromi Wakayama. Il avait préféré ces bureaux au commissariat de Meguro où se trouvait le quartier général de l'enquête parce qu'il estimait ainsi augmenter les chances qu'elle passe aux aveux. Si elle devait le faire, elle serait ramenée au commissariat de Meguro. Cela permettrait de fournir aux médias la possibilité d'assister à l'arrivée de la suspecte au moment de son arrestation.

Pendant que Kusanagi attendait dans son bureau les résultats de l'interrogatoire, Kaoru Utsumi revint. La première chose qu'elle lui dit était que Hiromi Wakayama n'était pas coupable.

Le découragement l'envahit en écoutant sa collègue. Non parce que ses explications étaient dépourvues d'intérêt, bien au contraire. La logique de sa collègue – pourquoi Hiromi Wakayama n'aurait-elle pas fait disparaître le poison de la bouilloire si elle l'y avait mis ? – était convaincante.

— Veux-tu dire que quelqu'un d'autre l'y a introduit ? N'oublie pas que ce ne peut être Ayané Mashiba.

— Je ne sais pas de qui il s'agit. Ce ne peut être que quelqu'un qui est venu chez les Mashiba dimanche après le départ de Wakayama.

Kusanagi fit non de la tête.

— Personne n'est venu chez eux. Yoshitaka Mashiba a passé la journée seul.

— Tu ne penses pas que c'est juste que nous n'avons pas encore trouvé cette personne ? En tout cas, interroger Hiromi Wakayama n'a aucun sens. Cela pourrait même être considéré comme une violation de ses droits.

Le ton de sa collègue, encore plus assuré que d'ordinaire, fit vaciller Kusanagi. La sonnerie de son portable le tira d'embarras. Heureux de cette diversion, il regarda qui l'appelait et sursauta en lisant le nom d'Ayané Mashiba.

— Je suis confuse de vous déranger en plein travail, mais il faut que je vous parle…

— De quoi s'agit-il ? demanda-t-il en serrant plus fort son téléphone.

— C'est à propos du poison retrouvé dans la bouilloire. Je pense que cela ne signifie pas nécessairement que quelqu'un l'y ait mis.

Kusanagi, qui s'attendait à ce qu'elle l'adjure de laisser repartir son assistante, était perplexe.

— Comment ça ?

— J'aurais peut-être dû vous en parler plus tôt mais il se trouve que mon mari, par souci pour sa santé, ne buvait jamais d'eau du robinet. Je me servais uniquement d'eau filtrée pour la cuisine, vous savez, le second robinet sur l'évier. Il ne buvait que de l'eau en bouteille, et s'en servait aussi pour le café. C'est ce qu'il a dû faire quand il s'est préparé ce café.

Il comprit où elle voulait en venir.

— Vous pensez que le poison pourrait venir de l'eau de la bouteille ?

Kaoru Utsumi l'entendit, car il la vit soulever un sourcil.

— Exactement. Par conséquent, vous faites fausse route si vous soupçonnez uniquement Hiromi. Elle n'est pas la seule personne à avoir eu l'opportunité d'y mettre le poison.

— Je vois...

— Quelqu'un d'autre, continua Ayané Mashiba, moi par exemple, aurait pu le faire.

11

Il était vingt heures passées lorsque Kaoru quitta l'agence métropolitaine de police au volant de sa voiture pour raccompagner Hiromi Wakayama chez elle. L'interrogatoire de la jeune femme avait duré presque deux heures, c'est-à-dire beaucoup moins longtemps que ce qu'avait dû prévoir Mamiya.

S'il avait été écourté, c'était avant tout à cause de l'appel de l'épouse de la victime. Selon elle, son mari lui avait ordonné de n'utiliser que de l'eau en bouteille pour préparer le café. Si elle disait la vérité, Hiromi Wakayama n'était pas la seule personne susceptible d'y avoir introduit du poison, car cela pouvait être fait à l'avance.

Mamiya n'avait apparemment pas réussi à trouver une manière efficace d'attaquer la jeune femme qui affirmait en pleurant qu'elle n'était pas responsable, et c'est à regret qu'il avait accepté de la laisser repartir, comme le lui avait suggéré Kaoru Utsumi.

Assise à côté de la jeune inspectrice, elle gardait obstinément le silence. Kaoru n'avait aucun mal à imaginer qu'elle était nerveusement épuisée. Elle avait vu des hommes s'effondrer après un interrogatoire mené par un policier expérimenté. Il faudrait sans doute quelques heures à la jeune femme pour se remettre de ses émotions. Elle ne manquerait pas de lui adresser la parole si elle se sentait mieux. Mais maintenant qu'elle savait que la police la considérait comme faisant partie des suspects, elle n'avait aucune raison d'avoir des sentiments amicaux pour l'inspectrice qui la ramenait chez elle.

Hiromi sortit soudain son portable. Quelqu'un était en train de l'appeler.

— Allô, souffla-t-elle. Oui, ça vient tout juste de finir. Je suis en train de rentrer chez moi…. Non, la jeune inspectrice a bien voulu me ramener… Non, pas au commissariat de Meguro, à l'agence de police métropolitaine, donc ça va prendre un peu plus longtemps… Oui, je vous remercie, continua-t-elle en parlant tout bas avant de raccrocher.

— C'était Mme Mashiba ? demanda Kaoru d'un ton posé.

La jeune femme se crispa en entendant sa voix.

— Oui. Cela pose un problème ?

— Elle a appelé Kusanagi tout à l'heure. Elle se fait du souci pour vous.

— Vous croyez ?

— Vous lui avez parlé de votre relation avec M. Mashiba, n'est-ce pas ?

— Comment le savez-vous ?

— Par Kusanagi, à qui Mme Mashiba en a parlé. Pendant que vous étiez dans nos locaux.

Comme Hiromi se taisait, Kaoru lui jeta un coup d'œil à la dérobée. Les yeux baissés, sa passagère avait la mine défaite. L'idée que quelqu'un d'autre savait tout ne pouvait lui plaire.

— Au risque de vous choquer, cela me paraît bizarre. Au lieu de vous quereller, vous continuez à vous conduire l'une avec l'autre comme si rien ne s'était passé.

— Je pense… que c'est parce que M. Mashiba est mort.

— Mais tout de même… Pardonnez ma franchise.

Il y eut un silence, puis Hiromi ajouta qu'elle était d'accord avec elle. La jeune inspectrice eut l'impression qu'elle non plus ne s'expliquait pas cette étrange relation.

— J'aimerais vous poser deux ou trois questions, si vous voulez bien.

Hiromi soupira de manière audible.

— Vous en avez encore ?

— Je sais que vous êtes épuisée. Mais je serai brève, et je ne pense pas que vous trouverez mes questions blessantes.

— C'est à quel sujet ?

— Dimanche matin. Vous avez bu du café avec M. Mashiba, n'est-ce pas ? Que vous aviez préparé.

— Encore ! s'écria Hiromi d'une voix geignarde. Je n'ai rien fait. Le poison, ce n'est pas moi.

— Je ne veux pas vous parler de poison, mais de la manière dont vous avez fait le café. Vous vous êtes servie de quelle eau ?

— De quelle eau ?

— Je veux dire, de l'eau en bouteille, ou de l'eau du robinet ?

— Ah ! s'exclama Hiromi sans force. De l'eau du robinet.

— Vous en êtes sûre ?

— Oui. Cela change quelque chose ?

— Pourquoi avez-vous utilisé de l'eau du robinet ?

— Je n'avais pas de raison particulière. Pour aller plus vite, en prenant de l'eau chaude.

— M. Mashiba n'était pas avec vous à ce moment-là ?

— Si, et je vous l'ai déjà dit, non ? Je lui ai montré la bonne manière de faire, répondit-elle avec un peu d'irritation dans la voix.

— Réfléchissez. Je ne vous parle pas du moment où vous avez versé l'eau sur le café, mais de celui où vous avez rempli la bouilloire. Etait-il avec vous ?

Hiromi ne répondit pas immédiatement. Mamiya lui avait posé beaucoup de questions, mais probablement pas celle-ci.

— Ça me revient… murmura-t-elle. Oui, j'en suis sûre. Il n'était pas dans la cuisine à ce moment-là. Elle était déjà sur le feu quand il m'a demandé de lui montrer la bonne manière de procéder.

— Vous en êtes certaine ?

— Oui, je m'en souviens très bien.

Kaoru arrêta sa voiture le long du trottoir. Elle serra le frein à main, puis se tourna vers sa passagère pour la regarder dans les yeux.

— Qu'y a-t-il ? demanda-t-elle timidement en se raidissant sur son siège.

— Je crois me souvenir que c'est Mme Mashiba qui vous a appris à bien faire le café, n'est-ce pas ?

— Oui, répondit-elle avec un hochement de tête.

— Mme Mashiba a expliqué à mon collègue que son mari ne buvait pas d'eau du robinet parce qu'il faisait très attention à sa santé, et qu'il exigeait qu'elle se serve d'eau filtrée pour la cuisine et d'eau en bouteille pour la boisson. Vous le saviez ?

Hiromi écarquilla les yeux puis battit des paupières.

— Oui, elle m'en a parlé autrefois. En ajoutant que cela n'avait pas d'importance.

— Ah bon !

— Oui, à son avis, utiliser de l'eau en bouteille est une dépense inutile, d'autant plus qu'il faut plus de temps pour la faire bouillir. Si M. Mashiba me demandait quelque chose, je devais lui dire que je me servais d'eau en bouteille, dit-elle en se prenant la tête entre les mains. J'avais oublié…

— Donc Mme Mashiba utilisait en réalité l'eau du robinet.

— Oui. C'est pour cette raison que je n'ai pas hésité à en faire autant ce matin-là quand j'ai préparé le café, dit-elle en regardant l'inspectrice droit dans les yeux.

Kaoru hocha la tête avec un demi-sourire.

— Tout est clair à présent. Merci, conclut-elle en éteignant les feux de détresse avant de desserrer le frein à main.

— Excusez-moi, mais… Cela change quelque chose ? Je n'aurais pas dû utiliser l'eau du robinet ?

— Non, pas du tout. Vous savez que M. Mashiba a probablement été la victime d'un empoisonnement. Nous devons donc vérifier toutes les choses qu'il a pu ingérer.

— Ah oui… S'il vous plaît, mademoiselle Utsumi, croyez-moi ! Je n'y suis pour rien.

Sans quitter la route des yeux, Kaoru avala sa salive. Elle avait failli lui dire qu'elle la croyait, une réponse qu'elle n'avait pas le droit de lui donner en tant que policière.

— Vous n'êtes pas la seule suspecte. Tout le monde l'est à nos yeux. C'est le mauvais côté de ce métier.

Hiromi s'enferma à nouveau dans le silence. Ce n'était pas ce qu'elle espérait entendre.

Kaoru gara la voiture devant un immeuble proche de la gare de Gakugeidaigaku. Elle regardait Hiromi s'approcher de l'entrée, quand elle aperçut la silhouette d'Ayané Mashiba. Elle éteignit immédiatement le moteur.

Hiromi était visiblement surprise. Les yeux d'Ayané qui la regardait avec sympathie prirent une expression hostile quand elle vit la jeune inspectrice qui arrivait à grands pas. Hiromi s'en rendit compte et se retourna avec une mine embarrassée.

— Il y a encore quelque chose ? demanda-t-elle.

— Non, mais comme j'ai vu Mme Mashiba, je voulais la saluer, répondit Kaoru. Toutes nos excuses pour avoir retenu votre assistante si tard !

— Vous ne la soupçonnez plus, j'imagine ?

— Elle nous a appris beaucoup de choses. Et je vous remercie d'avoir communiqué une information importante à mon collègue.

— J'espère vous avoir été utile. Mais dorénavant, laissez Hiromi tranquille ! Elle est innocente. Cela n'a aucun sens de lui poser tant de questions.

— Nous déciderons si c'est nécessaire ou non. Mais j'espère que vous continuerez à nous aider.

— Bien sûr ! Mais s'il vous plaît, ne faites plus subir d'interrogatoire à Hiromi !

Elle s'était exprimée sur un ton plus vif que d'ordinaire, et Kaoru lui jeta un regard surpris.

Ayané se tourna vers Hiromi.

— Hiromi, tu dois leur dire toute la vérité. Personne ne sera là pour te protéger si tu ne le fais pas. Tu sais de quoi je parle, n'est-ce pas ? Ce n'est pas bon pour toi de passer tant de temps à la police.

Le visage de la jeune femme se crispa, comme si sa patronne venait de toucher un point sensible. Kaoru le remarqua et une idée lui vint à l'esprit.

— Si je comprends bien, vous… commença-t-elle en la regardant.

— Et si tu lui disais tout ? Heureusement pour toi, tu as affaire à une femme, et moi je sais tout.

— Mais… M. Mashiba vous en a parlé ?

— Non. Mais je l'ai deviné. Moi aussi, je suis une femme.

Tout était à présent clair aux yeux de Kaoru. Mais elle avait besoin d'une confirmation.

— Mademoiselle Wakayama, vous êtes enceinte ? demanda-t-elle crûment.

Hiromi hésita une seconde avant d'acquiescer.

— J'en suis au deuxième mois.

Du coin de l'œil, Kaoru vit frémir Ayané. Elle eut la conviction que Yoshitaka Mashiba n'en avait pas parlé à sa femme. Elle ne mentait pas en disant que son instinct féminin le lui avait fait deviner. Bien qu'elle s'y attendît, l'entendre de la bouche de Hiromi avait été un choc pour elle.

Ayané tourna cependant vers elle un visage résolu.

— Vous êtes convaincue, à présent ? Hiromi doit faire particulièrement attention à elle en ce moment. Vous aussi, vous êtes une femme et vous pouvez le comprendre, n'est-ce pas ? La police ne doit plus l'interroger si longtemps.

Kaoru ne put que manifester son assentiment. Des clauses particulières s'appliquent aux interrogatoires de femmes enceintes.

— Je vais en informer mes supérieurs. Ils en tiendront dorénavant compte.

— Je vous en remercie, dit Ayané avant de regarder son assistante. C'est mieux comme ça. Et tu vas pouvoir te faire suivre par un médecin, maintenant que tu ne le caches plus.

Au bord des larmes, Hiromi remua les lèvres. Kaoru n'entendit pas ce qu'elle disait mais elle eut l'impression qu'elle remerciait Ayané.

— J'ai une dernière chose à ajouter, reprit Ayané. Mon mari est le père de l'enfant qu'elle porte. Je pense qu'il avait décidé de me quitter parce qu'il le savait. Comment pouvez-vous imaginer qu'elle ait pu vouloir sa mort ?

Bien qu'elle fût d'accord avec elle, Kaoru garda le silence. Ayané dut y lire quelque chose, car elle reprit en secouant la tête :

— La logique de la police me dépasse. Elle n'avait absolument aucun motif. Moi, par contre, je n'en manquais pas.

A son retour à l'agence métropolitaine de police, Kusanagi et Mamiya, qui n'étaient pas encore partis, buvaient un café, l'air sombre.

— Qu'a dit Hiromi Wakayama à propos de l'eau ? demanda son collègue en la regardant. De celle avec laquelle elle a préparé le café qu'elle a bu avec lui, j'entends. Tu lui en as parlé, non ?

— Oui. Elle a utilisé l'eau du robinet.

Elle leur raconta ce qu'elle avait appris.

Mamiya pencha la tête sur le côté.

— C'est pour ça que rien ne s'est produit à ce moment-là. Si le poison avait été mélangé à l'eau en bouteille, tout colle.

— Rien ne garantit que Wakayama dise la vérité, fit Kusanagi.

— Certes, mais dans la mesure où ses déclarations ne sont pas contradictoires, nous manquons d'arguments. Il ne nous reste qu'à espérer que les techniciens vont nous éclairer.

— Vous leur avez demandé d'analyser l'eau en bouteille ? demanda Kaoru.

Kusanagi prit une liasse de papiers sur son bureau.

— Selon eux, il n'y avait qu'une seule bouteille d'eau dans le réfrigérateur, ouverte. Ils l'ont analysée, sans y trouver d'arsenic.

— Ah bon ! Mais vous venez de dire que les techniciens n'ont pas encore fourni de réponse définitive, il me semble.

— Les choses ne sont pas si simples, déclara Mamiya en faisant la moue.

— Que voulez-vous dire par là ?

— La bouteille d'eau du frigo était une bouteille d'un litre, expliqua Mamiya en consultant le rapport. Il y restait environ quatre-vingt-dix centilitres. Vous comprenez ce que cela signifie ? Il venait de l'ouvrir. Dix centilitres, ce n'est pas assez pour faire un café.

D'autant plus que la quantité de café moulu dans le filtre correspondait à deux tasses.

Kaoru devina où il voulait en venir.

— Donc il y avait une autre bouteille d'eau entamée. Il a ouvert la deuxième parce que la première était vide. Et c'est la deuxième qui était dans le réfrigérateur.

— Oui, je suis d'accord, approuva Kusanagi.

— Il est par conséquent possible que le poison ait été dans l'autre, reprit-elle.

— Le criminel n'avait pas le choix, dit Mamiya. Il ouvre le frigo pour mettre le poison, y voit deux bouteilles, dont l'une est déjà ouverte. Il ne peut pas le mettre dans l'autre sans l'ouvrir et prendre le risque que la victime le remarque. Il ne peut que choisir la première.

— Il faudrait l'analyser.

— Evidemment, dit Kusanagi en regardant ses papiers. Les techniciens l'ont d'ailleurs fait. Mais…

— Il y a un problème ?

— Ils ont analysé toutes les bouteilles vides trouvées chez les Mashiba, sans y trouver d'arsenic. Cela ne prouve pas qu'elles n'aient pas été utilisées pour le crime.

— Comment ça ?

— En d'autres termes, ils n'en sont pas encore sûrs, jeta Mamiya. Leurs prélèvements dans ces bouteilles étaient insuffisants. Ça se comprend, puisqu'il s'agit de bouteilles vides. A ce qu'il paraît, ces résultats devraient être affinés en faisant appel à l'Institut de police scientifique. Il ne nous reste qu'à attendre leur rapport.

Kaoru digéra ces informations. Elle comprenait à présent pourquoi ils faisaient grise mine.

— Même si des analyses plus poussées indiquent la présence de poison, cela ne changera pas grand-chose, il me semble, lâcha Kusanagi en regardant à nouveau vers les documents.

— Je n'en suis pas sûre. Cela élargira la liste des suspects, non ?

Kusanagi réagit à cet argument en lui lançant un regard suffisant.

— Tu n'as pas écouté ce que le chef vient de dire ? Si le criminel a mis du poison dans une bouteille, ce ne peut être que dans celle qui était déjà ouverte. Et la victime n'a bu cette eau qu'au moment de faire du café. Par conséquent, peu de temps s'est écoulé entre le moment où le poison a été introduit et la mort de la victime.

— Ce n'est pas parce que la victime n'a pas bu d'eau que les choses se sont passées ainsi, à mon avis. Il y avait bien d'autres choses à boire dans la maison pour étancher la soif.

Kusanagi gonfla légèrement ses narines comme s'il se réjouissait de marquer un point.

— Tu sembles oublier que M. Mashiba avait fait du café avant dimanche soir ! La veille, c'est aussi lui qui l'avait préparé, nous a dit Hiromi Wakayama. Elle lui a montré la bonne manière de faire le lendemain parce que le sien était amer. Il n'y avait donc pas de poison dans la bouteille samedi soir.

— Rien ne nous permet de dire qu'il s'est servi d'eau en bouteille à ce moment-là.

Kusanagi rejeta la tête en arrière en l'entendant. Puis il se couvrit le visage de ses deux mains.

— Tu rejettes les prémisses de notre raisonnement ? Tu as oublié que Mme Mashiba nous a confié que son mari se servait toujours d'eau en bouteille ? La logique est de mon côté, non ?

— Il me semble qu'utiliser le mot "toujours" est dangereux, continua Kaoru sur le même ton assuré. Nous ignorons à quel point M. Mashiba était rigoureux.

Peut-être n'était-ce qu'une simple habitude chez lui. Sa femme ne respectait pas nécessairement ses instructions. Il n'avait pas fait de café depuis longtemps. Il a très bien pu oublier et utiliser l'eau du robinet par inadvertance. Ou bien le robinet d'eau filtrée de la cuisine.

Kusanagi émit un *tsst* retentissant.

— Cesse de triturer le raisonnement dans le sens qui t'arrange !

— Je ne fais que souligner la nécessité de rester objectif, le contredit-elle en tournant les yeux vers leur chef. Tant que nous ne savons pas qui a bu de l'eau en bouteille chez les Mashiba, nous ne pourrons pas, à mon avis, déterminer le moment où le poison y a été mis.

Mamiya se frotta le menton en souriant.

— Débattre est important. Au départ, j'étais de l'avis de Kusanagi, mais à vous écouter, j'ai presque envie de pencher du côté de notre challenger.

— Chef ! soupira Kusanagi avec une expression déçue.

— Cependant, commença Mamiya qui regarda Kaoru, le visage redevenu sérieux, on peut déterminer ce moment jusqu'à un certain point. Tu n'as pas oublié ce qui s'est passé chez les Mashiba vendredi soir, n'est-ce pas ?

— Non, bien sûr. Ils ont donné un dîner, répondit Kaoru. Et ils ont dû servir de l'eau en bouteille à leurs invités.

— Le poison a donc été introduit après ce dîner, déclara Mamiya en levant l'index.

— Je suis d'accord. Je pense que les Ikai n'ont eu aucune opportunité de le faire. Aller dans la cuisine sans que cela se remarque leur était certainement impossible.

— Donc, seules deux personnes ont pu le faire.

— Je vous arrête ! s'exclama Kusanagi d'un ton vif. Soupçonner Hiromi Wakayama est compréhensible, mais pas Mme Mashiba. C'est elle qui nous a appris que son mari avait l'habitude de faire du café avec de l'eau en bouteille. Pourquoi aurait-elle veillé à ce que nous la soupçonnions si elle n'est pas coupable ?

— Peut-être parce qu'elle savait que nous l'apprendrions de toute façon, suggéra Kaoru. Si elle prévoyait que nous trouverions tôt ou tard du poison dans une bouteille vide, elle a pu penser que nous la soupçonnerions moins si elle nous en parlait la première.

Kusanagi releva un coin de la bouche avec lassitude.

— Je m'égare à force de t'écouter. Tu tiens vraiment à faire de Mme Mashiba la coupable !

— Non, sa logique tient, commenta Mamiya. Son opinion est réfléchie. La présence d'arsenic dans la bouilloire alors que Wakayama aurait pu l'éviter n'a pas de sens. Ayané Mashiba est aussi la première suspecte du point de vue du mobile.

— Mais… commença Kusanagi.

— A propos de mobile, l'interrompit Kaoru. Je viens d'apprendre un fait qui renforce celui de l'épouse.

— De qui le tiens-tu ? demanda Mamiya.

— De Hiromi Wakayama.

Kaoru leur expliqua ce qui arrivait à cette jeune femme, un événement dont les deux hommes ne s'étaient probablement pas doutés.

12

Debout devant le bureau, Tatsuhiko Ikai tenait son portable de la main gauche. Il avait dans l'autre le combiné de son fixe et parlait à son correspondant.

— Oui, je voudrais que vous le fassiez. L'article 2 du contrat le précise, il me semble… Oui, bien sûr, nous allons nous occuper de ce point… Très bien. Je compte sur vous, dit-il et il raccrocha pour coller son portable à son oreille.

— Toutes mes excuses. Je viens d'en parler à l'autre partie qui est d'accord… Bien, donc vous agirez comme nous en sommes convenus l'autre jour… Oui, c'est noté.

Sans prendre le temps de s'asseoir, il commença à griffonner quelque chose sur un bloc-note qui se trouvait sur le bureau utilisé jusqu'à il y a peu par Yoshitaka Mashiba.

Il mit la feuille dans sa poche et leva les yeux vers Kusanagi.

— Désolé de vous avoir fait attendre.

— Vous avez fort à faire.

— Ce ne sont que des détails. Avec la disparition soudaine du PDG, ses subordonnés donnent des ordres contradictoires. Mashiba se comportait en autocrate, j'en étais préoccupé, j'aurais dû m'occuper de remédier à cela, déplora Ikai en s'asseyant en face de Kusanagi.

— Vous le remplacez pour l'instant ?

— Pas du tout ! s'écria Ikai en accompagnant sa dénégation d'un mouvement du bras. Je n'ai pas l'étoffe d'un dirigeant. Ce n'est pas donné à tout le monde. Tirer les ficelles dans l'ombre me convient beaucoup mieux. J'ai l'intention de nommer un successeur rapidement. Donc… Il s'interrompit sans quitter Kusanagi des yeux. Imaginer que j'ai tué Mashiba pour le remplacer n'a pas de sens.

Il esquissa un sourire en voyant Kusanagi écarquiller les yeux.

— Pardonnez-moi cette plaisanterie de très mauvais goût. J'ai perdu un ami, mais j'ai tellement à faire que je n'ai pas le temps de le réaliser, et cela me rend irritable.

— Je suis navré de vous déranger à un tel moment.

— Pas du tout, je souhaite que l'enquête progresse vite. Il y a du neuf depuis la dernière fois que nous nous sommes parlé ?

— Oui, nous commençons à y voir plus clair. Nous savons par exemple comment le poison a été introduit dans le café.

— Cela m'intéresse.

— Saviez-vous que M. Mashiba se souciait beaucoup de sa santé et ne buvait pas d'eau du robinet ?

Ikai pencha la tête sur le côté.

— Vous attribuez cela à sa préoccupation pour sa santé ? Moi non plus, je n'en bois pas. Depuis plusieurs années.

Kusanagi fut décontenancé. Cela semblait aller de soi pour les riches.

— Vraiment ?

— Je ne sais pas exactement pourquoi, d'ailleurs. Je n'ai jamais pensé que l'eau du robinet avait mauvais goût. Je suis peut-être une victime des producteurs d'eau en bouteille. Disons que c'est devenu une habitude, dit-il en relevant le menton comme s'il venait de penser à quelque chose. Le poison aurait été mélangé à l'eau ?

— Nous n'en sommes pas absolument certains, mais c'est possible. Au moment du dîner, vous avez bu de l'eau minérale ?

— Oui, bien sûr ! En grande quantité ! Et ce serait l'eau qui…

— Nous avons appris que M. Mashiba s'en servait aussi pour faire du café. Le saviez-vous ?

— Oui, il me l'avait dit. Ikai hocha la tête. D'où le poison dans le café ?

— Le problème est d'établir à quel moment le coupable l'y a mis. Voilà pourquoi je voulais vous demander si vous pouvez penser à quelqu'un qui serait venu le voir en secret le dimanche.

Ikai lui jeta un regard scrutateur. Il avait compris le sens de la question.

— En secret ?

— Oui. Pour l'instant, nous ne savons pas encore s'il a eu de la visite ce jour-là. Quelqu'un aurait pu venir discrètement. A condition que M. Mashiba l'ait voulu.

— Autrement dit, il aurait pu laisser entrer chez lui une autre femme pendant l'absence de son épouse ?

— Nous n'excluons pas non plus cette possibilité.

Ikai décroisa les jambes et se pencha légèrement en avant.

— Vous ne voulez pas me parler franchement ? Je comprends la confidentialité de votre enquête, mais comme vous le savez, je ne suis pas non plus un amateur. Je sais garder un secret. Cela me permettrait d'être plus direct.

Kusanagi se tut parce qu'il ne voyait pas où son interlocuteur voulait en venir.

— Vous avez sans doute découvert que Mashiba avait une maîtresse, non ? reprit Ikai en s'adossant à nouveau au dossier.

Kusanagi hésita. Il n'avait pas prévu qu'Ikai aborderait ce sujet.

— Que savez-vous exactement ? demanda-t-il prudemment.

— Mashiba s'en est ouvert à moi il y a quelques semaines. Il m'a dit qu'il envisageait de changer bientôt de partenaire. J'ai eu l'impression qu'il avait une autre femme dans sa vie, expliqua-t-il en le regardant dans le blanc des yeux. Mais la police doit le savoir. Vous êtes ici parce que vous le savez. Je me trompe ?

Kusanagi se gratta le front. Il sourit à contrecœur.

— Non. M. Mashiba avait une autre femme dans sa vie.

— Je ne vous demande pas de me dire son nom, même si j'ai mon idée là-dessus.

— Vous l'avez deviné ?

— En procédant par élimination. Mashiba avait pour principe de ne pas s'intéresser aux hôtesses de bar, ni aux femmes qu'il rencontrait dans sa vie professionnelle. Cela ne laissait qu'une seule possibilité, dit-il avant de soupirer. Donc, je ne me suis pas trompé. Je ne pourrai pas en parler à ma femme.

— Nous savons que cette femme est venue chez lui pendant le week-end parce qu'elle nous l'a dit. Ce que je voulais savoir, c'est s'il est possible qu'elle n'ait pas été la seule.

— Que, pendant l'absence de son épouse, il ait eu la visite de deux femmes ? Quel luxe ! jeta-t-il en se balançant. Mais c'est impossible. Mashiba fumait cigarette sur cigarette, mais il n'était pas du genre à fumer deux cigarettes en même temps.

— Que voulez-vous dire ?

— Il changeait souvent de partenaire, mais n'en avait jamais deux à la fois. J'imagine que s'il avait une maîtresse, il délaissait sa femme. Je parle de ce que vous savez. Il m'avait dit qu'il était encore un peu trop jeune pour faire l'amour uniquement pour le plaisir.

— Vous voulez dire qu'il le faisait pour avoir un enfant ?

— Dans une certaine mesure, oui, répondit Ikai en faisant la moue.

Kusanagi se souvint que Hiromi Wakayama était enceinte.

— Etes-vous en train de me dire qu'il s'était marié d'abord pour avoir des enfants ?

Ikai se renversa en arrière et s'immobilisa.

— Non pas d'abord, mais uniquement pour cela. Avant même de se marier, il me parlait souvent de son envie de devenir père. Et il a mis beaucoup d'énergie à trouver la femme qui lui convenait. Il a eu beaucoup de femmes dans sa vie, les gens le prenaient peut-être pour un play-boy, mais en réalité il cherchait la femme idéale. Celle qui serait la mère de ses enfants.

— Il ne se préoccupait pas du tout de savoir si c'était la femme idéale pour devenir son épouse ?

Ikai haussa les épaules.

— Mashiba ne cherchait pas une épouse. Quand il m'a appris qu'il envisageait de changer de partenaire, voici ce qu'il m'a dit : Je veux une femme qui me fasse des enfants, et non une femme de ménage ou un bibelot de prix.

Kusanagi ne put s'empêcher d'écarquiller les yeux.

— Il aurait eu des ennuis avec les femmes s'il l'avait dit tout haut ! Une femme de ménage, passe encore, mais un bibelot…

— Je me suis servi de ce mot par égard pour la dévotion d'Ayané. C'était une épouse parfaite. Elle a arrêté toutes ses activités extérieures pour se consacrer à son foyer. Quand Mashiba était chez lui, elle y était aussi, toujours assise sur le canapé du salon, un ouvrage de patchwork à la main, prête à satisfaire ses moindres désirs. Mais cela n'avait aucune valeur à ses yeux. Je crois qu'une femme qui ne lui donnait pas d'enfants était pour lui une présence aussi super-flue qu'un bibelot.

— Ce sont des mots terribles. Pourquoi tenait-il tant à devenir père ?

— Eh bien… Je ne peux pas dire que je ne voulais pas d'enfant, mais c'était moins important que pour lui. Maintenant que je suis père, je suis fou du bébé, reconnut-il en souriant avant d'ajouter, le visage sérieux, je pense que c'était lié à son histoire personnelle.

— Que voulez-vous dire ?

— Vous n'ignorez pas, j'imagine, qu'il n'a ni parents ni famille ?

— Oui, nous l'avons appris, fit Kusanagi en hochant la tête.

— Ses parents ont divorcé quand il était encore petit. C'est à son père, un homme qui travaillait beau-coup et passait très peu de temps chez lui, qu'il a été confié. Il me semble que ce sont ses grands-parents paternels qui l'ont élevé, mais ils sont morts quand il était encore jeune. Son père est décédé d'une attaque cérébrale quand Mashiba avait une vingtaine d'an-nées. Voilà comment il s'est retrouvé seul au monde assez tôt dans la vie. Grâce à son héritage, il n'a ja-mais connu de problèmes matériels et il a pu fonder sa propre entreprise, mais il n'a jamais eu de vie de famille normale.

— D'où son désir de devenir père…

— Je pense qu'il voulait connaître les liens du sang. Parce qu'une épouse ou une maîtresse, quel que soit l'amour que vous leur portez, reste quelqu'un qui n'est pas du même sang que vous.

Ikai avait parlé avec une certaine froideur. Peut-être voyait-il les choses de la même manière. Cela

renforçait la portée de ses mots aux oreilles de Kusanagi.

— L'autre jour, vous nous avez dit que vous étiez
présent quand M. Mashiba a fait connaissance avec
Mme Mashiba. Lors d'une réception ou d'un événement du même genre...

— C'est exact. Il s'agissait d'une réception dont le
but officiel était de rassembler des personnes de divers milieux professionnels afin de faciliter les échan-
ges entre eux, mais en réalité, les participants étaient
là pour rencontrer quelqu'un d'un niveau correspondant au leur, en vue du mariage. Moi, j'étais déjà marié
à l'époque, mais Mashiba m'a demandé si je voulais
bien l'accompagner. Il devait y aller pour faire plaisir
à un de ses clients. Il n'empêche que c'est là qu'il a
fait connaissance avec la femme qu'il a épousée. La
vie réserve décidément des surprises ! C'est arrivé
juste au bon moment...

— Au bon moment ?

Une expression légèrement embarrassée traversa
le visage d'Ikai, comme s'il se rendait compte qu'il en
avait trop dit.

— Il venait de rompre avec la jeune femme qu'il fréquentait quand il est allé à cette réception. Je crois qu'il
voulait faire vite, parce que sa précédente relation avait
échoué, expliqua l'avocat, en mettant son index sur
ses lèvres. N'en parlez pas à Mme Mashiba, s'il vous
plaît. Il m'avait demandé de garder le secret.

— Sauriez-vous pourquoi il avait rompu ?

— Eh bien... commença-t-il d'un ton perplexe. Nous
avions pour règle tacite de ne pas nous faire ce genre
de confidences. Mais j'imagine que c'est parce qu'ils
n'arrivaient pas à avoir un enfant.

— Bien qu'ils ne soient pas mariés ?

— Je vous ai dit que c'était tout ce qui comptait
pour lui, non ? Le mariage idéal, pour lui, était avec une
femme enceinte de ses œuvres.

D'où sa décision de choisir Hiromi Wakayama… se dit Kusanagi en pensant que les hommes ne sont décidément pas tous pareils. Il le savait, mais ne parvenait pas à comprendre Yoshitaka Mashiba, qui, lui semblait-il, aurait pu avoir une vie heureuse aux côtés d'une femme comme Ayané, même sans enfants.

— Savez-vous quelque chose de la personne qu'il fréquentait avant de faire connaissance avec Mme Mashiba ?

Ikai fit non de la tête.

— Quasiment rien. Il m'avait dit qu'il avait quelqu'un dans sa vie, c'est tout. Il était assez secret, cela ne m'étonnerait pas qu'il ait décidé d'attendre d'avoir pris sa décision pour présenter sa future femme à ses amis.

— Cette rupture ne lui a pas posé de problème ?

— Je ne crois pas. Mais nous n'en avons jamais discuté, dit-il et il reprit, comme s'il venait de prendre conscience de quelque chose : Elle aurait quelque chose à voir avec sa mort ?

— Pas nécessairement, mais nous souhaitons savoir le plus de choses possible sur lui.

Ikai agita la main en signe de dénégation, avec un sourire forcé.

— Il ne faudrait surtout pas que vous vous imaginiez que Mashiba ait pu la recevoir chez lui dimanche dernier. Il n'aurait jamais fait ça. Jamais. Je suis sûr de ce que j'affirme.

— Parce qu'il n'était pas du genre à fumer deux cigarettes à la fois ?

— Exactement, répondit Ikai en hochant la tête.

— C'est noté. Je m'en souviendrai, fit Kusanagi qui regarda sa montre et se leva. Je vous remercie d'avoir pris le temps de répondre à mes questions.

Il se dirigea vers la porte. Ikai le rattrapa et la lui ouvrit.

— Je vous remercie…

— Monsieur Kusanagi ! commença Ikai en tournant vers lui un regard grave. Je n'ai en aucune façon l'intention de me mêler de ce qui ne me regarde pas, mais j'ai une requête à vous faire.

— Laquelle ?

— Mashiba n'était pas un saint. Si vous enquêtez sur lui, vous allez sans doute découvrir différentes choses. Mais je ne crois pas qu'il puisse y avoir un lien entre son passé et sa mort. Je vous serai reconnaissant d'agir prudemment. Sa société traverse une passe difficile.

Il craignait que le meurtre du dirigeant ne nuise à l'entreprise.

— Rassurez-vous, il n'y aura pas de fuites dans la presse, quoi que nous découvrions, réagit Kusanagi en quittant la pièce.

La personnalité de la victime le mettait mal à l'aise. Sa vision des femmes en tant que ventres destinés à produire des enfants lui déplaisait viscéralement. Mashiba devait avoir le même genre d'attitude vis-à-vis du reste de l'humanité : à ses yeux, ses employés devaient n'être que des rouages de sa société, et les consommateurs, des citrons à presser.

Un homme de ce calibre avait dû blesser beaucoup de gens dans sa vie. Qu'il y en ait un ou deux qui le haïssent au point de vouloir sa mort n'était pas exclu.

Hiromi Wakayama elle-même n'était pas au-dessus de tout soupçon. Kaoru Utsumi ne pouvait imaginer qu'elle ait pu tuer le père de l'enfant qu'elle attendait, mais maintenant qu'il avait parlé avec Ikai, il avait l'impression qu'il était trop tôt pour en être certain. Yoshitaka avait apparemment eu l'intention de quitter Ayané et d'épouser Hiromi Wakayama parce qu'elle était enceinte, et non parce qu'il l'aimait. Il aurait pu susciter sa haine en lui faisant une proposition égoïste.

Mais Kusanagi n'avait aucun argument à opposer à sa collègue. Elle lui avait fait remarquer qu'il aurait été étrange que la jeune femme qui avait découvert le corps n'ait pas fait disparaître les traces de sa culpabilité. Considérer qu'elle n'y avait pas pensé était absurde.

Il décida d'identifier dans un premier temps la jeune femme que fréquentait la victime avant de rencontrer Ayané et quitta la société de Mashiba en réfléchissant au moyen d'y arriver.

Ayané Mashiba ouvrit de grands yeux surpris. Kusanagi prit note du vacillement de son regard. Il lui avait causé un choc.

— L'ancienne amie de mon mari, dites-vous ?

— Je suis confus de vous avoir posé une question aussi désagréable, répondit-il en baissant la tête.

Ils étaient assis dans le hall de l'hôtel où Ayané séjournait. Kusanagi l'avait appelée pour lui dire qu'il avait une question à lui poser.

— Cela a un rapport avec ce qui s'est passé ?

Kusanagi secoua la tête.

— Nous l'ignorons pour l'instant. Dans la mesure où il est très vraisemblable que votre mari a été assassiné, nous nous intéressons aux personnes qui auraient pu avoir un mobile pour le faire. Nous devons pour cela fouiller dans son passé.

Ayané le regarda avec une expression légèrement plus détendue. Elle lui adressa un sourire triste.

— Vous devez penser qu'il s'est séparé brutalement de cette personne. Comme il l'a fait avec moi.

— Non… répondit-il, incapable d'ajouter qu'il ne le croyait pas. Quelqu'un nous a dit que votre mari cherchait une femme capable de lui donner des enfants. Il aurait pu blesser une femme sensible et elle aurait pu ressentir de la haine pour lui, ajouta-t-il en levant les yeux vers elle.

— Comme moi, vous voulez dire ?

— Non, vous…

— Mais si, reprit-elle. J'imagine que votre collègue, Mlle Utsumi, si je ne me trompe pas, vous a tout raconté, non ? Hiromi a réalisé le vœu le plus cher de mon mari. Et il l'a choisie et décidé de se débarrasser de moi. Je mentirais si je disais que je ne lui en voulais pas.

— Vous n'avez pas pu commettre ce crime.

— Vous en êtes sûr ?

— Nous n'avons pour l'instant rien retrouvé dans la bouteille vide. Le plus vraisemblable est que le poison ait été introduit dans la bouilloire. Or vous n'avez pas pu le faire. Il s'interrompit, et reprit très vite : Quelqu'un a dû venir chez vous dimanche. C'est la seule possibilité. Quelqu'un que votre mari connaissait, à qui il a ouvert sa porte. Nous avons cherché en vain parmi ses connaissances professionnelles. Le nombre de personnes susceptibles d'être invitées à venir chez vous pendant votre absence est nécessairement limité.

— A votre avis, il ne peut s'agir que de sa maîtresse ou de son ex-amie ? demanda-t-elle en repoussant ses cheveux en arrière. Je suis désolée, mais mon mari ne m'a jamais fait de confidences à ce sujet.

— Le moindre indice pourrait nous être utile. Il n'a jamais mentionné quelqu'un, en passant, dans une conversation ?

— Hum… dit-elle en penchant la tête. Il parlait très peu de son passé, peut-être parce qu'il était prudent. Je crois qu'il ne retournait jamais dans un restaurant ou un bar où il aurait été avec une femme dont il s'était séparé.

— Ah bon ! fit Kusanagi, découragé parce qu'il espérait qu'elle lui indiquerait le nom de cafés fréquentés autrefois par son mari.

Yoshitaka Mashiba avait peut-être été particulièrement prudent. La police n'avait rien trouvé dans ses affaires, ni à son domicile, ni à son bureau, qui évoque une autre présence féminine que celle de Hiromi Wakayama. Les numéros enregistrés dans son portable, à l'exception de ceux de ses relations d'affaires, étaient ceux d'hommes. Celui de Hiromi Wakayama n'y figurait pas non plus.

— Désolée de ne vous être d'aucun secours.

— Vous n'avez pas à vous excuser !

Au moment où elle allait ajouter quelque chose, le téléphone qui était dans son sac se mit à sonner. Elle le sortit en toute hâte et demanda à Kusanagi si elle pouvait y répondre. Cela va de soi, dit-il.

Elle commença à parler avec calme mais écarquilla les yeux une seconde plus tard. Son visage prit une expression crispée.

— Non, cela ne me dérange pas, mais… Ah, vraiment ? Très bien. Je vous remercie, dit-elle et elle raccrocha en le regardant, l'air contrit. J'aurais peut-être dû dire que vous étiez ici, ajouta-t-elle.

— De qui venait l'appel ?

— De Mlle Utsumi.

— Ah bon ? Que voulait-elle vous dire ?

— Elle me demandait l'autorisation de se rendre dans la maison pour inspecter à nouveau la cuisine. Elle a précisé qu'elle y allait pour un détail.

— Inspecter la cuisine… Je me demande ce qu'elle compte y faire, fit-il en se caressant le menton, le regard oblique.

— Elle cherche sans doute à comprendre comment le poison a pu être introduit.

— Probablement, répondit Kusanagi qui consulta sa montre et tendit la main vers la note qui se trouvait sur la table. Je vais la rejoindre. Vous n'y voyez pas d'objection ?

— Bien sûr que non, répliqua-t-elle. Elle changea d'expression, comme si elle venait de penser à quelque chose. Puis-je vous demander de me rendre un service ?

— Et lequel ?

— Je suis confuse de vous demander cela.

— Mais de quoi s'agit-il ? Je vous écoute.

— Il faudrait arroser les fleurs. Quand je suis venue ici, je ne pensais rester qu'un ou deux jours mais…

— Ah ! Kusanagi hocha la tête avec conviction. C'est nous qui sommes confus de vous imposer ces difficultés. Mais vous pouvez retourner chez vous si vous le souhaitez. Les techniciens ont fini leur travail. Je vous préviendrai sitôt que nous aurons terminé aujourd'hui.

— Ce n'est pas la peine. Je vais rester encore quelque temps ici. Je n'arrive pas à m'imaginer seule dans cette grande maison.

— C'est compréhensible.

— Je sais que je vais devoir y retourner, et je le ferai une fois que la date des obsèques sera fixée.

— Le corps de votre mari vous sera bientôt remis.

— Ah… Il faut que je m'occupe de tout cela, dit-elle et elle cligna des yeux. J'avais l'intention de passer chercher des affaires à la maison demain et arroser les fleurs à cette occasion. Elles en ont besoin. Je n'arrête pas d'y penser.

Kusanagi comprenait ce qu'elle voulait dire. Il se tapota le torse.

— Très bien. Ne vous en faites pas, je m'en occuperai. Les fleurs du jardin et du balcon, n'est-ce pas ?

— Cela ne vous dérange pas ? J'ai honte de vous demander cela.

— Vous collaborez pleinement avec nous, nous vous le devons bien. Un de mes collègues s'en chargera. Faites-moi confiance.

Kusanagi se leva, et elle en fit autant en scrutant son visage.

— Je ne voudrais pas que ces fleurs fanent, dit-elle avec emphase.

— Elles sont importantes pour vous, répondit Kusanagi qui se souvenait que la première chose qu'elle avait faite à son retour de Sapporo avait été de les arroser.

— Celles du balcon, je les avais déjà avant mon mariage. Elles me rappellent beaucoup de choses. Voilà pourquoi j'y suis attachée.

Elle fixa quelque chose au loin avant de tourner à nouveau les yeux vers lui. Ils brillaient si fort qu'il ne put soutenir leur éclat.

— Vous pouvez compter sur moi. Ne vous faites pas de souci à leur sujet, dit-il avant de se diriger vers la caisse.

Il prit un taxi en sortant de l'hôtel. Il n'arrivait pas à chasser de sa mémoire le visage d'Ayané au moment où ils s'étaient séparés.

Il regardait défiler le paysage lorsque ses yeux se posèrent sur l'enseigne d'un magasin de bricolage. Une idée lui vint à l'esprit.

— Excusez-moi. Je vais descendre ici.

Il y trouva ce qu'il cherchait et ressortit rapidement du magasin pour prendre un autre taxi. Il était tellement content de son achat qu'il en était presque émoustillé.

Une voiture de police était garée devant chez les Mashiba. Cela irrita Kusanagi. La maison ne pouvait que continuer à attirer l'attention du voisinage.

Un policier en tenue était debout à côté de l'entrée. Le même que celui qui était là dimanche soir. L'homme dut le reconnaître car il le salua en silence.

Kusanagi vit trois paires de chaussures dans le hall. Une paire de tennis qu'il identifia comme appartenant à Kaoru Utsumi, et deux paires de souliers masculins, l'une ordinaire et usagée, l'autre neuve, avec le logo Armani collé sur la semelle intérieure.

Il se dirigea vers le salon, dont la porte était ouverte. Il entra mais ne vit personne. Une voix d'homme lui parvint de la cuisine.

— Rien n'indique que quelqu'un y ait touché.

— N'est-ce pas ? Les techniciens aussi ont estimé que personne n'y avait posé la main depuis au moins un an.

Il reconnut la voix de sa collègue.

Kusanagi jeta un coup d'œil dans la cuisine. Kaoru Utsumi et un homme étaient accroupis devant l'évier. A cause de la porte ouverte du placard situé en dessous, il ne voyait pas le visage de l'inconnu. Kishitani était debout à côté d'eux.

— Kusanagi ! Bonjour ! fit ce dernier en remarquant sa présence.

Sa collègue se retourna vers lui, déconcertée.

— Que faites-vous ? demanda-t-il.

Elle cligna des yeux.

— Je ne m'attendais pas à te voir ici.

— Réponds à ma question. Qu'êtes-vous en train de faire ?

— Drôle de façon de s'adresser à une jeune collègue pleine de zèle ! s'exclama le deuxième homme, en se tournant vers lui.

Interloqué, Kusanagi reconnut son ami.

— Comment se fait-il que tu sois ici, Yukawa ? lança-t-il avant de regarder sa collègue. Tu es allée le consulter sans m'en informer ?

Elle se mordit la lèvre inférieure sans répondre.

— Tu plaisantes ? Estimes-tu que chaque fois que Mlle Utsumi décide de rencontrer quelqu'un, elle doit d'abord obtenir ton autorisation ? répliqua Yukawa en souriant de toutes ses dents. Ça faisait un bail ! Je suis content de te voir en forme.

— Je croyais que tu avais décidé de ne plus nous aider dans nos enquêtes.

— Je n'ai pas changé d'avis. Mais chaque règle a ses exceptions. Quand il s'agit d'une énigme qui m'intéresse en tant que scientifique, par exemple. Je mentirais en disant que c'est la seule raison de ma présence ici aujourd'hui. Nul besoin de te parler des autres, cependant, expliqua-t-il en lançant un regard lourd de sous-entendus à Kaoru Utsumi.

Kusanagi ne la quittait pas des yeux.

— C'est pour cela que tu parlais d'inspecter la cuisine à nouveau ?

Prise au dépourvu, elle ne répondit pas immédiatement.

— Mme Mashiba t'en a parlé ?

— J'étais avec elle quand tu l'as appelée. Ah, j'ai failli oublier quelque chose d'important. Kishitani, tu m'as l'air oisif.

Son jeune collègue se redressa.

— Le chef m'a ordonné de les accompagner. Il craignait qu'Utsumi n'omette de lui raconter quelque chose.

— Je te remplace. Va arroser les fleurs du jardin.

Kishitani battit des cils plusieurs fois.

— Arroser les fleurs ?

— Mme Mashiba a décidé d'aller habiter ailleurs pour nous faciliter la tâche. Personne ne te reprochera de lui rendre ce service. Ne t'occupe pas des jardinières du balcon, je m'en charge.

Kishitani fronça les sourcils, visiblement mécontent, mais il obéit et quitta la cuisine.

— Très bien. Maintenant, il va falloir que vous m'expliquiez les raisons de cette nouvelle inspection de la cuisine, déclara Kusanagi en croisant les bras sans détacher son regard de Yukawa.

Le physicien, les pouces de ses mains gantées dans les poches de son pantalon – qui était selon toute apparence de la même marque que ses chaussures –, s'appuyait à l'évier.

— Ta jeune collègue m'a soumis le problème suivant : quelqu'un peut-il introduire à distance du poison dans une boisson prise par une personne déterminée ? Et cela, grâce à un dispositif qui ne laisse aucune trace. Même dans le monde de la physique, rares sont les énigmes d'une telle complexité, commenta-t-il avec un haussement d'épaules.

— A distance… répéta Kusanagi en décochant un regard courroucé à sa collègue. Tu continues à soupçonner l'épouse de la victime. Tu es allée voir Yukawa pour découvrir par quelle astuce elle aurait pu commettre le crime, hein !

— Je ne soupçonne pas qu'elle. Je cherche simplement à m'assurer que les personnes ayant un alibi pour le week-end ne peuvent pas avoir commis le crime.

— Ce qui revient au même, non ? Tu vises l'épouse, répliqua Kusanagi avant de se retourner vers Yukawa. Pourquoi as-tu regardé sous l'évier ?

— Utsumi m'a dit que des traces de poison ont été trouvées à trois endroits, répondit Yukawa en levant trois doigts gantés. Dans le café bu par la victime, dans le papier-filtre et le marc de café, et enfin dans la bouilloire. C'est tout ce que l'on sait. Par conséquent, soit le poison a été directement introduit dans la bouilloire, soit il a été mélangé à l'eau. Mais à quelle eau ? A nouveau, il existe deux possibilités : l'eau en bouteille, ou l'eau de l'un des deux robinets.

— L'eau d'un des deux robinets ? Tu veux dire, grâce à un dispositif sur le tuyau ? demanda Kusanagi en respirant bruyamment.

— Quand il y a plusieurs possibilités, le plus rationnel est de procéder par élimination, reprit Yukawa, impassible. Vos techniciens ont établi que ni le robinet ni l'appareil de filtration dont dépend le second robinet de l'évier ne présentaient d'anomalie. Tu me connais, tu sais que je veux toujours tout vérifier de mes propres yeux. Voilà pourquoi je tenais à inspecter le dessous de l'évier, qui est le seul endroit où installer un tel dispositif.

— Et alors ?

Yukawa secoua lentement la tête.

— Ni le tuyau auquel est fixé le filtre ni le filtre lui-même ne portent la trace d'un quelconque dispositif. Peut-être vaudrait-il mieux tout démonter, mais je doute que cela produise un autre résultat. Par conséquent, il est raisonnable d'en déduire que si le poison a été mélangé à l'eau, ce devait être à l'eau de la bouteille.

— On n'en a pas retrouvé de trace.

— Nous n'avons pas encore reçu les résultats de l'Institut de police scientifique, dit Kaoru Utsumi.

— Ils ne vont rien trouver. Nos techniciens connaissent leur métier, rétorqua son collègue en décroisant les bras en continuant à fixer des yeux Yukawa qui avait les mains posées sur ses hanches. Ce sont tes conclusions ? Tu aurais pu t'épargner cette visite !

— Pour l'instant, je ne me suis occupé que de l'eau. Il me reste à vérifier la bouilloire. Il n'est pas impossible que le poison y ait été placé.

— C'est ma thèse. Permets-moi cependant de te dire que, dimanche matin, elle ne présentait aucune anomalie. Du moins d'après Hiromi Wakayama.

Yukawa ne réagit pas, mais saisit une bouilloire posée à côté de l'évier.

— C'est quoi, ça ? demanda Kusanagi.

— Une bouilloire identique à celle utilisée pour le café bu par la victime. Ta collègue me l'a procurée.

Il en retira le couvercle, la remplit d'eau, puis la vida.

— Une bouilloire ordinaire, qui n'est pas truquée.

Il la remplit à nouveau d'eau, et alluma un des feux de la cuisinière.

— Que vas-tu faire ?

— Regarde, et tu comprendras, répondit Yukawa en s'appuyant à nouveau contre l'évier. Tu penses que le meurtrier est venu ici dimanche et a placé le poison dans la bouilloire à cette occasion, n'est-ce pas ?

— C'est la seule possibilité, non ?

— Il aurait choisi une méthode hasardeuse. D'autant plus que M. Mashiba aurait pu parler de sa visite à quelqu'un. Ou bien crois-tu possible qu'il se soit introduit dans la cuisine à son insu, profitant d'une absence de la victime ?

— Cela me semble peu vraisemblable. Mon hypothèse est qu'il s'agit d'une personne dont M. Mashiba souhaitait taire la visite.

— Je vois. Une personne qu'il voyait en secret, c'est ça ? fit Yukawa en hochant la tête avant de se tourner vers Kaoru Utsumi. Votre collègue n'a pas perdu la raison. Je suis rassuré.

— Que veux-tu dire exactement ? demanda Kusanagi en les dévisageant successivement.

— Rien d'important. Tant que vous restez raisonnables tous les deux, vos divergences d'opinions ne sont pas une mauvaise chose.

Kusanagi décocha un mauvais regard à Yukawa qui faisait preuve de son insolence habituelle. Loin de s'en offusquer, son interlocuteur affichait un large sourire.

L'eau de la bouilloire parvint à ébullition. Yukawa éteignit le feu, et souleva le couvercle.

— Excellent résultat, commenta-t-il en inclinant la bouilloire au-dessus de l'évier.

154

Kusanagi sursauta en voyant le liquide qui en sortait. L'eau du robinet avait pris une teinte rouge vif.

— Que s'est-il passé ?

Yukawa reposa la bouilloire et le regarda sans cesser de sourire.

— J'ai menti en disant que la bouilloire n'était pas truquée. J'avais appliqué du colorant rouge sous une couche de gélatine à l'intérieur. L'eau chaude a fait fondre la gélatine, et le colorant s'est mélangé à l'eau. Le sourire disparut de son visage et il se tourna vers la jeune inspectrice. La bouilloire a servi au moins deux fois avant que la victime ne meure, n'est-ce pas ?

— Oui, samedi soir et dimanche matin, répondit-elle.

— Suivant la nature et la quantité de gélatine, faire en sorte qu'elle ne fonde que la troisième fois est peut-être possible. Vous devriez demander à vos techniciens de faire des recherches à ce sujet. Il faut aussi réfléchir à quel endroit de la bouilloire elle aurait été placée, et envisager un autre ingrédient que la gélatine.

— C'est noté, dit-elle en écrivant les instructions de Yukawa dans son carnet.

— Ça ne va pas, Kusanagi ? Tu as l'air accablé ! fit-il d'un ton railleur.

— Je ne suis pas du tout accablé. Tu crois vraiment que quelqu'un de normal penserait à une méthode si compliquée ?

— Compliquée ? Pas du tout ! Elle ne présente aucune difficulté pour quelqu'un qui a l'habitude de se servir de gélatine. Par exemple, une femme qui fait très bien la cuisine.

Kusanagi ne put s'empêcher de serrer les dents en l'entendant. Le physicien imaginait qu'Ayané Mashiba était coupable. A cause de sa collègue qui avait fait naître le soupçon en lui.

Le portable de Kaoru Utsumi se mit à sonner. Elle y répondit, et regarda Kusanagi après avoir échangé deux ou trois phrases brèves.

— Nous avons reçu le rapport de l'Institut de police scientifique. Il n'y avait pas de trace de poison dans la bouteille d'eau.

13

— A présent, je vous demande de vous recueillir.

Hiromi Wakayama obéit en fermant les yeux. Le hall mortuaire s'emplit de musique. Elle sursauta en reconnaissant *The Long and Winding Road*, des Beatles. Cela signifie "la longue route sinueuse", pensa-t-elle. Yoshitaka Mashiba aimait les Beatles qu'il écoutait souvent en voiture. *The Long and Winding Road*, une mélodie au rythme lent, avec quelque chose de triste, était une de ses chansons préférées. Ce devait être Ayané qui l'avait choisie. Elle lui en voulut. L'atmosphère de la chanson était trop bien adaptée aux circonstances. Elle lui faisait penser intensément à Yoshitaka Mashiba. Hiromi eut soudain une boule dans la gorge et elle sentit affluer à ses yeux fermés les larmes qu'elle croyait taries.

Elle ne pouvait pas se permettre de pleurer. Que quelqu'un comme elle, qui n'avait officiellement aucun lien direct avec le défunt, se mît à sangloter intriguerait l'assistance. Et elle ne voulait pas pleurer devant Ayané.

Après le moment de recueillement commença le dépôt des fleurs. L'un après l'autre, les participants allèrent en poser une au pied du cercueil. Ayané avait choisi cette cérémonie parce que son mari n'était pas religieux. Debout à côté de l'estrade, elle saluait de la tête les gens qui repartaient après avoir déposé leur tribut.

La police avait transporté le corps de Yoshitaka dans le hall mortuaire la veille. Tatsuhiko Ikai avait fait en sorte que la cérémonie des fleurs, qui remplaçait la veillée funèbre, pût avoir lieu aujourd'hui. Les obsèques se dérouleraient le lendemain.

Le tour de Hiromi arriva. Elle prit la fleur que lui tendait une employée et avança vers l'estrade. Elle regarda le portrait du défunt et joignit les mains. La photo le montrait souriant, le visage hâlé.

La jeune femme venait juste de penser qu'elle ne devait à aucun prix pleurer lorsqu'elle fut prise d'une nausée. Elle ne put s'empêcher de porter ses mains jointes à ses lèvres en maudissant cette manifestation de sa grossesse.

Elle s'éloigna en luttant contre son malaise. Mais au moment où elle releva la tête, elle sursauta. Ayané était debout devant elle. Elle la dévisageait froidement.

— Hiromi ! Ça va aller ?

— Oui, soyez rassurée !

— Tant mieux, fit Ayané en tournant la tête vers l'estrade.

Hiromi quitta la chambre funéraire. Elle n'avait pas envie de rester une seconde de plus.

Au moment où elle se dirigeait vers la sortie, elle sentit une main lui tapoter l'épaule. Elle se retourna et reconnut Yukiko Ikai qu'elle s'empressa de saluer.

— Cela n'a pas dû être facile pour vous… Avec toutes ces questions que la police vous a posées, dit la jeune femme, le visage empreint de compassion, les yeux brillants de curiosité.

— Oui, mais…

— La police ne se montre pas très efficace. Apparemment, ils n'ont encore aucune piste.

— C'est ce que j'ai entendu dire.

— Mon mari redoute les répercussions de cette histoire sur l'entreprise de M. Mashiba, s'ils ne retrouvent pas le meurtrier rapidement. Ayané a décidé de ne pas rentrer chez elle tant qu'ils ne l'auront pas fait, je la comprends. C'est épouvantable !

Hiromi ne put qu'exprimer son assentiment.

— Hé ! fit une voix masculine, celle de Tatsuhiko Ikai, qui s'approchait d'elles. Mais où vas-tu ? Tu ne sais pas que l'on sert une collation là-bas ?

— Non, je l'ignorais. Hiromi, vous nous accompagnez ?

— Je vous remercie, mais je ne vais pas rester.

— Pourquoi pas ? Vous n'allez pas attendre Ayané ? Etant donné le monde qu'il y a, elle ne va pas pouvoir repartir tout de suite.

— Nous sommes convenues que je ne resterai pas aujourd'hui.

Ikai admonesta sa femme en fronçant les sourcils.

— Je te trouve bien insistante aujourd'hui. Chacun est libre d'agir à son gré !

Hiromi frémit intérieurement en l'entendant. Elle se retourna vers lui mais il évita son regard.

— J'espère avoir le plaisir de vous revoir bientôt, dit-elle en inclinant la tête avant de se diriger vers la sortie.

Le doute n'était plus permis : Tatsuhiko Ikai était au courant de sa liaison avec Yoshitaka. Ayané ne pouvait pas lui en avoir parlé, ce devait être la police. L'avocat n'avait apparemment pas mis sa femme au courant, mais il devait réprouver sa conduite.

L'anxiété l'envahit à nouveau. Qu'allait-elle devenir ? La rumeur de ses liens avec le défunt ne manquerait pas de se répandre. Hiromi ne pourrait pas continuer à travailler pour sa veuve.

Elle le pensait d'ailleurs elle-même. Il était impossible qu'Ayané puisse véritablement pardonner sa trahison.

Le regard qu'elle avait eu pour elle tout à l'heure la hantait. Si seulement elle n'avait pas porté ses mains à ses lèvres ! Ayané avait deviné la cause de sa nausée. Voilà pourquoi elle lui avait demandé si froidement si elle allait bien.

Ayané aurait peut-être pu fermer les yeux si son assistante n'avait été que la maîtresse de son mari disparu, mais sa grossesse changeait tout.

Elle devait en avoir pris conscience très tôt, même si elle n'avait aucune certitude, ce qui était très différent.

Quelques jours s'étaient écoulés depuis qu'elle l'avait avoué devant cette inspectrice du nom d'Utsumi. Ayané ne lui en avait pas reparlé depuis et Hiromi, qui n'avait aucune intention de le faire d'elle-même, ignorait ce qu'Ayané en pensait à présent.

Que devait-elle faire ? Y réfléchir lui donnait le vertige.

Elle comprenait qu'elle aurait dû choisir l'avortement. Elle ne se sentait pas certaine de pouvoir assurer le bonheur de cet enfant qui naîtrait sans père. De plus, elle risquait à tout moment de perdre son travail. Pour dire les choses plus clairement, elle était certaine qu'Ayané ne lui en donnerait plus si elle décidait de mener la grossesse à son terme.

Hiromi n'avait pas d'autre choix. De quelque manière qu'elle envisageât la situation, elle ne pouvait garder l'enfant. Elle n'arrivait pourtant pas à s'y résoudre. Elle était incapable de déterminer si c'était à cause de son attachement pour Yoshitaka, afin de ne pas perdre la seule chose qui lui restait de lui, ou parce que son instinct de femme lui donnait le désir de laisser vivre cet enfant.

Une chose était sûre : le temps lui était compté. Il lui faudrait prendre une décision dans les deux semaines à venir.

Une voix masculine appela son nom pendant qu'elle attendait un taxi devant le hall mortuaire.

Son accablement redoubla en voyant qu'il s'agissait de l'inspecteur Kusanagi qui venait vers elle à grands pas.

— Je vous cherchais. Vous partez ?

— Oui, je suis fatiguée.

Il devait être au courant de sa grossesse. Le lui rappeler de cette manière était dans son intérêt.

— Je suis navré de vous importuner à un tel moment, mais accepteriez-vous de répondre à quelques questions ? Je n'en ai pas pour longtemps.

Hiromi ne chercha pas à dissimuler son déplaisir.

— Vous voulez dire maintenant ?

— Oui, si vous voulez bien.

— Va-t-il encore falloir que je vous suive dans vos locaux ?

— Non, allons plutôt dans un endroit tranquille, fit-il.

Il héla un taxi qui passait sans attendre sa réponse et donna au chauffeur une adresse proche de l'appartement de Hiromi. Elle comprit qu'il ne comptait pas rester longtemps avec elle et cela la rassura.

Il fit s'arrêter le taxi devant un grand café presque désert où ils entrèrent. Ils prirent place de part et d'autre d'une table au fond de la salle.

Hiromi commanda un lait chaud, parce que le café et le thé étaient en self-service, Kusanagi un chocolat, sans doute pour la même raison.

— Dans ce genre de café, il est presque toujours interdit de fumer, n'est-ce pas ? C'est une bonne chose pour les personnes dans votre état, dit-il en lui adressant un sourire aimable.

Sans doute voulait-il lui faire comprendre qu'il était au courant de sa grossesse, mais ses paroles parurent indélicates aux oreilles de Hiromi qui n'arrivait pas à se décider à avorter.

— Eh bien… De quoi vouliez-vous me parler ? demanda-t-elle sans relever la tête.

— Je suis confus de vous importuner alors que vous êtes fatiguée, reprit-il en se penchant vers elle. Je souhaite vous poser quelques questions au sujet des relations féminines de M. Mashiba.

Elle releva la tête, surprise.

— Que voulez-vous dire ?

— Rien d'autre que cela. Avait-il d'autres femmes que vous dans sa vie ?

Hiromi se redressa et cligna des yeux. Elle était légèrement troublée. La question la prenait totalement au dépourvu.

— Pourquoi me posez-vous cette question ?

— Que voulez-vous dire ?

— On vous a parlé de quelqu'un ? demanda-t-elle d'un ton plus acerbe qu'elle ne l'aurait souhaité.

Kusanagi grimaça un sourire et fit non de la main.

— Nous n'avons aucune preuve. Mais je vous pose la question parce que cela me paraît possible.

— Je n'en sais rien. Pourquoi le croyez-vous possible ?

Le sourire de Kusanagi disparut et il croisa les mains sur la table.

— Comme vous le savez, M. Mashiba est mort empoisonné dans des circonstances qui nous font penser que quelqu'un s'est introduit chez lui le jour de sa disparition. C'est d'ailleurs pour cela que nos soupçons se sont d'abord tournés vers vous.

— Mais je n'ai rien fait…

— Je sais ce que vous allez me dire. Si vous n'êtes pas coupable, qui est venu chez lui ? Nous n'avons pour l'instant trouvé personne parmi ses connaissances professionnelles ou privées qui ait pu le faire. Nous envisageons donc la possibilité d'une personne avec qui M. Mashiba aurait eu une relation secrète.

Elle saisit enfin le sens de ce que l'inspecteur venait de dire. Elle n'avait cependant aucune envie d'exprimer son accord avec cette supposition. L'idée lui paraissait ridicule.

— Vous vous méprenez sur lui. Je comprends pourquoi, il n'était pas toujours discret, nous avions une liaison, mais vous faites erreur si vous pensez que c'était un homme à femmes. Notre histoire était sérieuse.

Il lui semblait avoir parlé plutôt fermement, mais l'expression du policier ne changea pas.

— Vous n'avez jamais eu le sentiment qu'il y avait une autre femme dans sa vie ?

— Non, jamais.

— Dans ce cas, qu'en est-il des femmes de son passé ? Savez-vous quelque chose à ce sujet ?

— Vous voulez dire des femmes qu'il avait fréquentées autrefois ? Je sais qu'il y en a eu, bien sûr, mais il en parlait très peu.

— Le plus petit détail nous intéresse. Vous ne vous souvenez de rien ? De ce qu'elles faisaient, de leur profession, de l'endroit où ils avaient fait connaissance ?

Hiromi fouilla à contrecœur dans ses souvenirs, comme il le lui demandait. Il était arrivé à Yoshitaka de mentionner des choses à propos de ses anciennes amies. Elle se rappelait à présent un ou deux exemples.

— Il m'avait raconté qu'il avait fréquenté une femme du monde de l'édition.

— Du monde de l'édition ? Une rédactrice ?

— Non, plutôt quelqu'un qui écrivait, je crois.

— Une romancière ?

Hiromi pencha la tête sur le côté.

— Je ne sais pas. Il m'avait dit que lorsque votre amie publie un livre, c'est ennuyeux, parce qu'elle attend de vous un commentaire. Je lui avais demandé de quel genre de livre il s'agissait, mais il ne m'avait pas répondu. Il n'aimait pas que je lui pose des questions à ce sujet, et je n'ai pas insisté.

— Rien d'autre ?

— Je me souviens aussi qu'il disait ne ressentir aucune attirance pour les femmes de la nuit ou du monde du spectacle. Il était allé à plusieurs événements destinés à faciliter les rencontres entre personnes qui souhaitent se marier et il avait découvert par la suite que parmi les participantes se trouvaient des professionnelles, invitées par les organisateurs.

— Pourtant il a rencontré sa femme dans une réception de ce type, non ?

— D'après ce que je sais, oui, dit-elle en baissant les yeux.

— Vous n'avez jamais eu l'impression qu'il était en contact avec une femme de son passé ?

— Non. Pour autant que je sache, tout du moins, répondit-elle en le regardant par en dessous. Vous pensez qu'une ancienne amie aurait pu le tuer ?

— Ce n'est pas exclu, à mon avis. Voilà pourquoi je vous serais reconnaissant de faire l'effort de vous remémorer les choses le plus précisément possible. Les hommes sont bien plus imprudents que les femmes en matière amoureuse, et ils sont probablement plus bavards qu'elles à propos de leur passé.

— Peut-être, mais…

Elle porta sa tasse de lait à ses lèvres. Après en avoir bu une gorgée, elle regretta de ne pas avoir choisi du thé. Elle ne voulait pas avoir la bouche auréolée de lait.

Une chose lui revint à l'esprit. Elle releva la tête.

— Oui ? demanda Kusanagi.

— Il préférait le café, mais il savait beaucoup de choses sur le thé. Quand je lui ai demandé pourquoi, il m'a répondu que c'était à cause d'une ancienne amie qui aimait le thé et l'achetait toujours au même endroit. Il me semble que c'était dans un salon de thé du quartier de Nihonbashi.

Kusanagi sortit son bloc-note.

— Connaîtriez-vous son nom ?

— Désolée, je n'en sais pas plus. J'aurais bien aimé pouvoir vous aider, mais…

— Votre collaboration nous est d'un grand secours. J'ai posé les mêmes questions à Mme Mashiba qui m'a dit ne rien savoir. M. Mashiba vous faisait peut-être plus confiance qu'à elle.

Ces paroles suscitèrent une vague irritation chez Hiromi. Elle ne comprenait pas s'il cherchait à la réconforter ou à la consoler, mais il se trompait s'il croyait lui faire plaisir.

— Euh… C'est tout ce dont vous vouliez me parler ? J'aimerais rentrer chez moi, vous savez.

— Je vous remercie d'avoir pris le temps de répondre à mes questions malgré votre fatigue. Si jamais vous vous souvenez d'autre chose, je vous serai reconnaissant de me le communiquer.

— Très bien. Je vous téléphonerai si cela arrive.

— Je vais vous raccompagner.

— Ce n'est pas la peine. Je peux rentrer à pied.

Hiromi s'éloigna de la table sans se préoccuper de la note. Elle n'avait aucune envie de lui dire merci.

14

De la vapeur sortait du bec de la bouilloire. Yukawa la souleva et commença à verser l'eau bouillante dans l'évier, les lèvres serrées. Puis il ôta le couvercle, enleva ses lunettes, sans doute pour éviter qu'elles ne s'embuent, et regarda à l'intérieur.

— Alors ? demanda Kaoru.

Il reposa la bouilloire sur le gaz, et secoua lentement la tête.

— Il ne se passe rien. Comme tout à l'heure.

— La gélatine…

— Elle n'a pas fondu.

Yukawa tira une chaise métallique à lui et s'y assit. Il croisa les mains derrière la tête et se mit à contempler le plafond. Il ne portait pas de blouse blanche mais un polo noir qui mettait en valeur son corps mince et ses bras musclés.

La jeune inspectrice était venue dans son laboratoire pour le voir vérifier si le trucage auquel il avait pensé l'autre jour était possible.

Les résultats n'étaient malheureusement pas favorables. Il avait enduit l'intérieur de la bouilloire d'une couche de gélatine assez épaisse pour qu'elle ne fonde pas lors des deux premières ébullitions et que le poison ne se répande pas. Mais la couche ne fondait pas complètement et il en restait sur la paroi.

Les techniciens de la police étaient parvenus à la même conclusion.

— Ça ne marche pas avec de la gélatine, commenta Yukawa en se grattant la tête.

— Nos techniciens sont du même avis. Et ils pensent que même si elle fondait complètement il en resterait des traces à l'intérieur. Comme je vous l'ai dit tout à l'heure, ils n'en ont pas trouvé dans le marc de café du filtre. L'idée leur paraissait intéressante et ils ont essayé d'autres matériaux.

— Vous m'avez parlé de papier hostie, n'est-ce pas ?

— Oui. Dans ce cas-là, il reste de l'amidon dans le marc de café.

— Ce n'était donc pas ça, dit Yukawa qui se donna une claque sur les genoux avant de se lever. Je pense que nous devons abandonner cette idée.

— Elle paraissait pourtant excellente.

— Elle aura eu le mérite de faire pâlir l'inspecteur Kusanagi, remarqua le physicien en enfilant sa blouse blanche posée sur le dossier de la chaise. Que fait notre ami, d'ailleurs ?

— Il cherche à identifier les anciennes amies de M. Mashiba.

— Je vois. Il vérifie sa théorie, en d'autres termes. Maintenant que nous avons échoué à truquer la bouilloire, vous feriez peut-être mieux de vous y rallier.

— Vous pensez que M. Mashiba a été tué par une ancienne petite amie ?

— J'ignore s'il s'agit d'une ancienne amie, mais il me paraît plus rationnel à présent de penser que l'auteur du crime s'est introduit chez les Mashiba dimanche matin après le départ de Hiromi Wakayama et a placé le poison dans la bouilloire.

— Vous renoncez ?

— Ce terme ne s'applique pas. Je me suis contenté d'éliminer une possibilité. Kusanagi a peut-être un sentiment particulier pour Mme Mashiba, mais son approche n'est pas déraisonnable. Sa manière de mener l'enquête me semble correcte. Il se rassit sur sa chaise et croisa les jambes. Le poison utilisé était de l'arsenic, n'est-ce pas ? Vous ne pouvez pas identifier le coupable par sa provenance ?

— C'est plus compliqué que prévu. Depuis une cinquantaine d'années, la fabrication et la vente de pesticides agricoles à base d'arsenic ont cessé, mais on continue de l'utiliser dans divers produits.

— Lesquels ?

Kaoru consulta son carnet.

— Le traitement du bois, les insecticides, les soins dentaires, et les semi-conducteurs, c'est à peu près tout.

— Cela fait déjà beaucoup ! Les dentistes s'en servent pour quoi ?

— Ils y ont recours pour les dévitalisations, sous la forme d'une pâte qui se dissout difficilement dans l'eau, à un taux de quarante pour cent. Il.semble peu vraisemblable que ce soit le produit utilisé dans le cas qui nous intéresse.

— Quelle origine vous semble la plus probable ?

— Les exterminateurs, qui s'en servent pour éliminer les termites. Ils doivent fournir leurs nom et adresse quand ils en achètent, et nous avons commencé nos investigations. Mais les fournisseurs ne sont tenus de garder leurs fichiers que cinq ans, et nous ne pourrons rien retrouver si l'achat est plus ancien. De plus, nous n'arriverons à rien si l'auteur du crime s'est procuré l'arsenic sans passer par une voie officielle.

— Je ne pense pas que le coupable ait commis d'erreur de ce côté-là, commenta Yukawa en secouant la tête. La police ferait peut-être mieux de miser sur le travail de l'inspecteur Kusanagi.

— Je ne peux pas imaginer que le coupable ait déposé le poison directement dans la bouilloire.

— Pourquoi ? Parce que l'épouse de la victime ne pouvait pas le faire ? Je n'ai pas d'objection à ce que vous la soupçonniez, mais faire votre enquête sur la prémisse de sa culpabilité n'est pas rationnel.

— Ce n'est pas non plus ce que je fais. Je n'arrive pas à croire que quelqu'un soit venu chez les Mashiba ce jour-là. Nous n'avons trouvé aucune trace de cette visite. Par exemple, si comme le pense Kusanagi, une ancienne amie de M. Mashiba était passée, vous ne croyez pas qu'il lui aurait au moins offert un café ?

— Pas nécessairement. Et probablement pas s'il ne souhaitait pas la rencontrer.

— Mais alors, comment cette personne aurait-elle pu introduire le poison dans la bouilloire ? M. Mashiba l'aurait remarqué !

— On peut imaginer qu'il soit allé aux toilettes, non ? Cela aurait suffi.

— L'auteur du crime aurait choisi une méthode peu fiable. Qu'aurait-il fait si M. Mashiba n'avait pas eu besoin d'y aller ?

— Il avait peut-être un plan B, ou il aurait pu décider de renoncer à mettre son projet à exécution si les circonstances n'étaient pas favorables, une issue sans danger pour lui.

— De quel côté êtes-vous ? demanda-t-elle en relevant la tête pour le dévisager.

— Quelle drôle de question ! Je ne suis du côté de personne. J'analyse la situation, je fais des expériences quand il le faut, et j'essaie de trouver la réponse la plus rationnelle. Pour le moment, votre côté est moins fort.

La jeune inspectrice se mordit les lèvres.

— Permettez-moi de corriger ce que je viens de dire. Je reconnais que je soupçonne Mme Mashiba. Je suis certaine qu'elle a quelque chose à voir avec la mort de son mari mais je me rends compte que ma

conviction risque d'être perçue comme de l'entête-
ment.

— Vous reculez ? Cela m'étonne de vous ! dit-il en
haussant les épaules comme si cela l'amusait. Les flûtes à champagne sont à l'origine de vos soupçons,
n'est-ce pas ? Vous trouvez étrange que la maîtresse
de maison ne les ait pas remises à leur place, c'est
bien ça ?

— Oui, mais il y a autre chose. Mme Mashiba a appris le meurtre pendant la nuit de dimanche à lundi.
La police lui a laissé un message. J'ai parlé à l'agent
qui l'a appelée. Il voulait l'informer au plus vite et il
lui demandait de le rappeler. Elle l'a fait vers minuit et
il lui a rapporté ce que la police savait. Il n'a bien sûr
pas mentionné la possibilité qu'il s'agisse d'un meurtre.

— Hum ! Et alors ?

— Elle est revenue à Tokyo par le premier avion
le lendemain matin. Kusanagi et moi sommes allés
la chercher à l'aéroport et elle a téléphoné de la voiture à Hiromi Wakayama. Elle lui a dit : "Ma pauvre
Hiromi ! Ça a dû être terrible !", continua-t-elle en se
remémorant cet instant. J'ai immédiatement trouvé
cela bizarre.

— "Ça a dû être terrible." Hum ! dit Yukawa en se
tapotant les rotules du bout des doigts. On peut en
déduire que c'était la première fois qu'elle parlait à
son assistante depuis qu'elle avait appris la mort de son
mari.

— C'est exactement ce que je veux dire ! s'exclama-
t-elle, le visage moins sévère, heureuse de voir que
Yukawa partageait ses doutes. Mme Mashiba lui avait
confié les clés de sa maison. Elle avait deviné la liaison entre son assistante et son mari. Mais ce n'est pas
tout. Les Mashiba étaient amis avec les Ikai, mais elle
ne les a pas appelés. Je trouve cela incompréhensible.

— Quelle conclusion en tire l'inspectrice Utsumi ?

— Je pense qu'elle ne l'a pas fait parce qu'elle n'en ressentait pas le besoin. Elle savait la vérité à propos de la mort de son mari, et elle n'a pas cherché à obtenir plus de détails à ce sujet.

Yukawa sourit et il se passa la main sur le menton.

— Vous en avez parlé à quelqu'un ?

— A M. Mamiya, mon chef.

— Mais pas à Kusanagi.

— Non parce que je sais qu'il m'accuserait d'être partiale et ne m'écouterait pas.

Le sourire disparut du visage de Yukawa qui se releva pour s'approcher de l'évier.

— Votre *a priori* est injustifié. Ce n'est peut-être pas à moi de le dire, mais Kusanagi est un excellent policier. Même s'il est sensible au charme de la suspecte, il n'a pas perdu la tête. Je ne crois pas non plus qu'il change immédiatement d'avis si vous lui dites tout cela. J'imagine qu'il commencera par vous contredire. Pourtant il n'est pas homme à ignorer l'opinion des autres. Il réfléchira à propos de la vôtre. Vos conclusions ne sont peut-être pas celles qu'il espérait mais je suis sûr qu'il ne les rejetterait pas en bloc.

— Vous lui faites entièrement confiance.

— Sinon, je n'aurais jamais collaboré à ses enquêtes ! expliqua Yukawa qui lui adressa un franc sourire en versant du café moulu dans la cafetière électrique.

— Mais vous, qu'en pensez-vous ? Ce que je dis vous paraît bizarre ?

— Non, votre pensée me semble extrêmement logique. Il aurait été normal qu'elle cherche à en savoir plus sur la mort de son mari. Le fait qu'elle n'ait contacté personne ne paraît pas naturel.

— Me voilà rassurée.

— N'oubliez pas que je suis un scientifique. Si l'on me demande de choisir entre une théorie peu naturelle d'un point de vue psychologique et une théorie impossible sur le plan de la physique, je suis contraint d'opter pour la première, même s'il m'en coûte un peu. A moins qu'il n'existe un moyen auquel je n'ai pas pensé de truquer la bouilloire pour que le poison agisse avec retard, déclara-t-il en remplissant d'eau du robinet le réservoir de la cafetière électrique. J'ai appris que la victime préparait son café exclusivement avec de l'eau minérale. Je me demande à quel point cela modifie le goût.

— Il ne le faisait pas pour le goût, mais parce qu'il pensait que c'était meilleur pour la santé. Sa femme a reconnu qu'elle se servait d'eau du robinet quand il ne la regardait pas faire. Je ne sais pas si vous le savez, mais Mlle Wakayama a déclaré qu'elle en avait fait autant dimanche matin.

— Il était donc le seul à utiliser exclusivement de l'eau minérale.

— C'est bien pour cela que nous pensions retrouver des traces de poison dans la bouteille.

— Si l'Institut de police scientifique n'en a pas retrouvé, il faut abandonner cette hypothèse.

— L'absence de trace ne réduit pas cette possibilité à zéro. Les gens ont souvent l'habitude de rincer une bouteille recyclable avant de la jeter. L'Institut estime que, dans ce cas, retrouver la trace du poison dans la bouteille utilisée serait impossible.

— Les gens ne rincent que les bouteilles qui contenaient du thé ou du jus de fruits, non ? Pas les bouteilles d'eau !

— Si, par habitude.

— Vous avez sans doute raison. Mme Mashiba aura joué de chance si cette habitude de son mari a permis de rendre invisible la façon dont le poison a été introduit dans le café.

— Dans la mesure où l'on part de l'hypothèse de sa culpabilité, dit-elle avant de lever sur lui un regard interrogateur. Ce raisonnement vous convient ?

Yukawa esquissa un sourire.

— Je n'y vois pas d'inconvénient. Nous aussi, nous travaillons toujours à partir d'hypothèses. Qui se révèlent généralement fausses. Poser que la femme est coupable sert-il à quelque chose ?

— C'est elle qui nous a appris que son mari ne buvait que de l'eau en bouteille. Kusanagi soutient que si elle y avait mis du poison, elle n'avait aucune raison de nous en parler, mais je suis de l'avis opposé. Je pense qu'elle cherchait à paraître un peu moins suspecte à nos yeux en nous le disant, parce qu'elle croyait que tôt ou tard nous trouverions du poison dans la bouteille. Il se trouve que nous ne l'avons pas fait. J'avoue que cela m'a troublée. Si elle est coupable et qu'elle a imaginé une méthode pour mettre le poison dans la bouilloire, elle n'avait aucune raison de nous informer du fait que son mari n'utilisait que de l'eau en bouteille. J'y ai réfléchi, et je suis arrivée à la conclusion qu'elle ne s'attendait pas à ce que nous ne trouvions pas de trace de poison dans la bouteille d'eau.

Le physicien changea d'expression en l'écoutant. Le visage à présent sévère, il observait la vapeur qui montait de la cafetière électrique.

— Vous voulez dire qu'elle n'avait pas pensé que son mari rincerait la bouteille ?

— Non, je ne crois pas, même si elle est coupable. Elle devait s'attendre à ce que nous retrouvions du poison dans la bouteille. Mais son mari a utilisé toute l'eau de la bouteille pour son café. Pendant qu'il attendait que l'eau chauffe, il a rincé la bouteille vide. Comme elle l'ignorait, elle a conseillé à la police de vérifier si le coupable n'avait pas mis du poison dans la bouteille d'eau, avec l'intention de prendre les devants. Cela explique qu'elle nous ait confié qu'il ne buvait que de l'eau en bouteille.

173

Yukawa hocha la tête, et souleva ses lunettes d'un doigt.

— Cela paraît rationnel.

— Je sais que cela n'explique pas tout. Mais cette possibilité existe.

— Certainement. Connaissez-vous le moyen de prouver votre hypothèse ?

— Non, à mon grand regret, répondit-elle en se mordant les lèvres.

Il prit la verseuse et remplit deux tasses de café avant d'en tendre une à Kaoru.

Elle l'accepta en le remerciant.

— Vous ne vous êtes quand même pas donné le mot ?

— Pardon ?

— Je vous demande si vous ne vous êtes pas entendu avec Kusanagi pour me tendre un piège.

— Un piège ? Pourquoi ?

— Parce que toute cette histoire titille mon goût pour l'investigation, alors que j'avais décidé de ne plus collaborer avec la police ! Une énigme pimentée du parfum dangereux de l'amour qu'éprouverait Kusanagi pour la suspecte, expliqua-t-il, avec un demi-sourire, tout en savourant son café.

15

Le salon de thé *Kusé* était situé dans le quartier d'Oden-macho à Nihonbashi, au rez-de-chaussée d'un immeuble de bureaux, tout près de la rue Suitengu où s'alignent les banques, et il était facile de l'imaginer rempli de jeunes femmes au moment du déjeuner.

Le comptoir de vente de thés fut la première chose que Kusanagi découvrit en poussant la porte. Il avait lu que plus de cinquante sortes de thé noir y étaient proposées. Le salon proprement dit était à l'arrière du magasin. Au lieu d'être quasiment désert au milieu de l'après-midi comme l'espérait l'inspecteur, quelques tables étaient occupées par des clientes, dont certaines étaient vêtues de l'uniforme d'employées de grandes sociétés. Kusanagi était le seul homme.

Une serveuse habillée en blanc, de petite taille, s'approcha de lui.

— Bonjour. Vous êtes seul ?

Il remarqua qu'elle le considérait avec une certaine méfiance, malgré son sourire. Peut-être ne lui faisait-il pas l'impression d'appartenir aux amateurs de thé noir. Quand il confirma qu'il n'attendait personne, elle le conduisit à une table près du mur sans cesser de sourire.

Il lut sur le menu le nom de thés dont il ignorait l'existence jusqu'à la veille. Aujourd'hui cependant, il en reconnut plusieurs. Il en avait déjà goûté certains. *Kusé* était son quatrième salon de thé.

Il commanda un *chaï*, c'est-à-dire un Assam infusé dans un mélange de lait et d'épices, comme il le savait depuis le dernier salon où il s'était rendu. Cette boisson lui avait tellement plu qu'il était prêt à en boire une deuxième tasse.

— Permettez-moi de me présenter, continua-t-il en tendant une carte de visite à la serveuse. J'ai besoin de quelques informations et j'aimerais parler à la personne qui dirige votre établissement.

Le sourire de la serveuse disparut sitôt qu'elle lut la carte de visite. Kusanagi agita la main pour la rassurer.

— Ne vous faites pas de souci, il ne s'agit de rien de grave. Je souhaite simplement poser quelques questions à propos de certains de vos clients.

— Bien. Je vais aller la chercher.

— Merci, répondit Kusanagi qui renonça à demander un cendrier parce qu'il venait de remarquer un panneau qui indiquait que toutes les tables étaient non-fumeurs.

Il fit à nouveau le tour de la salle des yeux. L'ambiance était paisible et sereine. Les tables n'étaient pas collées les unes aux autres et un couple pouvait certainement s'y asseoir sans se préoccuper des voisins. Yoshitaka Mashiba s'y serait probablement senti à l'aise.

Kusanagi n'attendait pas grand-chose de sa visite. Les trois établissements précédents lui avaient fait la même impression.

Quelques secondes plus tard, une femme qui portait un gilet noir sur un chemisier blanc vint vers lui, le visage soucieux. Discrètement maquillée, avec de longs cheveux noirs coiffés en queue de cheval, elle paraissait âgée d'une trentaine d'années.

— Que puis-je pour vous ?

— Vous êtes la patronne ?

— Oui, je m'appelle Hamada.

— Désolé de vous déranger en plein travail. Il l'invita de la main à s'asseoir et sortit de sa poche une photo qu'il lui présenta. Dans le cadre d'une enquête que nous effectuons actuellement, je voulais vous demander si cette personne est déjà venue ici. Ce devait être il y a environ deux ans.

Mme Hamada scruta longuement la photo puis fit non de la tête.

— Ce visage me dit quelque chose, mais c'est tout. Nous avons beaucoup de clients, vous savez, et je ne peux pas me permettre de les dévisager !

Il avait déjà entendu cette réponse dans les autres établissements.

— Je comprends. Je crois que cet homme venait ici avec une jeune femme, continua-t-il par acquit de conscience.

Elle sourit et hocha la tête.

— Comme le font beaucoup de nos clients ! répondit-elle en posant la photo sur la table.

Kusanagi lui retourna son sourire. Conscient de la futilité de ses efforts, il n'était pas surpris par cette réponse.

— Vous n'avez pas d'autres questions ?

— Non. Je vous remercie de votre coopération.

Au moment où Mme Hamada se levait, la serveuse arriva avec le *chaï* qu'il avait commandé. Elle allait le poser sur la table quand elle aperçut la photo.

— Oh ! Excusez-moi ! s'exclama l'inspecteur en la ramassant.

Au lieu de poser le thé, elle le regarda en clignant des yeux.

— Vous connaissez ce monsieur ? demanda-t-il.

— Il lui est arrivé quelque chose ?

Kusanagi lui tendit la photo.

— Vous le connaissez ?

— Je n'irais pas jusque-là… mais c'est un client.

Mme Hamada dut l'entendre, car elle revint vers eux.

— Vraiment ?

— Oui, je ne crois pas me tromper. Je l'ai vu plusieurs fois.

Son ton était hésitant, mais elle semblait sûre de ce qu'elle avançait.

— Je peux poser quelques questions à votre employée ? demanda Kusanagi à Mme Hamada.

— Euh… Oui, bien sûr.

Elle les quitta pour accueillir de nouveaux clients.

L'inspecteur fit asseoir la jeune femme en face de lui.

— Quand avez-vous vu cette personne ?

— La première fois, c'était il y a à peu près trois ans. Je venais de commencer à travailler ici, je ne connaissais pas encore tous les noms des thés, et je n'ai pas compris lequel il voulait. Voilà pourquoi je me souviens de lui.

— Il était seul ?

— Non, il venait toujours avec sa femme.

— Sa femme ? Et elle était comment ?

— Elle avait des cheveux longs, elle était belle. Elle aurait pu être métisse.

Il ne peut s'agir d'Ayané Mashiba dont la beauté est typiquement japonaise, se dit Kusanagi.

— Quel âge avait-elle ?

— Le début de la trentaine, ou peut-être un peu plus…

— Ils vous ont dit qu'ils étaient mariés ?

La serveuse fit non de la tête.

— Non, mais j'avais l'impression qu'ils l'étaient. Ils semblaient très bien s'entendre et ils venaient parfois après avoir fait du shopping.

— Vous ne vous souvenez de rien d'autre à propos de cette femme ? Chaque détail compte.

Une expression embarrassée apparut dans ses yeux. Kusanagi se demanda si elle regrettait de lui avoir dit qu'elle connaissait l'homme de la photo.

— Peut-être n'est-ce que le fruit de mon imagination, commença-t-elle lentement, mais je la croyais illustratrice, ou quelque chose du même genre.

— Illustratrice ? Peintre ?

Elle inclina la tête, pensive.

— Un jour, elle est venue avec un grand carton à dessin, à peu près de cette taille, fit-elle en écartant les mains d'une soixantaine de centimètres.

— Mais vous n'avez pas vu ce qu'il y avait à l'intérieur ?

— Non, répondit-elle en baissant la tête.

Kusanagi se rappela ce que lui avait dit Hiromi Wakayama. Yoshitaka Mashiba fréquentait autrefois une femme qui avait un travail en lien avec l'édition et publiait.

Il aurait pu s'agir d'un recueil de dessins. Mais Mashiba avait précisé qu'il trouvait lassant de le commenter, or commenter des dessins était simple, pensa-t-il.

— Vous ne vous souvenez de rien d'autre ?

La serveuse inclina la tête de côté et lui adressa un regard scrutateur.

— Ils n'étaient pas mariés ?

— Je ne pense pas, non. Pourquoi ?

— Rien de grave, répondit-elle, une main sur la joue. Il me semble les avoir entendus parler d'enfants. De leur désir d'en avoir rapidement. Mais je n'en suis pas absolument certaine. Je peux les confondre avec un autre couple.

Elle n'avait pas changé de ton, mais Kusanagi se dit qu'elle avait décidément bonne mémoire. Elle ne les confondait pas avec un autre couple. Il s'agissait assurément de Yoshitaka Mashiba et de la jeune femme qu'il fréquentait alors. J'ai enfin trouvé quelque chose, pensa-t-il avec un brin d'excitation.

Il la remercia et la laissa retourner à son travail. Il porta sa tasse de thé à ses lèvres. Les épices et la douceur du lait donnaient une saveur plaisante au liquide tiédi.

Il en but la moitié et réfléchissait à la manière dont il pourrait déterminer l'identité de l'inconnue quand il entendit son portable sonner. Il lut avec surprise le nom de Yukawa sur l'écran. Il y répondit, conscient de la présence des autres clients.

— C'est moi, Yukawa. Tu as une minute ?

— Oui, mais je suis dans un endroit où je dois parler doucement. Quelle surprise ! Tu ne m'appelles pas souvent. De quoi s'agit-il ?

— Il faut que je te parle. On peut se voir aujourd'hui ?

— Si c'est important, ce devrait être possible.

— Ecoute, je te raconterai tout de vive voix, mais sache que c'est lié à ton enquête.

Kusanagi soupira.

— Tu es encore en train de comploter quelque chose avec Utsumi ?

— Je te téléphone parce que ce n'est pas mon intention. On peut se voir, oui ou non ?

Kusanagi esquissa un sourire. Son ami ne pouvait s'empêcher de parler d'un ton autoritaire.

— Oui. Mais où ?

— Je te laisse décider. Si possible un endroit où l'on n'a pas le droit de fumer, précisa-t-il sans vergogne.

Ils s'étaient donné rendez-vous dans un café proche de la gare de Shinagawa, non loin de l'hôtel où séjournait Ayané. Il pensait aller lui poser quelques questions à propos de cette femme qui dessinait s'il en avait le temps après sa conversation avec le physicien.

Yukawa était arrivé avant lui. Assis à une table au fond de l'espace non-fumeur, il lisait quelque chose. Malgré l'automne avancé, il avait enlevé sa veste en cuir noir sous laquelle il ne portait qu'un tee-shirt.

Kusanagi s'approcha de sa table et le regarda en silence. Son ami ne leva pas la tête vers lui.

— Que lis-tu avec tant d'intérêt ? demanda-t-il en tirant une chaise.

Sans montrer aucune surprise, le physicien pointa le magazine du doigt.

— Un article sur les dinosaures, qui traite de la tomographie appliquée aux fossiles.

Il avait remarqué que son ami était là.

— Une revue scientifique, si je comprends bien. A quoi sert d'appliquer la tomographie aux os de dinosaures ?

— Qui a parlé d'os ? Il s'agit de fossiles, répliqua Yukawa, qui releva la tête vers lui en soulevant ses lunettes d'un doigt.

— Ça revient au même, non ? Un fossile de dinosaure, c'est un os, non ?

Le physicien sourit en plissant les yeux derrière ses lunettes.

— Tu ne me déçois jamais ! Tes réponses sont immanquablement celles que j'attends.

— J'ai comme l'impression que tu te moques de moi.

Il commanda un jus de tomate au serveur qui était arrivé.

— Quel choix bizarre ! Motivé par le souci de ta santé ?

— Pas du tout. Mais je n'ai envie ni de thé ni de café. Dis-moi plutôt pourquoi tu voulais me voir au lieu de tourner autour du pot.

— J'aurais aimé te parler un peu plus des fossiles, mais tant pis, répondit Yukawa en soulevant sa tasse. Tu es au courant des résultats du laboratoire au sujet de la possibilité de truquer la bouilloire ?

— Oui. L'astuce à laquelle tu pensais aurait laissé des traces. La possibilité qu'elle ait été utilisée est donc inexistante. Même notre Galileo peut se tromper.

— Dire qu'une possibilité est inexistante n'est pas scientifique. Et je regrette que tu affirmes que j'ai commis une erreur parce que j'ai formulé une hypothèse incorrecte. Bon, je te pardonne, étant donné que tu n'es pas un scientifique.

— Tu ne crois pas que tu ferais mieux de reconnaître ta défaite et t'exprimer un peu plus clairement ?

— Je ne pense absolument pas avoir perdu quoi que ce soit. Au contraire, je sais à présent que cette hypothèse était erronée. Il faut procéder par élimination. Je suis certain que le poison n'a pas été introduit dans le café de cette manière.

Le serveur apporta le jus de tomate à Kusanagi qui le but sans se servir de la paille. Après tout le thé qu'il avait ingurgité, il le trouva plaisant à la bouche.

— Il n'existe qu'une seule manière possible. Quelqu'un l'a mis dans la bouilloire. Hiromi Wakayama, ou une personne invitée dimanche par Yoshitaka Mashiba.

— Tu nies la possibilité qu'il ait été mélangé à l'eau ?

L'inspecteur fit la moue.

— Je crois les techniciens et l'Institut scientifique. Ils n'en ont pas trouvé de traces dans la bouteille d'eau. Le poison n'a donc pas été mélangé à l'eau.

— Kaoru Utsumi pense que la bouteille a pu être rincée.

— Je sais. La victime l'aurait fait ? Je suis prêt à parier que personne ne rince une bouteille d'eau avant de la jeter.

— Mais cette possibilité existe.

Kusanagi aspira bruyamment par le nez.

— Tu es prêt à parier là-dessus ? Libre à toi. Moi, je suis plus raisonnable.

— Je t'accorde que ton choix l'est. Il ne faut cependant rien exclure. Ce principe s'applique aussi dans le monde scientifique, dit Yukawa en dirigeant vers lui un regard grave. J'ai quelque chose à te demander.

— Quoi donc ?

— Je voudrais retourner chez les Mashiba. Tu ne veux pas m'y emmener ? Je sais que tu as une clé.

Kusanagi soutint le regard de son ami qui le surprenait une fois encore.

— Dans quel but ? Tu y es allé avec Utsumi l'autre jour, non ?

— Mon point de vue n'était pas le même.

— Ton point de vue ?

— Ma façon de penser, si tu préfères. J'ai peut-être commis une erreur. Je voudrais m'en assurer.

Kusanagi pianota des doigts sur la table.

— Explique-moi comment.

— Je te le dirai si je constate mon erreur sur place. Ce sera mieux pour toi.

L'inspecteur s'appuya au dossier de sa chaise et soupira.

— Mais que complotes-tu ? Tu t'es entendu avec Utsumi ?

— Entendu avec elle ? Que vas-tu chercher ! fit Yukawa en riant. Tu fais fausse route. Cette énigme m'intéresse parce qu'elle excite ma curiosité de scientifique. Si elle cesse de le faire, je ne m'en occuperai plus. Je veux retourner dans la maison afin de pouvoir me décider.

Kusanagi scruta longuement Yukawa qui ne parut point en prendre ombrage.

L'inspecteur ne comprenait pas du tout ce que pensait son ami. Il en avait l'habitude : il lui avait souvent fait confiance dans de pareilles situations et n'avait jamais eu à le regretter.

— Je vais téléphoner à Mme Mashiba, dit-il en sortant son portable de sa poche avant de se lever.

Il s'éloigna de la table et composa son numéro. Lorsque Ayané répondit, il lui demanda en se cachant la bouche de la main si elle l'autorisait à se rendre à nouveau dans sa maison.

— Je suis navré de vous importuner encore une fois, mais nous souhaiterions procéder à une autre vérification.

Il entendit Ayané soupirer légèrement.

— Ne soyez pas navré ! Je ne peux qu'être d'accord si c'est dans l'intérêt de l'enquête.

— Merci. J'en profiterai pour arroser les plantes.

— C'est très gentil à vous. Je vous en suis reconnaissante.

Il raccrocha et revint vers Yukawa qui l'observait attentivement.

— Tu as envie de me dire quelque chose.

— Pourquoi as-tu éprouvé le besoin de quitter la table pour téléphoner ? Tu lui as dit des choses que tu ne voulais pas que j'entende ?

— Bien sûr que non. Elle m'a donné la permission d'aller dans la maison. C'est tout.

— Hum.

— Ça te dérange ?

— Pas du tout. De loin, tu avais l'air d'un représentant qui appelle un client. Elle te rend nerveux à ce point ?

— Je vais chez elle en son absence. C'est normal de lui demander son autorisation, non ? rétorqua Kusanagi en tendant la main vers l'addition. Allons-y. Il est tard.

Ils prirent un taxi devant la gare. Yukawa ouvrit sa revue scientifique.

— Tout à l'heure, tu as dit que les fossiles de dinosaures étaient tous des os, mais confondre les deux peut conduire à une grave erreur. Celle-là même qui a fait que de nombreux paléontologues ont gâché des sources de grande valeur.

Il recommence, se dit Kusanagi qui décida de se montrer accommodant.

— Pourtant les fossiles de dinosaures qu'on voit dans les musées sont toujours des os.

— Oui. Autrefois, on ne gardait que les os. Et on jetait le reste.

— Que veux-tu dire ?

— Quelqu'un creusait un trou et tombait sur un os de dinosaure. Ravis, les spécialistes continuaient à creuser. Ils sortaient les fossiles de terre et les nettoyaient soigneusement pour reconstituer de beaux squelettes. Ils effectuaient ensuite des observations sur la mâchoire des tyrannosaures, leurs pattes courtes, ou que sais-je encore. Mais ils commettaient une énorme erreur. En 2000, un groupe de chercheurs passa au scanner tomographique ce qu'ils avaient sorti de terre, sans enlever la gangue de terre autour des fossiles, dans le but d'obtenir une image tridimensionnelle de la structure interne. Ils virent apparaître le cœur du dinosaure. La terre entre les os, qui jusque-là avait été éliminée, renfermait les tissus, les organes, si tu préfères, qui avaient gardé la forme qu'ils avaient du vivant des dinosaures. Aujourd'hui, passer les fossiles de dinosaures au scanner tomographique fait partie de la routine pour les paléontologues.

— Oh… lâcha sourdement Kusanagi. C'est très intéressant, je l'admets. Mais quel rapport avec notre enquête ? Tu me racontes cela pour le plaisir ?

— Quand je l'ai lu pour la première fois, j'ai eu l'impression qu'il s'agissait d'une astuce étrange combinée sur plusieurs millions d'années. Personne ne peut blâmer les paléontologues d'avoir dégagé les os de dinosaure de leur gangue. Penser qu'il ne restait que les os était normal, et parce qu'ils étaient des chercheurs, ils voulaient naturellement fabriquer des spécimens remarquables. Mais il y avait des informations dans la gangue dont ils s'étaient débarrassés en la croyant inutile, dit Yukawa en refermant son magazine. Je dis parfois qu'il faut procéder par élimination, qu'éliminer une à une les hypothèses permet de découvrir la vérité. Mais une hypothèse échafaudée sur une erreur fondamentale peut mener à des résultats très dangereux. Cela peut conduire à une situation où, comme le faisaient les paléontologues avec les fossiles de dinosaures, on élimine le plus important.

Kusanagi réalisa qu'il lui parlait de choses qui n'étaient pas sans rapport avec son enquête.

— Tu veux dire que nous n'approchons pas le problème de l'introduction du poison de la bonne façon ?

— Je veux m'en assurer. L'auteur de ce crime a peut-être de réelles qualités scientifiques, dit Yukawa comme pour lui-même.

La maison des Mashiba paraissait abandonnée. Kusanagi sortit la clé de sa poche. Elle existait en deux exemplaires, et Ayané lui en avait confié un lorsqu'il était allé les lui rapporter à l'hôtel en expliquant que la police pouvait encore en avoir besoin et qu'elle n'envisageait pas dans l'immédiat de retourner vivre là-bas.

— La cérémonie funèbre a eu lieu, non ? Elle n'a pas l'intention d'organiser un service pour le repos de l'âme de son mari à la maison ? demanda Yukawa en se déchaussant dans le vestibule.

— Elle ne m'en a pas parlé. Son mari n'appartenait à aucun temple, il n'a pas eu d'obsèques religieuses. Il a été incinéré et elle n'a pas prévu de rite pour le septième jour.

— Ah oui… cela semble rationnel. J'espère qu'on fera comme ça quand je mourrai.

— Pourquoi pas ? Ne t'en fais pas, je m'en occuperai.

Une fois dans la maison, Yukawa avança dans le couloir sans aucune hésitation. Kusanagi gravit l'escalier et ouvrit la porte de la chambre des époux Mashiba. Il poussa ensuite la porte-fenêtre du balcon et saisit le grand arrosoir qui s'y trouvait. L'autre jour, quand Ayané lui avait demandé d'arroser les plantes, il l'avait acheté dans un magasin de bricolage.

Il redescendit au rez-de-chaussée en le tenant à la main. Il passa du salon à la cuisine et vit Yukawa en train d'inspecter le dessous de l'évier.

— Tu as déjà regardé là l'autre jour, non ? demanda-t-il, debout derrière lui.

— Je croyais que dans votre métier on disait qu'on ne retourne jamais assez sur les lieux du crime, répondit son ami en faisant se déplacer le faisceau de la lampe de poche qu'il avait pris le soin d'apporter. Il n'y a effectivement aucune trace que quelqu'un y ait touché.

— Que cherches-tu exactement ?

— Je reprends tout à zéro. Pour ne pas éliminer la gangue par erreur. Il se retourna vers lui et son regard se fit soupçonneux en apercevant l'arrosoir. Qu'est-ce que c'est que ça ?

— Tu n'as jamais vu d'arrosoir ?

— Ah oui, c'est vrai que l'autre jour tu as demandé à Kishitani d'arroser. Vous avez un nouveau slogan à la police ? Quelque chose comme "nous améliorons sans cesse notre service" ?

— Si tu te trouves drôle… répondit Kusanagi en le poussant pour remplir l'arrosoir au robinet.

— Il est grand, cet arrosoir ! Il n'y a pas de tuyau dans le jardin ?

— Je m'en sers pour arroser les plantes du balcon.

— Bon courage ! fit Yukawa d'un ton ironique.

Kusanagi quitta la cuisine. Il retourna arroser les plantes à l'étage. Il ignorait le nom de la plupart mais en savait assez pour voir qu'elles n'étaient pas en forme. Mieux vaudrait venir leur donner de l'eau tous les deux jours. Ayané lui avait dit qu'elle tenait aux fleurs du balcon.

Il referma la porte vitrée quand il eut fini et quitta la chambre à coucher. Même s'il était dans la maison avec la permission de la propriétaire, il n'aimait guère être dans la chambre de quelqu'un d'autre.

Yukawa n'avait pas bougé de la cuisine au rez-de-chaussée. Debout devant l'évier, les bras croisés, il observait ce qu'il avait sous les yeux.

— Explique-moi ce que tu cherches, enfin ! Dis-moi ce que tu penses. Si tu refuses de me répondre, je ne te ferai plus ce genre de faveurs.

— Faveurs ? s'exclama le physicien en levant un sourcil. Comme tu y vas ! Si ta jeune collègue n'était pas venue me trouver, je n'aurais pas eu à me mêler d'une histoire aussi embêtante.

Kusanagi, les mains sur les hanches, lui rendit son regard.

— J'ignore ce qu'Utsumi a pu te raconter, mais moi je n'y suis pour rien. Tu aurais d'ailleurs pu lui demander de t'accompagner ici aujourd'hui. Pourquoi m'as-tu choisi ?

— Parce qu'il est plus intéressant de discuter avec une personne qui n'est pas d'accord avec vous.

— Tu n'es pas d'accord avec moi ? Pourtant, tout à l'heure, tu m'as dit que mon choix était raisonnable, non ?

— Je ne suis pas opposé à la manière dont tu procèdes. Mais je ne suis pas d'accord avec l'idée de rejeter un choix qui ne paraît pas raisonnable. Il ne faut pas éliminer une possibilité, même si elle semble peu vraisemblable. Ne voir que le squelette du dinosaure et jeter la gangue est dangereux.

Irrité, Kusanagi agita la tête.

— Mais c'est quoi, la gangue ?

— L'eau ! s'exclama Yukawa. C'est à elle que le poison était mélangé. Je n'ai pas changé d'avis à ce sujet.

— La victime aurait rincé la bouteille ? demanda Kusanagi en haussant les épaules.

— La bouteille d'eau n'a rien à voir. L'eau existe sous d'autres formes, expliqua Yukawa en montrant l'évier du doigt. Ces deux robinets peuvent en fournir autant que l'on veut.

— Tu es sérieux ? fit Kusanagi, qui pencha la tête sur le côté en soutenant le regard glacial de son ami.

— Ce n'est pas impossible.

— Les techniciens ont déterminé que l'eau des deux robinets était normale.

— Je ne nie pas qu'ils l'aient analysée. Mais ils l'ont fait en cherchant à établir si l'eau de la bouilloire venait d'une bouteille ou du robinet. Ils n'y sont d'ailleurs pas parvenus, apparemment parce que la bouilloire a beaucoup servi et que ses parois sont couvertes de résidus d'eau du robinet.

— Oui, mais si le poison a été mélangé à l'eau du robinet, ils auraient dû le remarquer, non ?

— Si l'on pose que le poison avait été introduit dans l'eau du robinet, il est possible qu'il ait disparu au moment où les techniciens ont fait leurs relevés.

Kusanagi comprit pourquoi Yukawa s'intéressait tant à ce qu'il y avait sous l'évier : il cherchait à établir si le poison n'avait pas été introduit dans la canalisation.

— La victime n'utilisait que de l'eau en bouteille pour préparer le café.

— Oui, je sais. Mais qui l'affirme ?

— La femme de la victime, dit Kusanagi avant de se mordre les lèvres en scrutant le visage du physicien. Toi aussi, tu la soupçonnes ? Pourtant, tu ne l'as jamais rencontrée. Tu t'es laissé influencer par Utsumi.

— Je ne nie pas qu'elle ait son opinion à son sujet. Mais je n'échafaude mes hypothèses que sur des vérités objectives.

— Dans ton hypothèse, la femme de la victime est coupable ?

— Je me suis demandé pourquoi elle vous a parlé de l'eau en bouteille. Deux cas sont possibles. Dans le premier, elle dit vrai et la victime ne buvait que de l'eau en bouteille. Dans le second, elle ment. Si elle dit la vérité, il n'y a pas de problèmes. Son unique préoccupation était de coopérer à l'enquête. L'inspectrice Utsumi est prête à la soupçonner même si elle ne ment pas, mais je ne suis pas aussi partial qu'elle. Le vrai problème, c'est si elle ment. Cela signifierait qu'elle est impliquée dans le crime, mais aussi que c'est dans son intérêt de mentir. J'ai donc réfléchi à la manière dont la police a procédé une fois qu'elle a su que la victime ne buvait que de l'eau en bouteille.

Yukawa s'interrompit pour se passer la langue sur les lèvres, et reprit :

— Vous avez commencé par vérifier qu'il n'y avait pas de trace de poison dans l'eau minérale. Vous en avez par ailleurs trouvé dans la bouilloire. Et vous en avez déduit que la probabilité que le coupable ait placé le poison dans la bouilloire était élevée. Cela fournit un alibi inattaquable à Mme Mashiba.

Kusanagi secoua vivement la tête.

— Ce n'est pas tout à fait vrai. Nos techniciens n'ont pas attendu le témoignage de Mme Mashiba pour analyser l'eau des robinets ou de la bouteille. Et ce qu'elle nous a appris compromet plutôt son alibi. Utsumi n'a pas renoncé à l'idée que le poison était mélangé à l'eau en bouteille.

— C'est exactement ce que je veux dire. Elle n'est pas la seule à avoir cette idée. J'en suis venu à penser que ce témoignage à propos de l'eau en bouteille est peut-être un piège tendu à Utsumi et aux gens qui sont d'accord avec elle.

— Un piège ?

— Ceux qui soupçonnent l'épouse de la victime n'arrivent pas à exclure la possibilité que le poison ait été mélangé à l'eau en bouteille. Parce qu'ils n'en voient pas d'autre. Mais si elle s'est servie d'une autre méthode, les personnes focalisées sur l'eau en bouteille ne la trouveront jamais. Qu'est-ce que cela, sinon un piège ? Et je me suis dit que si elle n'a pas utilisé l'eau en bouteille, alors…

Yukawa s'interrompit. Il écarquilla les yeux en regardant un point derrière Kusanagi.

L'inspecteur se retourna. Et il fut aussi éberlué que le physicien.

Ayané était debout à l'entrée du salon.

16

Sentant qu'il ne pouvait se taire, Kusanagi ouvrit la bouche.

— Bonjour madame Mashiba… Désolé de vous déranger…

Il regretta immédiatement ce qu'il venait de dire.

— Vous êtes venue voir ce que nous faisions ?

— Non, pas du tout… J'avais besoin de vêtements. Et qui est ce monsieur ?

— Mon nom est Yukawa. J'enseigne la physique à l'université Teito.

— Un professeur d'université ?

— Nous sommes amis, et il m'aide parfois pour des enquêtes scientifiques. Je lui ai demandé de m'accompagner aujourd'hui.

— Ah… Je vois.

Les explications de Kusanagi ne parurent pas la convaincre entièrement. Mais elle ne posa pas d'autre question à propos de Yukawa.

— Puis-je agir à ma guise dans la maison maintenant sans craindre de nuire à l'enquête ? demanda-t-elle.

— Absolument. Faites comme vous l'entendez. Toutes mes excuses pour le dérangement que nous continuons à vous causer.

— Mais pas du tout, répondit Ayané qui s'arrêta au moment où elle s'apprêtait à quitter la pièce et se retourna vers Kusanagi. Je ne sais pas si je peux vous demander cela, mais qu'êtes-vous venus faire ici aujourd'hui ?

— Euh… Eh bien… Kusanagi se passa la langue sur les lèvres. Nous n'avons pas encore déterminé comment le poison a été introduit, et nous voulions faire une nouvelle vérification. Je suis vraiment confus de vous importuner si souvent.

— Mais non, pas du tout. Ne croyez surtout pas que je vous en veuille pour cela. Bon, je monte, mais n'hésitez pas à m'appeler si vous avez besoin de moi.

— Je n'y manquerai pas. Je vous remercie, fit Kusanagi en inclinant la tête.

— Puis-je me permettre de vous poser une question ? demanda soudain Yukawa qui était debout à côté de lui.

— Oui, bien sûr, répondit Ayané, le visage soupçonneux.

— Un dispositif de filtration de l'eau est connecté au second robinet, n'est-ce pas ? J'imagine qu'il faut changer le filtre régulièrement. Pourriez-vous me dire à quand remonte la dernière fois que cela a été fait ?

— Euh, à dire vrai… commença-t-elle en revenant vers eux, les yeux tournés vers l'évier, l'air embarrassé. Je ne l'ai pas fait changer une seule fois.

— Ah bon ! Pas une seule fois ! s'écria Yukawa, à la surprise de Kusanagi.

— Je me disais qu'il était grand temps de m'en occuper. Le filtre actuel date de mon emménagement ici, il y a presque un an. L'installateur nous avait dit qu'il fallait le changer une fois par an.

— Et celui-ci est là depuis un an… Je vois.

— Cela pose problème ?

— Non, non, répondit Yukawa en accompagnant sa dénégation d'un geste de la main. Je vous l'ai demandé simplement pour en être sûr. Mais vous devriez saisir cette occasion de le faire. Il a été prouvé que les vieux filtres peuvent être nocifs.

— Je vais m'en occuper. Il faut d'abord que je nettoie sous l'évier. Je suis sûre que c'est très sale.

— Mais non, c'est comme ça sous tous les éviers ! Dans mon laboratoire, c'est à cet endroit que les cafards bâtissent leurs nids. Oh ! Pardonnez-moi de comparer mon laboratoire à votre maison. Mais… s'interrompit-il pour jeter un coup d'œil à Kusanagi. Si vous nous donnez les coordonnées de l'entreprise, je suis sûr que Kusanagi les fera venir tout de suite. Mieux vaut ne pas plus tarder.

L'inspecteur lança un regard étonné à son ami, qui n'y accorda pas la moindre attention, les yeux fixés sur Ayané.

— Vous êtes d'accord ? lui demanda-t-il.

— Vous voulez dire maintenant ?

— Oui. En réalité, cela sera sans doute utile à l'enquête. Ne perdons pas de temps.

— Si vous en êtes sûr, je n'y vois pas d'inconvénient.

Yukawa esquissa un sourire, et dirigea son regard vers Kusanagi.

— Tu as entendu ?

Kusanagi le foudroya des yeux. Il savait pourtant que le physicien ne parlait pas à la légère et devait avoir une idée derrière la tête. Cela ferait probablement avancer l'enquête.

L'inspecteur se tourna vers Ayané.

— Pouvez-vous me donner les coordonnées de l'entreprise ?

— Volontiers. Je vais les chercher.

Elle sortit de la cuisine. Kusanagi la suivit des yeux avant de décocher un nouveau regard noir à son ami.

— Je te prie de ne pas faire ce genre de requêtes soudaines sans me consulter.

— Je n'en ai pas eu le temps, je n'y peux rien. Au lieu de râler, tu ferais mieux de faire ce que tu as à faire.

— A savoir ?

— Appelle vos techniciens. Tu ne veux pas que les gens qui changent le filtre détruisent une pièce à conviction, non ? Mieux vaudrait que le filtre soit enlevé par des gens de chez vous.

— Tu veux qu'ils le prennent pour l'analyser ?

— Oui, ainsi que le tuyau, souffla Yukawa.

Pendant que Kusanagi peinait à trouver ses mots, terrassé par l'éclat froid des yeux de son ami, Ayané revint.

Une heure après, les deux techniciens de la police scientifique avaient démonté le filtre et le tuyau qui lui était attaché. Kusanagi, debout à côté de Yukawa, les avait observés. Les techniciens placèrent les deux éléments poussiéreux dans une boîte en plastique transparent.

— Nous les emportons au laboratoire, dit un des techniciens.

— Très bien, répondit Kusanagi.

L'employé chargé d'installer le nouveau filtre était déjà arrivé. Kusanagi le regarda commencer à faire son travail et retourna dans le salon où Ayané était assise. Elle paraissait accablée. Le sac de voyage posé à côté d'elle contenait des vêtements qu'elle avait pris dans sa chambre. Elle n'avait visiblement pas l'intention de revenir s'installer chez elle pour le moment.

— Je ne pensais pas que cela se passerait ainsi. Je suis confus.

— Vous n'avez pas à l'être. Je suis contente que le filtre ait enfin été changé.

— Je parlerai à mes supérieurs des frais que cela a entraînés.

— Ce n'est pas la peine. Le filtre me sert, protesta-t-elle avec un sourire fugace qui disparut aussi vite

195

qu'il était arrivé. Vous pensez qu'il a pu être utilisé pour placer le poison ?

— Nous n'en savons rien. Nous allons cependant le vérifier parce que ce n'est pas impossible.

— Si cela devait être le cas, comment le poison aurait-il pu être introduit ?

— Eh bien… à dire vrai… bredouilla Kusanagi en regardant Yukawa, qui, debout à l'entrée de la cuisine, surveillait le travail de l'installateur.

Il l'appela et vit son ami se retourner pour demander à Ayané :

— Est-ce vrai que votre mari ne buvait que de l'eau en bouteille ?

Kusanagi tourna les yeux vers elle en trouvant son ami impertinent.

— Oui. C'est pour cela que je veillais à ce qu'il y en ait toujours au frigo, expliqua-t-elle en hochant la tête.

— Et si je comprends bien, il vous avait demandé de vous en servir aussi quand vous faisiez du café, n'est-ce pas ?

— Oui.

— Je me suis laissé dire que vous ne le faisiez pas.

Kusanagi douta de ses oreilles. Utsumi devait lui avoir communiqué ces informations confidentielles. Le visage insolent de sa collègue flotta devant ses yeux.

— Non, cela revient cher, n'est-ce pas ? répondit-elle avec douceur. Et je ne pense pas que l'eau du robinet soit aussi mauvaise pour la santé qu'il l'affirmait. De plus, faire chauffer de l'eau chaude permet de gagner du temps. Je ne crois pas qu'il l'ait jamais remarqué.

— Je suis d'accord avec vous. A mon avis, le café ne change pas de goût selon qu'il est préparé avec de l'eau du robinet ou de l'eau minérale.

Kusanagi lui adressa un regard ironique. Son ami n'avait découvert que récemment que le café n'existait pas exclusivement sous sa forme instantanée. Mais Yukawa ne le remarqua pas, ou décida de l'ignorer, car il reprit avec la même expression :

— Rappelez-moi comment s'appelle cette jeune femme qui a fait du café dimanche, oui, votre assistante ?

— Hiromi Wakayama, dit Kusanagi.

— Cette demoiselle Wakayama a dit qu'elle s'était servie d'eau du robinet comme vous. Et il ne s'est rien passé à ce moment-là. D'où l'hypothèse que le poison se trouvait peut-être dans l'eau du robinet. Il y en a deux dans la cuisine, parce que vous avez aussi un robinet d'eau filtrée dont votre mari aurait pu se servir, pour une raison ou une autre, économiser l'eau en bouteille par exemple. D'où la nécessité de vérifier le filtre.

— Je vous suis, mais vous pensez que mettre du poison dans le système du filtre est possible ?

— En tout cas, ce n'est pas impossible. Les techniciens nous diront ce qu'il en est.

— S'ils devaient trouver quelque chose, à quel moment l'auteur du crime aurait-il pu l'y introduire ? demanda Ayané en tournant vers Kusanagi un regard sincère. Je vous ai déjà dit que nous avions invité des amis à dîner vendredi soir. L'appareil de filtration était normal à ce moment-là.

— Oui, c'est vrai, fit Yukawa. Le poison aurait donc été introduit après ce dîner. Si l'on pose que la personne visée était votre mari, le coupable a dû attendre votre absence.

— Vous voulez dire qu'il aurait agi après mon départ, n'est-ce pas ? Sauf si le coupable, c'est moi.

— Exactement, acquiesça le physicien.

— Pour le moment, nous ignorons si le poison a été introduit dans l'appareil de filtration de l'eau. Je ne pense pas que vous ayez besoin de penser à tout cela, intervint Kusanagi avant de se lever en demandant à son ami de le suivre.

Les deux hommes se retrouvèrent dans le hall d'entrée.

— Où veux-tu en venir ? demanda l'inspecteur sans cacher son irritation.

— Comment ça ?

— Ne fais pas l'idiot. Tu lui parles comme si tu la soupçonnais. Je sais bien qu'Utsumi t'a demandé de l'aide, mais tu n'as pas à te ranger de son côté !

Yukawa fronça les sourcils comme s'il était désagréablement surpris.

— Tu exagères ! Quand ai-je pris parti pour elle ? Je fais seulement preuve de logique. Calme-toi ! Mme Mashiba a bien plus de sang-froid que toi.

Kusanagi se mordit les lèvres. Au moment où il allait répondre, ils entendirent la porte s'ouvrir. L'ouvrier qui venait d'installer le nouveau filtre sortit, suivi par Ayané.

— Le nouveau filtre est en place, annonça-t-elle.

— Merci monsieur, dit Kusanagi à l'ouvrier. Pour la facture…

— Je l'ai réglée, ne vous en préoccupez pas, l'interrompit Ayané

— Ah bon ! souffla-t-il.

Yukawa enfila ses chaussures sitôt l'ouvrier parti.

— Je m'en vais. Et toi ?

— Je reste encore un peu. J'ai quelque chose à demander à Mme Mashiba.

— Bon. Eh bien, au revoir, dit-il en s'inclinant devant elle.

Il partit sans lui laisser le temps de répondre. Kusanagi soupira.

— Je vous prie d'excuser ses paroles désagréables. Il n'est pas méchant, mais il manque de manières. C'est un excentrique.

— Vous n'avez pas à vous excuser ! Je ne l'ai pas trouvé désagréable, s'écria Ayané d'une voix surprise.

— Tant mieux.

— Il enseigne à l'université Teito, c'est bien cela ? Moi qui imaginais les universitaires comme des gens discrets, voire timides ! Il ne correspond pas du tout à cette image.

— Des universitaires, il y en a de toutes sortes, vous savez ! Lui, c'est un cas à part.

— Vous semblez bien le connaître.

— Oui. Je ne vous l'ai pas dit, mais nous avons fait nos études ensemble. Mais pas dans la même faculté.

Ils retournèrent dans le salon où il lui expliqua qu'il était ami avec Yukawa depuis l'université quand ils appartenaient tous les deux au club de badminton, et que le physicien l'avait aidé à plusieurs reprises dans son travail.

— Je vois. C'est merveilleux. Quelle chance de pouvoir travailler avec un camarade d'études !

— Je parlerais plutôt de fatalité.

— Que dites-vous là ! Je vous envie.

— Quand vous retournez à Sapporo, vous passez la nuit dans une source thermale avec une amie d'enfance !

— Oui, admit-elle avec un sourire. Vous avez rendu visite à mes parents, monsieur Kusanagi, n'est-ce pas ? Ma mère m'en a parlé.

— Oui, j'y suis allé. Nous, les policiers, nous avons l'obligation de tout vérifier, n'y voyez aucune mauvaise intention.

Elle sourit, consciente de l'embarras qu'elle lui avait causé.

— Je l'avais compris. Savoir si j'étais vraiment allée chez mes parents était nécessaire, et que vous leur ayez rendu visite est naturel. Ne vous en faites pas pour cela.

— Je vous remercie.

— Ma mère vous a trouvé très aimable. Je lui ai répondu que j'étais d'accord et que vous me rassuriez.

— Mais… fit Kusanagi en portant une main à son oreille, avec l'impression que son visage était en feu.

— Vous avez aussi rencontré Sakiko Motooka, n'est-ce pas ?

C'était le nom de l'amie qui l'avait accompagnée à la source thermale.

— Ma collègue s'en est chargée. Mme Motooka lui a dit qu'elle vous avait trouvée soucieuse. Et que vous lui aviez paru moins en forme qu'avant votre mariage.

Un sourire triste apparut sur son visage, comme si elle s'en souvenait, et elle laissa échapper un soupir.

— Elle a dit ça ? Moi qui croyais avoir donné le change… Elle me connaît si bien qu'elle s'en est tout de même aperçue.

— Vous n'avez pas envisagé de lui parler de ce que votre mari venait de vous annoncer ?

Elle secoua la tête.

— Non, pas du tout. Je voulais passer à autre chose… Et puis il me semblait que je ne pouvais rien faire. Avant de nous marier, mon mari et moi nous étions promis que nous divorcerions si nous n'arrivions pas à avoir un enfant. Je n'ai bien sûr pas mis mes parents au courant.

— M. Ikai m'a expliqué que votre mari voulait absolument avoir des enfants, et qu'à ses yeux le mariage n'était qu'un moyen d'y arriver. Je dois avouer que j'ai un peu de mal à comprendre que l'on puisse voir les choses ainsi.

— Moi aussi, je voulais des enfants et je croyais que cela serait facile. Je n'ai pas réfléchi plus que cela à cette promesse. A aucun moment je n'ai pensé que parce que cela faisait presque un an que nous étions mariés que… Le sort est parfois cruel, glissa-t-elle en baissant les yeux, avant de relever la tête vers son interlocuteur. Vous avez des enfants, monsieur Kusanagi ?

Il esquissa un sourire et lui rendit son regard.

— Je suis célibataire.

— Oh ! s'exclama-t-elle doucement. Pardonnez mon indiscrétion.

— Mais non, il n'y a pas de mal. Tout le monde autour de moi me dit que je ferais mieux de ne pas traîner, mais je n'ai pas encore trouvé la bonne personne. Yukawa aussi est célibataire.

— Je m'en étais doutée. Cela se sent chez lui.

— Il n'aime pas les enfants. Pour une raison bizarre : leur manque de logique, qui le fatigue.

— C'est quelqu'un d'intéressant.

— Je le lui dirai. Ah oui, je voulais vous poser une question à propos de votre mari.

— Laquelle ?

— Connaîtriez-vous parmi les amis ou les connaissances de votre mari quelqu'un qui serait dessinateur ou illustrateur ?

— Vous voulez dire un artiste ?

— Exactement. Il peut s'agir d'une personne que votre mari ne voyait plus. Il ne vous en a jamais parlé ?

Ayané inclina la tête sur le côté comme si elle réfléchissait, puis elle leva un regard interrogateur vers Kusanagi.

— Vous pensez que cette personne pourrait être liée à sa disparition ?

— Je n'irais pas jusque-là. Comme je vous l'ai expliqué l'autre jour, nous enquêtons à propos des anciennes fréquentations de votre mari. Et nous avons découvert qu'il avait autrefois dans sa vie une femme qui dessinait.

— Ah bon ! Je suis vraiment désolée, mais cela n'évoque rien pour moi. Cela remonte à quand exactement ?

— Nous n'en sommes pas certains, mais je dirais deux ou trois ans.

Elle hocha la tête, et pencha à nouveau la tête sur le côté.

— Je suis désolée mais je n'ai aucun souvenir que mon mari m'en ait parlé.

— Je comprends. Vous n'y pouvez rien. Il regarda sa montre et se leva. Toutes mes excuses pour vous avoir importunée si longtemps.

— Je ne vais pas rester non plus. Je retourne à l'hôtel, dit-elle en se levant, serrant le sac de voyage dans ses bras.

Ils quittèrent la maison ensemble. Elle se chargea de fermer la porte.

— Laissez-moi porter votre sac. Je vais vous accompagner jusqu'à ce que vous trouviez un taxi.

Elle le remercia et lui tendit son sac. Puis elle se retourna vers la maison en se demandant tout haut si elle reviendrait y vivre un jour.

Kusanagi ne savait que dire. Il marcha en silence à ses côtés.

17

Selon le tableau de présence accroché à la porte, Yukawa était seul dans le laboratoire. Ce n'était pas un
hasard : elle avait choisi l'heure à dessein.

Elle frappa à la porte. Une voix revêche lui demanda
d'entrer. Elle poussa la porte et aperçut le physicien
occupé à faire du café, non dans la cafetière électrique, mais avec un filtre en papier.

— Vous n'auriez pas pu arriver à un meilleur moment !
commenta-t-il en remplissant deux tasses de café.

— Vous ne vous servez pas de votre cafetière électrique ? Quelle surprise !

— J'avais envie de faire le connaisseur et j'ai utilisé
de l'eau minérale, expliqua-t-il en lui tendant une
tasse.

Kaoru le remercia et en but une gorgée. Le café
moulu devait être le même que la dernière fois.

— Alors ?

— Il est très bon.

— Meilleur que d'habitude ?

Elle hésita une seconde.

— Puis-je vous parler franchement ?

Yukawa s'assit sa tasse à la main, sans dissimuler
sa déception.

— Ce n'est pas la peine de répondre. Vous avez la
même opinion que moi. Il considéra le contenu de

sa tasse. Pour tout vous dire, tout à l'heure, j'ai fait du café de la même manière avec de l'eau du robinet. Il avait le même goût. Ou du moins, je n'ai perçu aucune différence.

— Je doute que quelqu'un puisse la détecter.

— Pourtant tous les chefs s'accordent à dire qu'il y en a une, continua-t-il en prenant une feuille sur son bureau. A cause de la dureté de l'eau. On la calcule en convertissant en carbonate de calcium le total des ions de calcium et des ions de magnésium. Plus le chiffre est bas, plus l'eau est douce.

— J'en ai entendu parler.

— A ce qu'il paraît, l'eau douce convient mieux à la cuisine. Le calcium n'est pas bon pour le riz : si l'eau en contient beaucoup, il fusionne avec les fibres du riz à la cuisson, et le riz sera trop sec.

Kaoru Utsumi fronça les sourcils.

— Ce qui n'est pas une bonne chose.

— Par contre, l'eau dure convient au bouillon de bœuf. Le sang de la viande et des os fusionne avec le calcium en formant l'écume. Elle flotte à la surface et elle est facile à enlever. Pensez-y la prochaine que vous en faites !

— Vous cuisinez ?

— Cela m'arrive, répondit-il en posant la feuille sur son bureau.

Elle l'imagina debout dans une cuisine. Il devait avoir la même attitude que lorsqu'il était en train de conduire une expérience.

— Il y a du neuf à propos de notre affaire ?

— Nous avons reçu les résultats de l'analyse. Je suis venue vous les communiquer, déclara-t-elle en sortant un dossier du sac qu'elle portait en bandoulière.

— Je vous écoute, fit-il en buvant une gorgée de café.

— Le laboratoire n'a trouvé d'arsenic ni dans le filtre ni dans le tuyau. Et s'il y en avait eu, il aurait disparu avec l'eau tirée ensuite. Le problème n'est pas là. Elle s'interrompit et consulta son dossier. La poussière du filtre et du tuyau indique que personne n'y a touché depuis longtemps, et il est peu vraisemblable que quelqu'un l'ait fait récemment. Cela n'aurait pas manqué de laisser des traces. Pour compléter ces résultats, il est à noter que les techniciens ont inspecté le dessous de l'évier immédiatement après le crime. Quand ils ont déplacé à ce moment-là les flacons de détergents et les bassines qui s'y trouvaient, ils ont remarqué l'absence de poussière à l'endroit où ils étaient posés.

— Autrement dit, personne n'avait touché au filtre, ni même déplacé quelque chose à cet endroit depuis longtemps.

— C'est effectivement l'opinion de nos techniciens.

— Je m'y attendais. J'ai eu la même impression quand je l'ai vérifié moi-même. Il y avait encore une chose à contrôler, n'est-ce pas ?

— Je sais ce dont vous parlez. La présence ou l'absence de poison à l'intérieur du robinet d'eau filtrée, n'est-ce pas ?

— Précisément. Et la réponse ?

— La possibilité existe sur le plan théorique, mais elle est impossible dans la pratique.

Yukawa but une gorgée de café et serra les lèvres, un mouvement qui n'était probablement pas dû à son goût amer.

— Vous pensiez qu'avec une paille longue il était possible de passer par ce robinet, à la manière d'un endoscope, pour déposer du poison à l'intérieur, mais les techniciens n'y sont pas arrivés. En effet, aucune paille ne peut traverser intacte la jonction vers le filtre, qui forme un angle presque droit. Ce devrait cependant être possible en utilisant un équipement articulé, mais…

— J'en ai assez entendu, dit Yukawa en se grattant la tête. Le coupable n'a certainement rien fait d'aussi compliqué. Moi qui croyais que c'était une bonne idée ! Il faut que je trouve autre chose. Je me demande où est mon angle mort.

Yukawa se versa le reste du café. Peut-être parce qu'il tremblait, quelques gouttes tombèrent à côté. Kaoru l'entendit claquer de la langue.

Même quelqu'un comme lui peut s'énerver, pensa-t-elle. Peut-être s'irritait-il de son incapacité à résoudre une énigme aussi simple que déterminer où le poison avait été placé.

— Et que fait le célèbre détective ? demanda le physicien.

— Il enquête dans l'entreprise de M. Mashiba.

— Hum !

— Vous vouliez le voir ?

Yukawa fit non de la tête en buvant son café.

— J'ai rencontré Mme Mashiba quand j'étais avec lui, l'autre jour.

— Oui, je suis au courant. Il m'en a parlé.

— Nous avons échangé quelques mots. Elle est belle, et séduisante.

— Vous aussi, vous êtes sensible à la beauté féminine ?

— Ce n'est qu'une appréciation objective. Mais je me fais du souci à propos de Kusanagi.

— Il s'est passé quelque chose ?

— Quand nous étions étudiants, il a recueilli des chats. Plus exactement deux chatons qui venaient de naître. Ils étaient très affaiblis et n'importe qui pouvait voir qu'ils ne survivraient probablement pas. Malgré cela, il les a emportés dans sa chambre et il s'en est occupé au point de sécher les cours. Il leur donnait du lait grâce à un flacon de collyre vide. Je l'ai prévenu que cela ne servirait à rien et que les chatons mourraient quand même. "Et alors ?" m'a-t-il répondu. Yukawa cligna des paupières et son regard se fit vague. Les yeux qu'il a pour Mme Mashiba sont les mêmes que ceux qu'il avait pour les chatons. Il est sensible à quelque chose chez elle. A mon avis, elle suscite chez lui la même émotion qu'eux.

18

Assis sur le sofa, Kusanagi contemplait le tableau accroché au mur en face de lui. On y voyait des roses
rouges sur un fond sombre. Il avait déjà vu cette
image quelque part. Sans doute sur l'étiquette d'un
alcool occidental.

— Qu'observes-tu avec tant d'attention ? demanda
Kishitani qui était à côté de lui. Ce tableau n'a rien à
faire avec ce que nous cherchons. La signature en bas
à gauche est celle d'un non-Japonais.

— Parce que tu crois que je ne le sais pas ? répliqua Kusanagi en détachant ses yeux du tableau.

En réalité, il n'y avait pas prêté attention.

Son collègue hocha la tête.

— Tu imagines qu'il a gardé des dessins de son
ancienne petite amie ? Moi, je m'en serais débarrassé
au plus vite.

— Peut-être. Mais ça ne veut pas dire que Yoshitaka Mashiba en a fait autant.

— D'accord, mais de là à penser qu'il les aurait ap-
portés ici parce qu'il ne pouvait pas les garder chez
lui ? Quelqu'un de normal n'aurait pas voulu les avoir
en permanence sous les yeux !

— Qui te dit qu'il les avait accrochés au mur ?

— Tu veux dire qu'il se serait donné la peine de
les apporter ici pour n'en rien faire ? J'ai du mal à y

croire. Qu'aurait-il répondu si un de ses subordonnés lui avait demandé ce que c'était ?

— Que c'était un cadeau, par exemple.

— Ce serait encore moins naturel. La politesse exige que l'on mette en valeur les tableaux que quelqu'un vous donne. On ne peut jamais savoir quand reviendra l'auteur du cadeau.

— Cesse d'ergoter. Yoshitaka Mashiba n'était pas du genre à agir ainsi, jeta Kusanagi d'un ton vif.

Une femme en tailleur beige entra dans la pièce où les deux policiers attendaient par une porte située à côté du comptoir de l'hôtesse d'accueil. Elle portait des lunettes fines et ses cheveux étaient coupés court.

— Je suis désolée de vous avoir fait attendre. Monsieur Kusanagi…

— C'est moi, fit-il en se levant. Désolé de vous déranger en plein travail.

— Pas du tout…

Elle lui tendit une carte de visite où il lut : "Keiko Yamamoto, responsable des relations publiques."

— Vous souhaitiez voir les objets appartenant à notre ancien PDG, n'est-ce pas ?

— Tout à fait. Est-ce possible ?

— Oui. Suivez-moi.

Elle les conduisit dans une pièce où un panneau sur la porte indiquait : *Salle de réunion.*

— M. Mashiba n'avait pas son propre bureau ?

— Son successeur a déjà pris ses fonctions. Il est sorti aujourd'hui et m'a chargée de vous saluer.

— Vous voulez dire que vous avez un nouveau président ?

— Oui, il a été nommé après les obsèques. Il utilise le bureau qui était celui de M. Mashiba, et avec l'autorisation de notre conseil juridique, M. Ikai, nous avons entreposé ici ses objets personnels. Avant de les faire parvenir à Mme Mashiba. Nous n'avons rien jeté, expliqua-t-elle d'une traite, sans un sourire, d'un ton raide qui faisait sentir qu'elle se méfiait des deux policiers.

Kusanagi eut l'impression qu'elle voulait leur signifier que la mort de Yoshitaka Mashiba n'était en rien liée à son travail et que la police ne pouvait soupçonner son entreprise d'avoir cherché à se débarrasser de pièces à conviction.

Une dizaine de cartons de tailles diverses étaient empilés dans la pièce, ainsi que quelques clubs de golf, des trophées, et un appareil de massage pour les pieds. Au premier coup d'œil, rien qui ne ressemblât à des tableaux.

— Vous permettez que nous inspections tout cela ? demanda Kusanagi.

— Bien sûr. Prenez votre temps. Puis-je vous apporter quelque chose à boire ?

— Merci, ce n'est pas la peine.

— Très bien, dit-elle avant de sortir de la pièce sans changer d'expression.

Kishitani haussa les épaules en regardant la porte qui venait de se fermer.

— Nous ne sommes pas vraiment les bienvenus.

— Ne me dis pas que tu as l'habitude d'être accueilli à bras ouverts ! C'est déjà bien qu'ils aient accepté notre requête.

— Elle aurait pu être un tout petit peu plus chaleureuse ! Après tout, c'est dans l'intérêt de la société que l'affaire soit réglée le plus rapidement possible.

— Tu fais erreur. La société souhaite l'oublier, résolue ou pas. Notre présence ici les gêne. Maintenant qu'un nouveau président a été nommé, voir des policiers leur enlève toute envie de sourire. Bon, cessons de perdre du temps et mettons-nous au travail ! conclut-il en enfilant des gants.

Leur visite n'avait qu'un seul objectif : identifier l'ancienne amie de Yoshitaka Mashiba. La seule chose que Kusanagi savait était qu'elle était probablement dessinatrice. Il n'avait aucune idée de ce qu'elle dessinait.

— Ce n'est pas parce qu'elle avait un bloc à dessin qu'elle était nécessairement dessinatrice. Les designers ou les auteurs de BD s'en servent aussi, non ? dit Kishitani tout en inspectant le contenu d'un carton.

— Bien sûr, admit Kusanagi sans difficulté. Garde-le à l'esprit tant que nous sommes ici. Pense aussi aux architectes ou aux décorateurs.

Kishitani acquiesça en soupirant.

— Je ne te trouve pas très enthousiaste.

— Ce n'est pas de cela qu'il s'agit, commença-t-il en interrompant son travail, le visage fermé. Je ne suis pas sûr de saisir ce que nous faisons ici. Nous n'avons jusqu'à présent rien trouvé qui indique que quelqu'un d'autre que Hiromi Wakayama soit venu chez les Mashiba le jour du crime.

— Tu penses que cela m'a échappé ? Peut-on cependant en déduire que personne n'est venu ?

— Eh bien…

— Si personne n'est venu, explique-moi comment le poison s'est retrouvé dans la bouilloire.

Kusanagi continua en fixant son collègue d'un regard sombre.

— Tu n'as pas de réponse, hein ! C'est compréhensible. Yukawa lui-même n'a pas d'explication. La réponse est simple et évidente. Il n'y a pas de trucage. L'auteur du crime s'est introduit chez les Mashiba et il est parti après avoir mis le poison dans la bouilloire. C'est tout. Je t'ai déjà expliqué pourquoi nous n'avons pas encore trouvé de qui il s'agissait, non ?

— Parce que c'était quelqu'un qu'il rencontrait en cachette…

— Je vois que tu m'as bien écouté. Quand un homme cache une rencontre, il faut chercher parmi ses relations féminines. C'est une règle de base dans notre métier. Mon raisonnement te paraît boiteux ?

— Non, non, répondit Kishitani en secouant légèrement la tête.

— Si tu es d'accord avec moi, au travail ! Nous n'avons pas de temps à perdre.

Le jeune inspecteur hocha la tête en silence et tourna à nouveau son attention vers les cartons. Kusanagi respira bruyamment en le regardant.

Il ne s'expliquait pas sa propre irritation. Pourquoi se laissait-il agacer par les doutes exprimés par son jeune collègue ? Il se rendit compte qu'il connaissait la réponse à cette question.

Il n'était pas lui-même sûr que ce qu'ils faisaient ici ferait progresser l'enquête. Il n'arrivait pas à se débarrasser de la crainte que fouiller dans le passé de Yoshitaka Mashiba ne les mènerait nulle part.

Cela n'avait rien d'inhabituel dans une enquête. Quelqu'un qui faisait son métier ne pouvait se permettre de redouter que ses efforts soient vains. L'inquiétude qu'il ressentait était d'une autre nature.

S'ils ne trouvaient rien aujourd'hui, il lui faudrait tourner ses soupçons vers Ayané Mashiba, voilà ce qu'il appréhendait. Il ne pensait pas à Kaoru Utsumi. Il pressentait que le moment viendrait où il devrait douter d'Ayané.

Chaque fois qu'il la rencontrait, il éprouvait le même sentiment. Une tension, comme si quelqu'un pressait un couteau contre sa gorge. Elle lui faisait l'impression de vouloir vivre chaque instant à fond, comme si elle était résignée. Cela le bouleversait et le fascinait.

Mais quand il réfléchissait à la cause de cette impression, ce qui lui venait à l'esprit faisait naître en lui une angoisse qui le suffoquait.

Dans sa carrière, il avait croisé quelques criminels qui, malgré d'indéniables qualités humaines, n'avaient pu s'empêcher de tuer. Tous avaient éveillé le même sentiment chez lui : il s'agissait d'êtres détachés de la vie, presque clairvoyants. Mais ils partageaient une autre caractéristique, celle de vivre à deux doigts de la transgression, comme si une simple feuille de papier était tout ce qui les séparait de la folie.

Kusanagi avait ce sentiment en présence d'Ayané. Il aurait voulu le nier, mais son instinct de policier l'empêchait de l'oublier, fût-ce une seule seconde.

Ses investigations avaient pour but de dissiper ses propres soupçons. Il ne devait à aucun prix laisser ses *a priori* influencer son travail. C'est parce qu'il ne le savait que trop bien qu'il était irrité contre lui-même.

Les deux hommes travaillèrent une heure, sans rien trouver qui ait un rapport avec la profession de dessinateur, ou tout autre métier dans lequel on utilise un carton à dessin. Les boîtes contenaient presque exclusivement des cadeaux d'entreprise ou des objets du même genre.

— Que penses-tu de ce truc ? demanda soudain Kishitani.

Il tenait à la main une petite peluche, qui ressemblait à première vue à un navet, avec des feuilles vertes.

— C'est un navet, non ?

— Oui, mais aussi une créature de l'espace.

— Hein ?

— Oui, si on fait comme ça !

Kishitani plaça l'objet sur la table, en le retournant sur les feuilles. Un visage apparut sur la partie blanche, et les feuilles prirent l'aspect de tentacules, transformant la peluche en une créature en forme de méduse comme on en voit dans certains mangas.

— Hum…

— L'étiquette précise qu'il s'agit du Petit Navet, originaire de la planète Navet. Un produit fabriqué par cette société.

— Je te suis, mais où veux-tu en venir ?

— Tu ne crois pas que la personne qui a inventé ce personnage utilisait sans doute un carton à dessin ?

Kusanagi cligna des yeux et examina la peluche.

— C'est possible.

— Je vais chercher Mme Yamamoto, dit son collègue en se levant.

Elle arriva quelques instants plus tard.

— Il s'agit d'un produit que nous fabriquions. La peluche représente un personnage d'un dessin animé diffusé sur Internet.

— Un dessin animé diffusé sur Internet ? répéta Kusanagi, intrigué.

— Oui, nous le montrions sur notre site il y a trois ans. Vous voulez le voir ?

— Très volontiers, répondit-il en se levant pour la suivre dans son bureau.

Keiko Yamamoto tapota sur le clavier de son ordinateur et un dessin animé d'une minute apparut sur son écran. L'histoire, banale, avait pour héros le personnage de la peluche.

— Vous avez cessé de le diffuser ? demanda Kishitani.

— Le personnage a connu un certain succès, et nous avions prévu des produits dérivés, dont cette peluche, mais comme les ventes stagnaient, nous avons décidé de ne pas continuer.

— C'est quelqu'un de chez vous qui a dessiné l'original ?

Cette fois-ci, la question venait de Kusanagi.

— Non. Le personnage venait d'un blog, "Petit Navet", qui attirait de nombreux lecteurs. Nous avons signé un contrat avec son auteur.

— Et l'auteur est dessinateur ?

— Non, il s'agit d'un enseignant. D'une autre matière que les arts plastiques.

— Vraiment !

Kusanagi reprit légèrement espoir. Tatsuhiko Ikai lui avait expliqué que Yoshitaka Mashiba avait pour règle de ne pas avoir de relation amoureuse avec ses employées ou ses connaissances professionnelles. L'auteur du blog n'entrait dans aucune de ces catégories.

— Kusanagi, c'est raté ! s'exclama Kishitani en utilisant le clavier. Nous faisons fausse route.

— Comment ça ?

— Le profil de l'auteur indique qu'il s'agit d'un homme.

— Quoi ?

Kusanagi tourna son attention vers l'écran. Son collègue disait vrai.

— Il aurait fallu commencer par là. Le personnage est mignon, et j'ai d'emblée imaginé qu'il avait été inventé par une femme.

— Moi aussi. Raté, lâcha Kusanagi avec une grimace, en se grattant la tête.

— Euh… commença Keiko Yamamoto. Cela ne vous arrange pas que l'auteur soit un homme ?

— Non, non, pas vraiment. Nous cherchons quelqu'un qui nous aiderait à résoudre l'énigme. La première condition est qu'il s'agisse d'une femme.

— L'énigme… Vous voulez dire l'assassinat de M. Mashiba, n'est-ce pas ?

— Bien sûr.

— Vous pensez qu'il peut y avoir un rapport avec ce dessin animé ?

— Nous pouvons seulement vous dire que cela aurait pu être le cas si le créateur du personnage avait été une femme. Kusanagi soupira et regarda Kishitani. On arrête là pour aujourd'hui.

— D'accord, acquiesça son collègue, tête basse.

Keiko Yamamoto les raccompagna jusqu'à l'entrée. Kusanagi s'inclina devant elle.

— Désolé de vous avoir dérangée. Il se peut que nous reprenions contact avec vous dans le cadre de l'enquête.

— Je suis à votre disposition… répondit-elle, avec une expression hésitante, qui n'avait rien à voir avec le visage fermé qu'elle avait eu pour les accueillir. Ecoutez… leur dit-elle soudain au moment où ils allaient franchir la porte du bureau.

Kusanagi se retourna.

— Oui ?

Elle se rapprocha d'eux.

— Il y a un café au rez-de-chaussée de cet immeuble. Pourriez-vous m'y attendre ? J'aimerais vous parler de quelque chose, murmura-t-elle.

— Cela a un lien avec cette affaire ?

— Je n'en suis pas certaine. C'est lié à ce personnage de Petit Navet, enfin à la personne qui l'a inventé.

Les deux hommes échangèrent un regard et firent oui de la tête.

— Très bien.

Le café occupait une partie du rez-de-chaussée de l'immeuble. Kusanagi commanda un café en maudissant intérieurement le panneau où il était écrit : "Merci de ne pas fumer."

— Je me demande ce qu'elle veut nous dire, dit Kishitani.

— Va-t'en savoir ! Je ne vois pas comment un dessinateur amateur pourrait nous être utile.

Ils n'attendirent pas longtemps. Keiko Yamamoto vint vers eux en regardant autour d'elle. Elle tenait à la main une enveloppe de format A4.

— Merci d'avoir accepté de me retrouver ici, dit-elle en s'asseyant en face d'eux.

Une serveuse arriva à leur table, et elle lui fit signe de la main qu'elle ne prendrait rien. Elle n'avait visiblement pas l'intention de s'attarder.

— Et de quoi vouliez-vous nous parler ? l'encouragea Kusanagi.

Elle fit à nouveau le tour du hall d'entrée des yeux et se pencha vers eux.

— Je voudrais vous demander de ne pas faire état de cette conversation. Si vous deviez le faire, cela me mettrait dans l'embarras, dit-elle en levant timidement les yeux vers lui.

— Ah… lâcha Kusanagi.

Normalement, il lui aurait répondu qu'il ne pouvait rien lui promettre avant de savoir ce dont il s'agissait, au risque de se priver d'une information importante. Un policier doit savoir reprendre sa parole s'il le juge nécessaire.

— Très bien. Je m'y engage, déclara-t-il.

Keiko Yamamoto se passa la langue sur les lèvres.

— Vous savez, ce personnage de dessin animé… En réalité, c'est une femme qui l'a conçu.

— Quoi ? Kusanagi écarquilla les yeux. C'est vrai ?

Il se redressa sur son siège. L'information était intéressante.

— Oui. Mais cela nous arrangeait de la faire passer pour un homme.

Kishitani hocha la tête en sortant son bloc-note.

— Sur Internet, on peut choisir son nom, sa taille et même un sexe différent de la réalité.

— L'auteur du blog n'est pas un enseignant ? demanda Kusanagi.

— Non, la personne dont le nom apparaît sur le blog existe. Il l'a véritablement écrit. Mais le personnage lui-même a été créé par quelqu'un d'autre, une femme qui n'a rien à voir avec cet enseignant.

Kusanagi fronça les sourcils et posa les coudes sur la table.

— Je n'y comprends rien !

Keiko Yamamoto ouvrit la bouche, avec une hésitation perceptible.

— En réalité, nous avions tout arrangé.

— Arrangé ?

— Tout à l'heure, je vous ai expliqué que notre société avait décidé de faire un dessin animé en utilisant un personnage qui apparaissait dans un blog écrit par un enseignant, mais en réalité, nous avons fait le contraire. Nous avions le projet de diffuser ce dessin animé sur Internet, et notre stratégie de diffusion prévoyait que le personnage fasse ses débuts sur un blog privé. Puis nous avons fait le nécessaire pour que le blog recueille une certaine attention. Une fois que nous y sommes arrivés, nous avons passé un contrat avec l'auteur du blog pour le dessin animé.

Kusanagi croisa les bas et pencha la tête de côté.

— Je trouve que vous vous êtes donné beaucoup de mal.

— M. Mashiba était d'avis que cela nous permettrait d'éveiller l'intérêt d'internautes qui suivraient ensuite le dessin animé.

Kishitani se tourna vers son collègue et hocha la tête.

— Tu sais, ce n'est pas si rare. Les internautes voient d'un très bon œil le succès de personnages créés par des inconnus.

— Et ce personnage, c'est quelqu'un de chez vous qui l'a inventé ? demanda Kusanagi.

— Non, nous avons décidé de recruter un illustrateur peu connu du public. Parmi les propositions que nous avons reçues, nous avons choisi Petit Navet. L'auteur a accepté de signer avec nous un contrat qui l'engageait à demeurer anonyme et à nous fournir des dessins pour le blog de l'enseignant. Enfin, au départ, en tout cas, parce qu'un autre illustrateur s'en est occupé ensuite. J'imagine que vous avez deviné que nous avons aussi rémunéré l'auteur du blog.

Kusanagi ne put s'empêcher de manifester son étonnement.

— Dites donc ! Je comprends à présent pourquoi vous nous avez expliqué que vous aviez tout arrangé.

— Il faut avoir une stratégie si l'on veut lancer un nouveau personnage, conclut Keiko Yamamoto avec un sourire embarrassé. Mais le projet n'a pas eu le succès escompté.

— Et qui était le créateur du personnage ?

— Une femme auteur d'albums pour enfants, dit-elle en sortant un livre de l'enveloppe posée sur ses genoux.

— Vous permettez ? fit Kusanagi.

Il lut le titre : *Pourvu qu'il pleuve demain !* et tourna les pages. L'histoire faisait intervenir une petite poupée qui avait le pouvoir de stopper la pluie. L'auteur s'appelait Sumiré Kocho.

— Vous êtes encore en contact avec elle ?

— Non, plus du tout depuis qu'elle nous a cédé le copyright du personnage.

— L'avez-vous jamais rencontrée ?

— Non. Nous souhaitions garder son existence secrète. Seuls M. Mashiba et deux ou trois autres personnes de la société ont été en contact avec elle. D'après ce que je sais, elle a signé son contrat directement avec lui.

— Avec M. Mashiba ? Directement ?

— C'est lui qui était le plus enthousiaste vis-à-vis du personnage, expliqua Keiko Yamamoto en regardant Kusanagi droit dans les yeux.

L'inspecteur hocha la tête et reposa les yeux sur le livre. Ni le véritable nom de l'auteur ni sa date de naissance n'étaient indiqués.

Mais tout correspondait : une femme qui dessinait et qui publiait.

— Puis-je vous l'emprunter ? demanda-t-il.

— Bien sûr, répondit son interlocutrice en regardant sa montre. Il faut que je retourne à mon travail. Je vous ai tout raconté. J'espère que cela vous sera utile.

— Soyez-en certaine. Nous vous remercions de votre aide, dit Kusanagi en inclinant la tête.

Une fois qu'elle fut partie, Kusanagi passa le livre à son collègue.

— Je veux que tu prennes contact avec l'éditeur.

— Tu crois que nous l'avons trouvée ?

— Cela me semble très probable. Il y a eu quelque chose entre Yoshitaka Mashiba et cette illustratrice.

— Tu es bien sûr de toi !

— J'en ai eu la certitude en voyant l'expression de Keiko Yamamoto. Elle se doutait de quelque chose.

— Pourquoi n'en a-t-elle pas parlé plus tôt ? Les collègues qui sont venus enquêter ici ont certainement posé des questions au sujet des relations féminines de M. Mashiba.

— Elle n'osait probablement rien dire parce qu'elle n'avait pas de preuves. Elle ne l'a d'ailleurs pas fait avec nous non plus. Comme nous lui avons posé des questions à propos du créateur de la peluche, j'imagine qu'elle a dû se dire qu'il valait mieux nous faire savoir qu'il s'agissait d'une femme. Elle s'est sentie obligée de nous en parler parce qu'elle avait deviné que son patron avait eu une liaison avec elle.

— Je vois ce que tu veux dire. Je regrette d'avoir médit d'elle en la trouvant aussi froide qu'un glaçon.

— Si tu es sincère, ne perds pas une minute et prends contact avec l'éditeur.

Kishitani sortit son portable de sa poche et quitta le café. Kusanagi l'observa en finissant son café refroidi.

Son collègue revint s'asseoir à leur table, le visage sombre.

— Il n'y avait personne ?

— Si, si. J'en sais plus sur cette illustratrice.

— Alors pourquoi fais-tu cette tête ?

Sans répondre, son collègue ouvrit son agenda.

— Son vrai nom est Junko Tsukui. Ce livre est paru il y a quatre ans. Il est aujourd'hui épuisé.

— Tu sais où la contacter ?

— Non, et… Kishitani releva la tête vers son collègue. Elle est morte.

— Quoi ? Quand ça ?

— Il y a environ deux ans. Elle s'est suicidée chez elle.

19

Kaoru était en train de rédiger un rapport lorsque ses deux collègues revinrent au commissariat de Meguro. Ils paraissaient d'humeur morose.

— Où est le chef ? Il est déjà parti ? demanda Kusanagi d'un ton peu aimable.

— Je crois qu'il est dans le bureau des inspecteurs.

Kusanagi quitta la pièce sans la remercier. Kishitani leva les deux mains en l'air comme pour signifier qu'il n'était pour rien dans l'attitude de son collègue.

— Il n'a pas l'air de bonne humeur, tenta Kaoru.

— On l'a trouvée, l'ancienne amie de Yoshitaka Mashiba.

— Ah bon ? Dans ce cas, pourquoi est-il si désagréable ?

— C'est que… commença Kishitani en s'asseyant sur la chaise métallique.

Il lui raconta ce qu'ils avaient découvert. Kaoru fut étonnée d'apprendre que cette jeune femme n'était plus de ce monde.

— Nous sommes d'abord allés voir son éditeur, qui a accepté de nous prêter une photo d'elle. Puis nous nous sommes rendus dans le salon de thé où elle venait avec Yoshitaka Mashiba, et la serveuse l'a reconnue. Fin de l'épisode. Et de l'hypothèse de Kusanagi, selon laquelle elle avait tué son ex.

— D'où sa mauvaise humeur.

— Moi aussi, je suis déçu. Une journée de travail pour arriver à ça ! Pff, je suis fatigué !

Le portable de Kaoru sonna au moment où il bâillait à s'en décrocher la mâchoire. L'appel venait de Yukawa, qu'elle avait rencontré dans la journée.

— Merci pour tout à l'heure, dit-elle.

— Vous êtes où ? demanda Yukawa à brûle-pourpoint.

— Au commissariat de Meguro.

— J'ai réfléchi. Et je veux vous demander quelque chose. On peut se voir ?

— Oui, mais de quoi s'agit-il ?

— Je vous le dirai tout à l'heure. Décidez du lieu, répondit-il d'une voix où transparaissait une excitation inhabituelle chez lui.

— Je peux venir à l'université.

— Je n'y suis plus. Je suis en route pour le commissariat. Décidez-vous, enfin !

Elle lui donna le nom d'un café à proximité, et il raccrocha.

Elle rangea son rapport dans son sac et prit sa veste.

— C'était le professeur Yukawa ? demanda Kishitani.

— Oui, il veut me parler de quelque chose.

— Je t'envie ! Ça nous aiderait beaucoup s'il pouvait nous dire la façon dont le poison est arrivé dans le café de la victime. Ecoute-le attentivement ! Il ne s'exprime pas toujours simplement, prends des notes !

— Je sais, répondit-elle et elle s'en alla.

Yukawa arriva pendant qu'elle buvait un thé dans le café où ils s'étaient donné rendez-vous. Il s'assit en face d'elle et commanda un chocolat chaud.

— Je pensais que vous prendriez un café !

— Non, je n'en ai aucune envie. J'en ai bu deux tasses quand vous étiez avec moi tout à l'heure, sourit

Yukawa. Désolé de vous avoir convoquée de cette manière.

— Cela ne me dérange pas. De quoi vouliez-vous me parler ?

— Euh… fit-il.

Il baissa les yeux puis les releva en la regardant.

— D'abord, je veux savoir si vous continuez à soupçonner Mme Mashiba.

— Eh bien… Oui. Sans aucun doute.

— Ah bon… fit-il en sortant de la poche intérieure de sa veste un papier plié en quatre qu'il posa sur la table. Lisez ça.

Kaoru le prit et le déplia. Elle le lut et fronça les sourcils.

— De quoi s'agit-il ?

— De ce que je veux vous demander de vérifier. En détail, et non en gros.

— Cela vous permettra de résoudre l'énigme ?

Yukawa cligna des yeux et soupira.

— Je ne pense pas, non. Je cherche à vérifier que je ne peux pas la résoudre. Pour utiliser votre terminologie, à corroborer cet état de choses.

— Ce qui signifie ?

— J'ai réfléchi après votre départ. En prenant pour hypothèse la culpabilité de Mme Mashiba, et en faisant des suppositions sur la méthode qu'elle avait pu utiliser. Mais je ne suis arrivé à rien. Ma conclusion est que cette équation n'a pas de solution. Sauf une.

— Une ? Dans ce cas, elle n'est pas sans solution.

— Oui, mais la solution ne s'exprime qu'avec un nombre imaginaire.

— Un nombre imaginaire ?

— Je veux dire qu'elle est possible en théorie, mais pas en pratique. Une seule méthode a pu permettre à Mme Mashiba qui était à Hokkaido d'empoisonner son mari à Tokyo, mais la possibilité qu'elle ait pu la mettre en pratique est infime. Vous me suivez ? L'astuce est possible, mais impossible à mettre en pratique.

Kaoru secoua la tête.

— Je ne suis pas sûre de vous comprendre. Si ce que vous dites est vrai, cette méthode n'a pas pu être utilisée, non ? Et vous voulez que je fasse ces investigations pour le prouver ?

— Prouver qu'il n'y a pas de réponse a son importance.

— Moi, je cherche la réponse. Je n'ai rien à faire de la théorie, mon travail a pour but d'établir la vérité sur ce qui s'est passé.

Yukawa se tut. La serveuse lui apporta son chocolat chaud qu'il but sans se presser.

— C'est vrai, murmura-t-il. Vous avez raison.

— Comment ça…

Il tendit le bras pour ramasser la feuille de papier posée sur la table.

— Nous, les scientifiques, nous tenons absolument à trouver une solution, même si elle implique un nombre imaginaire. Mais vous, les policiers, vous n'êtes pas des scientifiques. Vous n'avez pas de temps à perdre à prouver l'existence de telles choses. Il replia en quatre le papier et le glissa dans sa poche et esquissa un sourire. Oubliez ce que je viens de vous dire.

— Dites-moi ce qu'est cette astuce à laquelle vous pensez. Et laissez-moi décider ensuite. Je ferai les investigations que vous souhaitez si je pense que cela en vaut la peine.

— Je ne peux pas.

— Et pourquoi ?

— Si vous la connaissez, vous ne serez plus objective et votre enquête ne le sera pas non plus. Inversement, si vous décidez de ne pas faire ces investigations, vous n'avez pas besoin de la connaître. Donc je ne peux pas vous en parler.

Il tendit la main vers la note, mais Kaoru fut plus rapide que lui.

— Je vous invite.

— C'est hors de question. Je vous ai fait venir pour rien.

Elle lui présenta son autre main, la paume tournée vers le haut.

— Donnez-moi la feuille que vous m'avez fait lire. Je ferai ce que vous demandez.

— Il est question d'un nombre imaginaire !

— Je veux quand même découvrir la seule solution que vous ayez trouvée.

Yukawa soupira et sortit le papier de sa poche. Elle le prit et le relut avant de le mettre dans son sac.

— Si cette astuce ne correspond pas à un nombre imaginaire, nous arriverons à résoudre cette énigme.

Il ne réagit pas, se contentant de soulever ses lunettes d'un doigt en murmurant : "Peut-être."

— Je me trompe ?

— S'il ne s'agit pas d'un nombre imaginaire, ajouta-t-il, le regard brillant, vous ne gagnerez pas cette partie. Ni moi non plus. Nous sommes en face d'un crime parfait.

20

Hiromi Wakayama regardait la tapisserie accrochée au mur. Des morceaux de tissus bleus et gris formaient une longue bande qui tournicotait en se croisant sur elle-même pour finalement revenir à son point de départ en formant une boucle. Le motif assez complexe paraissait géométrique de loin. Yoshitaka Mashiba ne l'appréciait pas car elle lui rappelait une hélice d'ADN, mais Hiromi ne partageait pas son avis. Quand Ayané avait montré ses œuvres dans une galerie à Ginza, elle avait choisi de la suspendre tout près de l'entrée. Ce panneau devait lui plaire, sinon elle n'en aurait pas fait un des premiers que découvraient les visiteurs. Ayané était l'auteur du dessin, mais Hiromi l'avait produite, une pratique qui n'a rien de rare dans le milieu de l'art textile, particulièrement dans le cas du patchwork, où des mois de travail sont nécessaires pour réaliser une œuvre de grande dimension. C'est le seul moyen d'organiser une exposition. Ayané faisait cependant partie des artistes qui réalisaient beaucoup eux-mêmes : quatre-vingts pour cent des pièces montrées dans cette exposition étaient de sa main. Hiromi avait été touchée par cette volonté de mettre en valeur une création qu'elle avait exécutée. Cette reconnaissance par Ayané de la qualité de son travail l'avait remplie de joie.

Je veux continuer à travailler avec elle, s'était-elle dit à ce moment-là.

Un bruit la tira de sa rêverie. Ayané, assise en face d'elle, venait de poser sa chope sur la table. A cette heure-ci, d'ordinaire, *Ann's House* était rempli de femmes occupées à couper et à coudre, mais aujourd'hui, elles y étaient seules toutes les deux. L'atelier n'avait pas encore rouvert.

— Ah bon… souffla Ayané en serrant sa tasse entre ses mains. Si c'est ce que tu as décidé, je n'y peux rien.

— Je suis désolée de me montrer si égoïste, dit Hiromi en baissant la tête.

— Je ne te demande pas de t'excuser. Moi aussi, je me disais que continuer comme avant ne serait pas facile. Et j'étais arrivée à la même conclusion.

— Tout est ma faute. Les mots me manquent pour…

— Cessons d'en parler. Je n'ai aucune envie d'entendre à nouveau tes excuses.

— Oh… Pardon…

Hiromi rentra la tête dans les épaules. Elle avait les larmes aux yeux mais ne voulait pas le lui montrer. Elle pensait que cela déplairait à Ayané.

Elle l'avait appelée pour lui dire qu'elle voulait lui parler et Ayané lui avait donné rendez-vous à l'atelier sans lui poser aucune question. Hiromi s'était dit qu'elle avait choisi cet endroit sans doute parce qu'elle avait deviné les intentions de son assistante.

Hiromi était entrée dans le vif du sujet pendant qu'Ayané préparait du thé. Elle lui avait demandé d'accepter sa démission. Elle ne souhaitait plus être son assistante.

— Tu vas t'en sortir ? demanda Ayané, qui ajouta en la voyant baisser la tête : Comment vas-tu faire ? Pour vivre, je veux dire. Tu vas avoir du mal à retrouver du travail, non ? Tu comptes sur l'aide de tes parents ?

— Je ne sais pas encore. Je préférerais ne rien leur demander, mais j'aurai peut-être à le faire. J'ai quelques économies et je vais essayer de m'en sortir toute seule dans la mesure du possible.

— Tu n'as pas l'air très sûre de toi, commenta Ayané en lissant ses cheveux derrière ses oreilles, un geste qu'elle faisait quand elle était irritée. Je sais bien que cela ne me regarde pas, mais…

— Je vous suis reconnaissante de vous faire du souci pour moi. Alors que…

— Je t'ai dit que cela suffisait, non ?

Le ton vif d'Ayané fit se crisper Hiromi qui rentra le cou dans les épaules.

— Pardon, souffla Ayané. Je n'ai pas été très aimable. Mais je ne veux plus entendre tes excuses. Même si nous ne pouvons plus travailler ensemble, je te souhaite de trouver le bonheur. Du fond du cœur.

Le ton sincère de sa voix amena Hiromi à relever craintivement la tête. Le triste demi-sourire qui flottait sur le visage d'Ayané lui parut authentique.

— Merci, murmura-t-elle.

— Et puis la personne qui a fait que nous soyons dans cette situation aujourd'hui n'est plus. Cessons donc de penser au passé.

Hiromi n'eut d'autre choix que d'acquiescer à ses propos prononcés d'une voix douce. Mais elle savait au fond d'elle-même que ce qu'Ayané suggérait était impossible. La relation passionnée qu'elle avait vécue avec Yoshitaka Mashiba, le chagrin de l'avoir perdu, les remords qu'elle éprouvait pour avoir trahi Ayané, tout était gravé au plus profond d'elle-même.

— Hiromi, depuis combien de temps travailles-tu avec moi ? demanda Ayané d'un ton dégagé.

— Un peu plus de trois ans.

— Tu as raison, cela fait déjà trois ans. Autant que la durée de la scolarité au lycée. Tu n'as qu'à penser que tu as fini tes études avec moi, non ?

Hiromi ne parvint pas à manifester son accord. Elle me prend pour une idiote, pensa-t-elle.

— A propos… Tu as la clé de l'atelier, non ?

— Euh… oui. Je vais vous la rendre, répondit-elle en soulevant son sac posé à côté d'elle.

— Non, ce n'est pas la peine.

— Pourtant…

— Il y a beaucoup de choses à toi ici, non ? Il te faudra un peu de temps pour tout trier. Et n'hésite pas à prendre tout ce qui te plaît. Cette tapisserie, par exemple. Je ne me trompe pas ?

Son regard était fixé sur celle que contemplait Hiromi quelques instants plus tôt.

— Vous êtes sûre ?

— Bien sûr ! C'est toi qui l'as faite. Tu te souviens de son succès à l'exposition ? Je n'ai pas voulu la vendre parce que je comptais te la donner tôt ou tard.

Hiromi n'avait pas oublié. Le prix de la plupart des œuvres était indiqué, mais une étiquette précisait que celle-ci n'était pas à vendre.

— Combien de temps penses-tu qu'il te faudra pour ranger tes affaires ? demanda Ayané.

— Je devrais avoir fini ce soir ou demain.

— Ah bon ! Téléphone-moi quand ce sera fait. Tu n'auras qu'à laisser la clé dans la boîte aux lettres. Fais attention à ne rien oublier. Sitôt que tu auras terminé, je demanderai à des déménageurs de venir prendre ce dont je n'ai pas besoin.

Ayané sourit à Hiromi qui la regardait en clignant des yeux, perplexe.

— Je ne peux pas rester indéfiniment à l'hôtel ! D'une part, ce n'est pas pratique, et puis cela revient cher. J'ai décidé de m'installer ici pour le moment.

— Vous ne voulez pas retourner dans la maison ?

Ayané soupira légèrement, et se voûta.

— Je l'ai envisagé, mais j'y ai renoncé. Tous les bons souvenirs que j'ai là-bas me sont à présent insupportables. Et je n'ai pas besoin de tant de place ! Je ne comprends pas comment il a pu y vivre seul.

— Vous allez vendre ?

— Oui, mais ce ne sera sans doute pas facile à cause de ce qui s'y est passé. Je compte demander à M. Ikai ce qu'il en pense. Il connaît peut-être quelqu'un qui…

Incapable de trouver quelque chose à dire, Hiromi contemplait sa chope. Le thé que lui avait versé Ayané devait avoir refroidi.

— Bon, je vais m'en aller, dit cette dernière en se levant, la chope à la main.

— Laissez-la sur la table. Je les laverai toutes les deux.

— Vraiment ? Merci, fit-elle et elle reposa sur la table la tasse qu'elle se mit à regarder. Elles sont à toi, non ? Une amie qui venait de se marier t'en avait fait cadeau, non ?

— Exactement. Elle m'en avait donné deux.

Hiromi se servait de l'autre, comme chaque fois qu'elles buvaient un thé en discutant des choses à faire.

— N'oublie pas de les emporter !

— Oui, murmura-t-elle.

Sans cette recommandation, elle n'y aurait pas pensé. Elle ressentit de la tristesse à l'idée que la présence d'objets qui lui appartenaient pouvait déplaire à Ayané.

Celle-ci mit la bandoulière de son sac sur son épaule et se dirigea vers l'entrée. Hiromi la suivit.

Elle se retourna vers son assistante après avoir enfilé ses chaussures.

— Ça me fait drôle. Tu arrêtes l'atelier, mais c'est moi qui m'en vais.

— Je vais faire vite. Je peux m'arranger pour avoir tout fini ce soir.

— Prends ton temps ! Ce n'est pas du tout ce que je voulais dire. Elle la regarda droit dans les yeux. Bonne chance pour la suite !

— A vous aussi !

Ayané hocha la tête et poussa la porte. Elle sortit et la referma en souriant.

Hiromi s'assit à même le sol. Elle poussa un soupir.

Quitter son travail à l'atelier la peinait, ne plus avoir de source de revenus l'inquiétait, mais elle ne voyait pas d'autre issue. Elle aurait d'ailleurs dû le faire plus tôt, quand elle avait avoué à Ayané sa liaison avec Yoshitaka. Elle n'avait pas exigé son départ, mais elle ne pouvait pas lui avoir pardonné.

Et en plus… se dit-elle en posant la main sur son ventre.

Elle attendait un enfant. Elle avait eu peur qu'Ayané ne lui demande ce qu'elle comptait faire. Elle ne le savait pas elle-même.

Peut-être Ayané ne l'avait-elle pas fait parce qu'elle était persuadée que Hiromi avorterait. Elle ne pouvait probablement pas imaginer que Hiromi pût avoir envie de le garder.

La jeune femme hésitait. Non, ce n'était pas vrai : au plus profond d'elle-même, elle souhaitait mettre cet enfant au monde. Elle en était consciente.

Mais quelle serait alors sa vie ? Elle ne pourrait pas compter sur sa famille. Ses parents étaient vivants, mais ils n'étaient pas riches. C'étaient des gens ordinaires qui ne manqueraient pas d'être choqués, et désorientés, d'apprendre que leur fille allait devenir mère célibataire à la suite de sa liaison avec un homme marié.

Il lui faudrait se résoudre à avorter… C'était la conclusion à laquelle elle aboutissait chaque fois qu'elle pensait à sa grossesse. Elle cherchait en vain une autre solution. Depuis la mort de Yoshitaka, cette question la torturait.

Son téléphone sonna au moment où elle secouait la tête. Elle se releva lentement, et revint à la table de travail. Elle sortit son portable de son sac posé sur une chaise. Elle reconnut le numéro de la personne qui l'appelait. Elle n'avait pas envie de répondre, mais elle appuya sur la touche "réception d'appel". Son interlocutrice n'aurait pas manqué de la rappeler.

— Allô, dit-elle d'une voix triste qui reflétait son état d'esprit.

— Bonjour, c'est Kaoru Utsumi, de l'agence métropolitaine de police. Je peux vous parler une minute ?

— Oui.

— Je suis désolée de vous importuner une nouvelle fois, mais il se trouve que j'ai encore quelques questions à vous poser. Pourrais-je vous voir ?

— A quel moment ?

— Le plus rapidement possible. Merci d'avance.

Hiromi soupira profondément. Cela lui était égal que son interlocutrice l'entende.

— Dans ce cas, pourquoi ne venez-vous pas ici ? Je suis à l'atelier de patchwork.

— C'est-à-dire à Daikanyama. Mme Mashiba est avec vous ?

— Non, et je ne pense pas qu'elle revienne aujourd'hui. Je suis seule.

— Très bien. J'arrive, dit son interlocutrice avant de raccrocher.

Hiromi rangea son téléphone dans son sac et porta une main à son front.

Quitter son travail à l'atelier ne changeait rien. Tant que l'affaire ne serait pas résolue, la police ne la laisserait pas tranquille. Comment pouvait-elle imaginer avoir un bébé ?

Elle but le thé qui restait dans sa chope. Comme elle s'y attendait, il était presque froid.

Elle pensa aux trois années qu'elle avait passées ici. Autodidacte en patchwork, elle avait été émerveillée par ses progrès les trois premiers mois. Lorsque Ayané lui avait proposé de devenir son assistante, elle n'avait pas hésité une seconde. Elle était lasse de sa vie d'intérimaire qui la voyait accomplir mécaniquement des missions vides de sens.

Elle tourna les yeux vers l'ordinateur posé dans un coin de la pièce. Ayané et elle utilisaient ses ressources graphiques quand elles réfléchissaient à un motif. Il leur arrivait fréquemment de travailler tard le soir pour décider des coloris, mais cela ne lui avait jamais paru pénible. Une fois qu'elles avaient terminé les études préparatoires, elles allaient acheter les tissus dont elles auraient besoin. Souvent, elles se laissaient séduire par un tissu aux teintes inattendues et tombaient d'accord pour modifier leur projet. En échangeant un sourire mi-figue, mi-raisin.

Oui, Hiromi aimait ce quotidien. Mais il n'existait plus.

Elle secoua la tête. Elle ne se faisait aucune illusion. Tout était sa faute. Elle avait volé le mari de la femme à qui elle devait tant.

Elle avait gardé un souvenir très précis de sa première rencontre avec Yoshitaka Mashiba. Seule dans l'atelier, elle préparait un cours quand Ayané l'avait appelée pour lui demander de dire à l'homme qui allait passer qu'elle serait en retard. Elle ne lui avait pas donné plus de précisions.

Il avait sonné quelques minutes plus tard. Hiromi l'avait fait entrer et lui avait apporté un gobelet de thé vert. Il avait étudié l'atelier des yeux en lui posant des questions, avec le ton calme d'un adulte et la curiosité insatiable d'un petit garçon. Les quelques mots qu'ils avaient échangés lui avaient fait sentir sa vivacité d'esprit.

Arrivée sur ces entrefaites, Ayané avait fait les présentations. Hiromi avait été surprise d'apprendre qu'ils s'étaient rencontrés dans une réception. Elle ignorait qu'Ayané fréquentait ce genre de soirées.

A y repenser, elle avait d'emblée ressenti quelque chose pour lui. Elle se rappelait son frémissement de jalousie quand son professeur lui avait confié que c'était son ami.

Tout aurait peut-être été différent si leur première rencontre ne s'était pas déroulée de cette manière. Elle avait l'impression qu'il n'aurait peut-être rien éveillé en elle s'ils n'avaient pas passé quelques instants seuls ensemble sans qu'elle sache qui il était pour Ayané.

Le léger émoi qu'il avait fait naître en elle n'avait jamais disparu. Après leur mariage, elle avait pris l'habitude de leur rendre souvent visite et cela l'avait rapprochée de Yoshitaka. Il leur arrivait parfois de se retrouver seuls tous les deux.

Hiromi avait bien sûr dissimulé ses sentiments. Le contraire l'aurait embarrassée et elle n'avait aucune envie d'avoir une liaison avec lui. Elle se satisfaisait d'être traitée comme un membre de leur famille.

Malgré les efforts qu'elle faisait pour ne pas montrer son trouble, Yoshitaka avait dû le percevoir. Petit à petit, il avait changé d'attitude à son égard. Quelque chose de différent était apparu dans le regard de grand frère qu'il avait pour elle. Hiromi avait eu le cœur battant quand elle s'en était rendu compte.

Environ trois mois plus tôt, il l'avait appelée à l'atelier un soir où elle y était encore.

— Ayané m'a dit qu'en ce moment vous finissez tard tous les jours. Vous êtes très occupée, non ?

Il l'avait invitée à venir manger un bol de nouilles avec lui. Il travaillait tard ce soir-là et avait envie d'essayer un restaurant dont il avait entendu parler.

Comme elle avait le ventre creux, elle avait immédiatement accepté. Il était venu la chercher en voiture.

Les nouilles du restaurant ne lui avaient pas paru remarquables, peut-être parce qu'elle était seule avec lui. Chaque fois qu'il plongeait ses baguettes dans son bol, son coude la frôlait. Cela, elle ne l'avait pas oublié.

Il l'avait ensuite raccompagnée chez elle.

— J'aimerais que nous puissions recommencer cette expérience, avait-il dit en souriant dans la voiture arrêtée devant l'appartement de Hiromi.

— Moi aussi, quand vous voulez, répondit-elle.

— Merci. Votre présence m'apaise.

— Vraiment ?

— Oui, je suis fatigué en ce moment, continua-t-il en pointant du doigt sa poitrine et sa tête avant de la regarder. Merci pour ce soir. J'ai passé un bon moment.

— Moi aussi.

A peine avait-elle fini de parler qu'il avait posé son bras sur ses épaules. Elle s'était laissé faire, avec le sentiment d'être happée. Il l'avait embrassée comme si cela allait de soi.

Le baiser fini, ils s'étaient séparés en se souhaitant bonne nuit.

Si forte était son excitation qu'elle n'avait pas réussi à trouver le sommeil. Elle n'avait pas conscience d'avoir fait quelque chose de mal. Non, il lui semblait que ce n'était qu'un petit secret.

Elle n'avait pas tardé à se rendre compte de son erreur. L'existence de Yoshitaka avait pris une importance capitale pour elle. Elle pensait à lui sans arrêt, quoi qu'elle fasse.

S'ils n'avaient pas continué à se voir à deux, son obsession n'aurait probablement pas duré. Mais Yoshitaka s'était mis à l'inviter fréquemment. Pour sa part, elle avait pris l'habitude de rester tard à l'atelier même quand elle n'avait rien d'urgent à finir.

Détaché de ses amarres, son cœur flottait à la dérive dans le ciel. Ce n'est qu'après qu'ils étaient devenus amants qu'elle avait compris son crime. Mais ce qu'il lui avait dit avait chassé son angoisse.

Il pensait se séparer d'Ayané.

— Elle sait que le but du mariage pour moi est de fonder une famille. Nous nous sommes promis de divorcer si elle ne tombait pas enceinte pendant notre première année de mariage. Il reste encore trois mois, mais cela ne se produira probablement pas. Je n'ai aucun doute là-dessus.

Si grand était alors l'égoïsme de Hiromi que ces paroles glaciales l'avaient rassurée.

A présent, elle avait conscience de la terrible trahison qu'ils avaient commise. Il était normal qu'Ayané lui en garde rancune.

Peut-être avait-elle tué Yoshitaka. Sa gentillesse vis-à-vis de Hiromi pouvait être une ruse destinée à cacher son crime.

Mais elle avait un alibi. Etant donné que la police ne semblait pas la soupçonner, elle n'avait probablement pas pu commettre le crime.

A part Ayané, quelqu'un avait-il une raison de le tuer ? Cette interrogation la remplissait d'une tristesse particulière. Elle avait conscience de ne presque rien savoir de l'homme dont elle désirait si fort mettre l'enfant au monde.

Kaoru Utsumi portait un tailleur sombre. Elle s'assit sur la chaise occupée par Ayané une trentaine de minutes auparavant et pria Hiromi de l'excuser de la déranger encore une fois.

· — Vous pouvez revenir me voir autant que vous voulez mais je doute que cela vous permette de résoudre l'énigme. Je ne connaissais pas très bien M. Mashiba.

— Vous aviez une liaison avec lui, mais vous ne le connaissiez pas bien ?

Les lèvres de Hiromi se crispèrent.

— Je sais quel genre d'homme il était. Mais cela ne vous est pas d'un grand secours dans votre enquête, n'est-ce pas ? Je veux dire que je ne connais ni son passé ni les problèmes qu'il pouvait rencontrer dans son travail.

— Nous avons besoin de savoir quel genre d'homme il était pour progresser dans notre enquête. Aujourd'hui, cependant, je ne suis pas venue vous questionner à ce sujet, mais à propos d'éléments du quotidien.

— D'éléments du quotidien ?

— De son quotidien. Vous êtes la mieux placée pour y répondre.

— Vous ne croyez pas que Mme Mashiba l'est encore mieux que moi ?

Kaoru Utsumi pencha la tête de côté et sourit.

— Je ne pense pas que son avis soit entièrement objectif.

— Que voulez-vous savoir ?

— Vous avez commencé à fréquenter leur maison immédiatement après leur mariage, n'est-ce pas ? Vous y alliez souvent ?

— Cela dépendait des moments. Je dirais une ou deux fois par mois, en moyenne.

— Toujours le même jour ?

— Non. Mais c'était souvent le dimanche. L'atelier est fermé ce jour-là.

— Le dimanche, M. Mashiba était là, j'imagine ?

— C'est exact.

— Vous parliez ensemble tous les trois ?

— Cela nous arrivait, mais il était généralement dans son bureau où il travaillait, même les jours de congé. Et puis j'allais chez eux avant tout pour parler de choses de l'atelier avec Mme Mashiba, et non pour le plaisir, continua-t-elle d'un ton presque agressif.

Cela lui déplaisait que les enquêteurs imaginent qu'elle le faisait pour voir Yoshitaka.

— Et où discutiez-vous avec elle ?

— Dans le salon.

— Exclusivement dans le salon ?

— Oui. Cela change-t-il quelque chose ?

— Vous ne buviez pas de café ou de thé quand vous alliez chez eux ?

— Si, bien sûr.

— C'est vous qui le prépariez ?

— Rarement. Je ne le faisais que si Mme Mashiba ne pouvait le faire parce qu'elle était en train de cuisiner.

— Vous nous avez dit qu'elle vous avait appris à bien faire le café, et que, dimanche matin, vous l'avez préparé selon sa méthode.

— Oui. Vous voulez encore une fois parler du café ? demanda-t-elle en faisant la moue.

Peut-être parce qu'elle était habituée à ce que les personnes qu'elle interroge montrent leur déplaisir, l'inspectrice ne réagit pas.

— Avez-vous ouvert le réfrigérateur pendant le dîner auquel étaient invités les Ikai ?

— Le réfrigérateur ?

— Il devait y avoir des bouteilles d'eau minérale à l'intérieur. Je veux savoir si vous les avez vues.

— Oui, j'en ai vu. Je suis allée en chercher une pendant le dîner.

— Pouvez-vous me dire combien il y en avait à l'intérieur ?

— Je ne m'en souviens pas. Plusieurs.

— Une ou deux ?

— Puisque je vous dis que je ne m'en souviens pas ! Quatre ou cinq, peut-être, parce qu'il y en avait plusieurs, répondit-elle d'un ton excédé.

— Très bien, fit son interlocutrice en hochant la tête, le visage aussi inexpressif qu'un masque de nô. Vous nous avez expliqué être allée dans leur maison ce fameux dimanche parce que M. Mashiba vous avait appelée. L'avait-il déjà fait auparavant ?

— Non. C'était la première fois.

— Pourquoi l'a-t-il fait uniquement ce jour-là ?

— Eh bien… parce qu'Ayané était partie chez ses parents.

— Vous voulez dire qu'il n'en avait jamais eu l'opportunité jusqu'alors ?

— Oui, et probablement aussi parce qu'il voulait me dire qu'elle avait accepté de divorcer.

— Je vois, fit Kaoru Utsumi en hochant la tête. Savez-vous quelque chose de leurs hobbys ?

— De leurs hobbys ? répéta Hiromi en fronçant les sourcils.

— Je veux dire, ce qu'ils aimaient faire ensemble. Du sport, des voyages, des promenades en voiture, par exemple.

Son interlocutrice parut perplexe.

— Il jouait au tennis et au golf, mais pour autant que je sache, Ayané ne pratique aucun sport. Je ne lui connais pas d'autres hobbys que le patchwork et la cuisine.

— Que faisaient-ils de leur temps libre ?

— Je ne connais pas les détails.

— Dites-moi ce que vous savez.

— Mme Mashiba faisait du patchwork. Lui, je crois qu'il regardait des DVD.

— Dans quelle pièce faisait-elle du patchwork ?

— Dans le salon, je pense.

Hiromi ne comprenait pas l'objectif de ces questions et cela la troublait.

— Faisaient-ils des voyages ?

— Ils sont allés à Paris et à Londres immédiatement après leur mariage. Je ne crois pas qu'ils aient fait

d'autres voyages depuis. Mais M. Mashiba se dépla-
çait fréquemment pour son travail.

— Qu'en est-il du shopping ? Vous en faisiez avec
elle ?

— Oui, quand nous allions acheter des tissus pour
le patchwork.

— Le dimanche ?

— Non, nous le faisions en semaine, avant le début
des cours. Nous en achetions de grandes quantités que
nous rapportions ensuite à l'atelier.

La jeune policière hocha la tête, et nota quelque
chose dans son carnet.

— Je n'ai plus rien à vous demander. Merci d'avoir
pris le temps de me répondre.

— Excusez-moi, mais à quoi vont vous servir ces
questions ? Je ne vois pas où vous voulez en venir.

— De quelles questions parlez-vous ?

— De toutes. Je ne comprends pas le lien entre ce
qui s'est passé et leurs hobbys, ou le shopping.

Une expression incertaine flotta sur le visage de
Kaoru Utsumi qu'elle chassa en souriant.

— Ne vous en faites pas pour ça. Nous savons ce
que nous avons à faire.

— Vous ne pouvez pas m'en dire plus ?

— Non, et croyez que j'en suis désolée. Mais je dois
respecter nos règles, répondit-elle en se levant d'un
bond. Toutes mes excuses pour le dérangement, ajouta-
t-elle avant de se diriger à grands pas vers la sortie.

21

— J'ai été gênée quand elle m'a demandé le but de votre enquête, parce que je ne le comprends pas moi-même ! Vous savez, nous avons pour consigne de ne jamais oublier la finalité de nos questions, commenta Kaoru en portant sa tasse de café à ses lèvres.

Elle était venue voir Yukawa dans son laboratoire pour lui communiquer les réponses à la liste de questions qu'il lui avait confiée.

— Ce que vous dites est raisonnable, mais pas nécessairement pertinent, remarqua le physicien assis en face d'elle, en interrompant la lecture du rapport qu'elle lui avait remis. Je cherche à déterminer si nous avons ou non affaire à un crime extrêmement particulier, sans précédent. Le vérifier est une tâche très délicate, parce qu'il arrive souvent que ceux qui s'en chargent soient influencés par leurs *a priori*. Je pense au physicien René Blondlot... Vous ne pouvez pas savoir de qui il s'agit.

— Le nom ne me dit rien.

— C'est celui d'un physicien français de la seconde moitié du XIXe siècle. Au tout début du XXe, il a annoncé sa découverte de nouveaux rayons, qu'il avait baptisés rayons N. Selon lui, ils intensifiaient la luminosité d'une étincelle électrique. Considérée comme révolutionnaire par ses collègues, sa découverte attira une attention considérable. Mais l'existence de ses rayons fut démentie lorsque des physiciens d'autres pays refirent l'expérience plusieurs fois sans jamais observer cette intensification.

— Ce Blondlot avait triché ?

— Non, ce n'est pas ça. Il croyait à l'existence de ces rayons.

— Que voulez-vous dire ?

— Son erreur fut de ne se servir que de ses yeux pour vérifier la luminosité de l'étincelle électrique. D'autres chercheurs prouvèrent que son intensification grâce aux rayons N n'était qu'une illusion résultant du désir de Blondlot de voir ce phénomène.

— Vraiment ? Même un physicien réputé peut commettre une erreur aussi élémentaire ?

— Oui, et cela montre à quel point les *a priori* sont dangereux. Voilà pourquoi je ne vous ai fourni aucune information préliminaire. J'ai ainsi accès à des données extrêmement objectives, expliqua-t-il avant de parcourir à nouveau des yeux le rapport qu'elle avait rédigé.

— Et qu'en pensez-vous ? La solution à notre problème n'existe que sous la forme d'un nombre imaginaire ?

Plongé dans sa lecture, Yukawa ne lui répondit pas. Une profonde ride verticale séparait ses sourcils.

— Il y avait donc plusieurs bouteilles d'eau dans le réfrigérateur, murmura-t-il comme pour lui-même.

— Oui, moi aussi, je trouve cela bizarre. Mme Mashiba avait dit qu'elle veillait à ce qu'il y en ait toujours. Or quand elle est revenue chez elle le lendemain, il n'en restait qu'une seule, n'est-ce pas ? Qu'est-ce que cela signifie ?

Les bras croisés, Yukawa fermait les yeux.

— Monsieur Yukawa !

— Ce n'est pas possible.

— Pardon ?

— C'est absolument impossible. Pourtant…

Il enleva ses lunettes et fit pression sur ses paupières du bout des doigts. Il s'immobilisa dans cette position.

22

Il descendit du train à Iidabashi et remonta la pente de Kagurazaka puis tourna à gauche juste après le temple de Bishamon. Il grimpa un petit raidillon et trouva l'immeuble qu'il cherchait sur la droite.

Kusanagi y entra par la porte principale. Les noms des sociétés qui l'occupaient s'alignaient sur le mur de gauche. Les éditions Kunugi se trouvaient au premier étage.

Il y avait un ascenseur mais Kusanagi lui préféra l'escalier aux marches presque entièrement couvertes de cartons, en infraction aux normes anti-incendie. Il décida de ne pas s'en préoccuper aujourd'hui.

Par la porte ouverte du bureau, il vit plusieurs employés plongés dans leur travail. La jeune femme la plus proche de l'entrée s'aperçut de sa présence et vint vers lui.

— Que puis-je pour vous ?

— J'ai rendez-vous avec M. Sasaoka. Je lui ai téléphoné tout à l'heure.

— Bonjour ! fit une voix, celle d'un homme à l'embonpoint naissant, dont le visage apparut de l'autre côté d'une petite armoire devant laquelle il devait être accroupi.

— Vous êtes monsieur Sasaoka ?

— Oui, c'est moi. Euh… commença-t-il en ouvrant un tiroir d'où il sortit une carte de visite, qu'il lui tendit.

Kusanagi sortit la sienne, et ils les échangèrent. Son interlocuteur, Kunio Sasaoka, était le PDG des éditions Kunugi.

— C'est la première fois qu'un policier me donne sa carte de visite. Je vais la garder ! Il la retourna et s'écria : Ah ! Vous y avez écrit : "A l'attention de M. Sasaoka." Avec la date d'aujourd'hui. Pour éviter que quelqu'un n'en fasse mauvais usage, j'imagine ?

— Ne le prenez pas mal ! Ce n'est qu'une habitude.

— Non, vous avez raison, on n'est jamais trop prudent. Voulez-vous que nous parlions ici, ou préférez-vous que nous le fassions dans un café ?

— Nous serons très bien ici.

— D'accord.

Sasaoka le conduisit dans le petit espace destiné à recevoir les visiteurs qui avait été aménagé dans un coin du bureau.

— Merci de me recevoir, dit Kusanagi en s'asseyant dans un fauteuil en skaï.

— C'est normal. D'autant plus qu'à la différence des grandes maisons, du temps, nous en avons, répondit son interlocuteur avec un grand sourire.

Il lui faisait l'effet d'être un honnête homme.

— Comme je vous l'ai expliqué au téléphone, je voulais vous poser quelques questions au sujet de Junko Tsukui.

Le sourire de Sasaoka disparut.

— C'est moi qui m'occupais d'elle ici. Elle avait du talent, et je regrette ce qui lui est arrivé.

— Vous l'avez connue longtemps ?

— Longtemps, je n'en suis pas sûr. Un peu plus de deux ans. Elle a fait deux livres chez nous.

Sasaoka se leva et revint avec deux albums qu'il lui présenta.

— Permettez-moi d'y jeter un coup d'œil, dit l'inspecteur en les prenant.

Le premier était intitulé *La Chute du Bonhomme de Neige*, et le second, *Les Aventures de Taro, chien gardien de temple*.

— Elle aimait se servir de héros à l'ancienne, comme les bonshommes de neige ou les chiens qui gardent les temples. Elle a aussi écrit un album sur la poupée qui empêche la pluie de tomber.

— Je le connais. *Pourvu qu'il pleuve demain !*, n'est-ce pas ?

C'est après l'avoir lu que Yoshitaka Mashiba avait décidé de confier à Junko Tsukui la création du personnage du dessin animé sur Internet.

Sasaoka hocha la tête en ouvrant plus grands les yeux.

— Sous sa plume, ces personnages que connaissent tous les enfants japonais redevenaient neufs. Quel dommage qu'elle ne soit plus là !

— Vous souvenez-vous des circonstances de sa disparition ?

— Naturellement ! Elle m'avait laissé une lettre.

— Ah bon ! Sa famille m'a dit qu'elle en avait écrit plusieurs.

Junko Tsukui était originaire de Hiroshima. Kusanagi avait téléphoné à sa mère qui lui avait appris que sa fille s'était suicidée dans son appartement à Tokyo en prenant des somnifères. Trois lettres destinées à des relations de travail, dont M. Sasaoka, avaient été trouvées près d'elle.

— Elle me présentait ses excuses pour ne pas terminer le projet sur lequel nous collaborions. Je lui avais confié un autre album, cela devait la préoccuper, expliqua-t-il, le visage empreint de tristesse.

— Elle ne vous disait rien du motif de son suicide ?

— Non. Elle me demandait de l'excuser, c'est tout.

Junko Tsukui avait rédigé un autre message, une lettre qu'elle avait envoyée à sa mère immédiatement avant de passer à l'acte. Quand elle l'avait reçue, Mme Tsukui, stupéfaite, lui avait téléphoné. N'obtenant pas de réponse, elle avait pris contact avec la police. Un policier du quartier était immédiatement allé dans son appartement où il avait trouvé son cadavre.

Elle n'avait pas non plus fourni d'explication à sa mère. La jeune femme lui exprimait sa reconnaissance et lui demandait pardon de mettre fin à la vie qu'elle lui avait donnée.

— Avez-vous une idée de la raison de son suicide ?

Sasaoka fit non de la tête, la bouche ouverte.

— Les policiers m'ont posé la même question au moment de son suicide, et je n'ai pas su y répondre. Je l'avais rencontrée environ deux semaines plus tôt, sans rien remarquer de particulier. Je dois être aveugle.

Kusanagi n'avait pas cette impression. Il avait rencontré les destinataires des deux autres messages, qui lui avaient dit la même chose.

— Savez-vous si elle avait un homme dans sa vie ?

— Elle me l'avait laissé entendre, sans me donner de détails. Je n'en avais pas demandé, parce que de nos jours ce genre de questions peut conduire à une accusation de harcèlement sexuel, fit Sasaoka, l'air grave.

— Pourriez-vous me donner le nom d'une personne qui la connaissait bien ? Une amie, par exemple.

L'éditeur croisa ses bras dodus et pencha la tête sur le côté.

— Vos collègues voulaient aussi le savoir et je leur ai dit que je ne voyais personne. Je pense que la solitude lui convenait et que son bonheur était de dessiner chez elle. Je crois qu'elle n'aimait pas trop voir du monde. C'est pour ça que j'avais été surpris d'apprendre qu'elle avait un ami.

A cet égard, elle ressemblait à Ayané Mashiba, se dit Kusanagi. Elle aussi était solitaire : elle ne voyait que son assistante, Hiromi Wakayama, ou son amie d'enfance quand elle rentrait chez ses parents. Assise sur le canapé de son vaste salon, elle passait ses journées à faire du patchwork.

Pouvait-il en déduire que Yoshitaka Mashiba aimait ce genre de femmes ?

Non.

Ce n'était pas tout à fait cela. Il se souvint de ce que lui avait dit Tatsuhiko Ikai. "Mais cela n'avait aucune valeur à ses yeux. Je crois qu'une femme qui ne lui donnait pas d'enfants était pour lui aussi superflue qu'un bibelot."

Il avait choisi des femmes solitaires parce qu'il voyait les femmes comme des machines à faire des enfants. Peut-être lui semblait-il plus simple qu'elles ne soient pas pourvues d'accessoires potentiellement embarrassants, comme des amis.

— Euh… commença Sasaoka. Pourquoi vous intéressez-vous aujourd'hui à son suicide ? La raison qui l'a poussée à en finir avec la vie n'a jamais été établie, mais j'ai eu le sentiment que personne ne remettait en question le fait qu'il s'agisse d'un suicide, et il n'y a pas eu d'enquête poussée.

— Personne ne le fait aujourd'hui non plus. Nous procédons à ces vérifications car le nom de Mlle Tsukui est apparu dans une autre affaire.

— Je comprends.

Sasaoka aurait visiblement aimé en savoir plus. Kusanagi décida de mettre un terme à leur entretien.

— Je vous remercie de votre accueil.

— Vous n'avez pas d'autres questions ? Dire que je ne vous ai même pas offert quelque chose à boire !

— Ce n'est pas la peine. Merci. Puis-je vous emprunter ces deux livres ? demanda Kusanagi en les prenant.

— Mais bien sûr ! Je vous les offre.

— Vraiment ?

— Oui. Leur seul avenir est le pilon.

Kusanagi se leva. Sasaoka le raccompagna jusqu'à l'entrée.

— Nous avons été tellement surpris ! Quand nous avons appris sa mort, personne n'a pensé à un suicide. Une fois que nous l'avons su, nous en avons parlé entre nous. Quelqu'un a même dit que c'était peut-être un meurtre. Cela m'a paru inconvenant. Mais il faut dire que la manière dont elle est morte…

Kusanagi s'arrêta et regarda le visage poupin de son interlocuteur.

— La manière dont elle est morte ?

— Oui, je veux dire, cette histoire de poison.

— Je croyais qu'elle s'était servie de somnifères ?

Sasaoka, la bouche ouverte, fit non de la main.

— Non, pas du tout. Vous l'ignoriez ? Elle avait pris du poison.

— Du poison ? répéta l'inspecteur, abasourdi.

— Oui, vous savez, le poison du curry empoisonné de Wakayama.

— De l'arsenic ?

— Exactement.

Le cœur de Kusanagi battit plus vite. Il lui fit ses adieux et descendit l'escalier à toute allure.

Sitôt dehors, il appela Kishitani pour lui demander de se procurer au plus vite le rapport sur le suicide de Junko Tsukui.

— A quelles fins ? Tu continues à t'intéresser à cette dessinatrice ?

— Le chef est au courant. Fais ce que je te demande au lieu de discutailler.

Il mit fin à la communication et héla un taxi. Il demanda au chauffeur de le conduire au commissariat de Meguro.

Plusieurs jours s'étaient écoulés depuis le meurtre, et l'enquête n'avançait pas. La police ne savait toujours pas comment le poison avait été mélangé au café, et n'avait identifié aucune personne qui ait un mobile pour tuer Yoshitaka, hormis Ayané dont l'alibi semblait inattaquable.

Kusanagi avait suggéré à Mamiya que quelqu'un devait s'être introduit chez les Mashiba le jour du crime. Il avait aussi sollicité l'autorisation de faire des investigations à propos de l'ancienne amie de la victime.

— Pourtant elle est morte, non ? avait demandé Mamiya.

— C'est ce qui m'intéresse, avait répondu l'inspecteur. Si elle s'est suicidée à cause de Yoshitaka Mashiba, il est possible d'imaginer qu'un de ses proches lui en ait voulu.

— Tu penses à une vengeance ? Mais son suicide remonte à deux ans. Pourquoi attendre si longtemps ?

— Je n'en sais rien. On peut envisager que le délai était nécessaire pour éviter qu'un rapport ne soit fait avec la mort de cette jeune femme.

— Si tu as raison, nous avons affaire à un criminel particulièrement rancunier, quelqu'un qui est capable de ne pas se laisser emporter par sa haine pendant deux ans.

Sans paraître convaincu, Mamiya lui accorda cependant son autorisation.

Depuis la veille, Kusanagi avait consacré son temps à téléphoner à la famille de Junko Tsukui et à rencontrer les destinataires des trois lettres qu'elle avait laissées. L'éditeur de *Pourvu qu'il pleuve demain !* lui avait communiqué le numéro de téléphone de ses parents.

Aucun de ses interlocuteurs n'avait évoqué un quelconque lien entre Yoshitaka Mashiba et son suicide.

A dire vrai, personne ne savait qu'il avait été son petit ami.

La mère de la jeune femme n'avait rien trouvé dans l'appartement de sa fille qui indique qu'un homme ait eu l'habitude de venir chez elle. Voilà pourquoi elle ne croyait pas qu'un chagrin d'amour ait été la cause de son suicide.

La serveuse du salon de thé avait vu Mashiba et la dessinatrice ensemble pour la première fois environ trois ans plus tôt. Junko Tsukui s'était donné la mort un an après, et il était logique de penser qu'ils avaient déjà rompu.

Même en supposant que ce chagrin d'amour ait été à l'origine de son suicide, personne n'avait de raison d'en vouloir à Mashiba si leur histoire avait été secrète. Cette investigation entreprise avec l'autorisation de Mamiya semblait mener à une impasse.

Tel était le contexte dans lequel le poison avait été mentionné.

Il l'aurait su plus rapidement s'il avait commencé par demander au commissariat qui s'était occupé du suicide de lui communiquer le dossier. Poussé par son désir d'en savoir plus, il avait commencé par téléphoner à la mère de Junko Tsukui et il regrettait à présent de ne pas avoir suivi la routine. Etant donné que le suicide était avéré, il s'était dit que le dossier ne devait pas contenir grand-chose.

L'apparition de l'arsenic le troublait.

Il pouvait s'agir d'un hasard. Depuis l'affaire du curry empoisonné de Wakayama, plus personne n'ignorait que l'arsenic était un poison violent. Sa visibilité s'était accrue parmi les personnes envisageant de donner ou de se donner la mort.

L'ancienne amie de Yoshitaka Mashiba s'était servie pour mettre fin à ses jours du même poison que celui qui l'avait tué. Etait-ce vraiment une coïncidence ?

Ne fallait-il pas plutôt y voir l'expression d'une intention ?

Telles étaient les réflexions de Kusanagi lorsque son téléphone se mit à sonner. Il lut le nom de Yukawa sur l'écran de son portable.

— Qu'est-ce qui t'arrive ? Je ne te connaissais pas ce goût pour le portable, digne d'une lycéenne.

— J'ai à te parler, c'est tout. On peut se voir aujourd'hui ?

— Ça devrait être possible, mais à quel sujet ? Tu as compris comment le poison a été introduit dans le café ?

— Je n'irais pas jusque-là. J'ai trouvé un moyen de le faire mais je n'ai pas encore de preuves.

Kusanagi serra plus fort son téléphone. Son ami avait tendance à s'exprimer peu clairement. Mais il le faisait encore plus quand il avait résolu une énigme.

— Tu en as parlé à Utsumi ?

— Non, pas encore. Et j'ajoute que je ne compte pas non plus te le révéler. Si tu viens me voir en croyant que je vais le faire, tu seras déçu.

— Comment ça ? Mais alors, de quoi veux-tu me parler ?

— De mes attentes vis-à-vis de votre enquête. Je veux m'assurer que les conditions pour réaliser cette astuce étaient réunies.

— Autrement dit, tu n'as pas l'intention de me dire ce qu'elle est, mais tu veux que je te donne des informations. Je suis sûr que tu le sais, mais laisse-moi te rappeler que communiquer à une tierce personne des informations obtenues dans le cadre d'une enquête constitue une infraction.

Il y eut un silence de quelques secondes.

— Je ne m'attendais pas à entendre un tel discours de ta part. Peu importe ! J'ai une raison pour ne pas t'expliquer l'astuce et je veux te voir pour te la donner.

— Tu fais bien des manières, je trouve. Je suis en route pour le commissariat de Meguro. Je passerai à l'université ensuite. Probablement autour de huit heures.

— Appelle-moi quand tu arrives. Je ne serai peut-être pas dans mon laboratoire.

— Très bien.

Kusanagi se rendit compte en raccrochant que la tension montait en lui.

Quel pouvait être le trucage auquel pensait Yukawa ? Il ne se croyait pas capable de le deviner mais il était inquiet de son impact sur Ayané.

Supposons que l'astuce à laquelle Yukawa songeait détruise son alibi inattaquable…

La situation serait sans issue, se dit-il. Pas pour Ayané, mais pour lui. Il lui faudrait la soupçonner.

De quoi allait lui parler Yukawa ? Jusqu'à présent, il avait toujours attendu ce genre d'explications avec impatience. Aujourd'hui, il était oppressé par une sensation proche de l'étouffement.

A son arrivée dans la salle de réunion du commissariat de Meguro, Kishitani lui tendit une télécopie : le rapport sur le suicide de Junko Tsukui.

— Tu t'y intéresses à cause du poison, n'est-ce pas ? commenta son collègue.

Kusanagi le parcourut rapidement. Junko Tsukui avait été trouvée allongée sur son lit. Un verre d'eau à moitié vide et un sac en plastique rempli de poudre blanche étaient posés sur la table à côté d'elle. La poudre était de l'acide orthoarsénieux, autrement dit de l'arsenic.

— Ils n'indiquent pas la manière dont elle se l'est procuré, sans doute parce qu'ils l'ignoraient, murmura Kusanagi.

— Ils n'ont probablement pas cherché, répondit Mamiya. Le suicide ne faisait aucun doute. Les enquêteurs n'ont pas vu l'intérêt d'établir où elle s'était procuré ce produit, qui est relativement courant.

— La coïncidence est troublante : il s'agit du même poison que celui qui a tué Mashiba. Bravo, Kusanagi ! s'exclama Kishitani d'une voix enthousiaste.

— La police a gardé le sac qui contenait l'arsenic ? demanda Kusanagi.

— Je leur ai demandé, et la réponse est malheureusement négative. Ça remonte à deux ans, expliqua Mamiya comme s'il le regrettait.

Vérifier s'il s'agissait du même produit aurait été possible si le poison avait été conservé.

— Je trouve quand même étrange que la famille n'en ait pas été informée, fit Kusanagi en penchant la tête sur le côté.

— Comment ça ?

— Mme Tsukui m'a parlé de somnifères. Je ne comprends pas pourquoi.

— Tout le monde peut se tromper.

— Oui, peut-être.

Kusanagi avait du mal à croire qu'une mère puisse se tromper à propos du suicide de son enfant.

— Avec cette découverte, plus ce dont nous a parlé Utsumi, l'enquête commence à progresser, remarqua Kishitani.

Kusanagi releva la tête.

— Qu'est-ce qu'elle vous a dit, Utsumi ?

— Le professeur Galileo lui a demandé de réexaminer à fond le filtre fixé sous l'évier de la cuisine, lui répondit Mamiya. Avec ce machin dont j'ai oublié le nom.

— SPring-8, glissa Kusanagi.

— Exactement. Notre ami le physicien veut que nous en fassions la demande. Utsumi est partie faire les démarches nécessaires à l'agence de police métropolitaine.

SPring-8 est le nom du synchrotron situé dans la préfecture de Hyogo. Depuis l'automne 2000, il est utilisé par la police scientifique pour l'analyse de quantités infimes. Il a joué un rôle important dans l'affaire du curry empoisonné.

— Donc Yukawa pense que le poison était placé dans le dispositif de filtration de l'eau du robinet.

— Selon Utsumi, oui.

— Pourtant, je ne crois pas qu'il ait trouvé comment cela a été fait... reprit Kusanagi qui s'interrompit et sursauta.

— Qu'y a-t-il ?

— J'avais oublié que je dois aller le voir. Il m'a laissé entendre qu'il avait percé l'énigme, donc il a peut-être compris maintenant...

Mamiya hocha la tête.

— Utsumi a dit à peu près la même chose. "Le professeur a résolu le problème." Mais il n'a pas voulu lui expliquer comment. Il est décidément aussi brillant qu'excentrique.

— Il n'a pas non plus l'intention de m'en parler, d'après ce qu'il m'a raconté.

Mamiya esquissa un sourire contrarié.

— Ça ne fait rien. Il coopère bénévolement avec nous, alors... Et puis, s'il t'a convoqué, c'est probablement parce qu'il a de bons conseils à te donner. Ecoute-le attentivement.

Il était plus de huit heures quand Kusanagi arriva à l'université. Il téléphona au physicien, sans succès. Il composa à nouveau son numéro de portable, et finit par entendre sa voix après plusieurs sonneries.

— Désolé. Je n'ai pas entendu mon téléphone.

— Où es-tu ? Au laboratoire ?

— Non, dans le gymnase. Tu sais où il se trouve, non ?

— Ça va de soi.

Il raccrocha et s'y rendit. Le bâtiment gris couvert d'un toit en arcade était situé à gauche après l'entrée principale. Etudiant, Kusanagi y avait passé plus de temps que dans les salles de cours. C'est là qu'il avait fait connaissance avec Yukawa. A l'époque, ils étaient minces tous les deux mais seul le physicien l'était encore aujourd'hui.

Près de l'entrée, il croisa un étudiant en survêtement, une raquette de badminton sous le bras, qui le salua.

A l'intérieur, il trouva son ami qui enfilait son coupe-vent. Le filet n'avait pas encore été décroché : la partie venait juste de finir.

— J'avais remarqué que les universitaires vivaient longtemps, mais je comprends maintenant pourquoi. Ils peuvent utiliser les installations sportives des universités comme leur propre club de sport !

Le ton ironique de Kusanagi ne fit pas sourire Yukawa.

— Tu te trompes : nous ne pouvons pas nous en servir comme s'il s'agissait de notre propre club. Je fais toujours une réservation. Et ton observation sur notre longévité est aussi erronée. Il faut du temps et des efforts pour devenir universitaire. Autrement dit, ne le deviennent que ceux qui ont une santé qui leur garantit la longévité. Tu confonds cause et résultat.

Kusanagi toussota et regarda attentivement son ami qui croisait les bras.

— De quoi voulais-tu me parler ?

— Un peu de patience ! Tu n'as pas envie de jouer, pour une fois ? demanda Yukawa en lui tendant une raquette.

— Je ne suis pas venu pour ça.

— Ne me dis pas que tu es trop occupé ! Cela fait un bout de temps que je voulais te le dire, mais tu dois avoir pris au moins neuf centimètres de tour de taille ces dernières années. Tu marches pour tes enquêtes, mais tu as besoin de faire plus d'exercice pour te remettre en forme.

— Tu es dur avec moi, dis donc ! répliqua Kusanagi qui enleva sa veste avant de saisir la raquette.

Il alla se placer de l'autre côté du filet et retrouva la sensation qu'il connaissait vingt et quelques années plus tôt.

Mais il eut plus de mal à reprendre contact avec la raquette et le volant. Il prit douloureusement conscience de l'amoindrissement de ses capacités physiques. Yukawa avait vu juste : au bout de dix minutes, il ne sentait plus ses jambes. Après avoir manqué un smash implacable, il s'assit à même le sol.

— Je dois avoir vieilli. Pourtant au bras de fer, je bats les jeunes.

— Le bras de fer fait appel à des muscles à contraction lente, qui diminuent avec les années mais reviennent vite avec un peu d'exercice, à la différence de ceux à contraction rapide qui sont à la base de l'endurance. Il en va de même pour la fonction cardiaque. Je te conseille de faire régulièrement de l'exercice.

Yukawa parlait d'un ton détaché. Il n'était pas du tout à bout de souffle. Kusanagi lui en voulut.

Le physicien vint s'asseoir à côté de lui, le dos contre le mur, et sortit une gourde. Il remplit du liquide qu'elle contenait le bouchon qui faisait office de gobelet et le tendit au policier. C'était une boisson pour sportifs, agréablement fraîche.

— J'ai l'impression d'être redevenu étudiant. Même si j'ai perdu beaucoup de ma technique.

— La technique, c'est comme le corps. Si on ne l'entretient pas, on la perd. Moi je n'ai pas arrêté, toi, si. C'est tout.

— Ça suffit ! Pourquoi te sens-tu le devoir de me consoler ?

Kusanagi esquissa un sourire en voyant que son ami paraissait intrigué. Il lui rendit le capuchon de la gourde et son sourire s'effaça.

— Le poison était dans le dispositif de filtration ?

— Oui, fit Yukawa. Mais comme je te l'ai expliqué au téléphone, je n'ai pas encore pu le prouver. Pourtant, j'en suis quasiment certain.

— C'est pour cela que tu as demandé à Utsumi de faire analyser le dispositif de filtration sur SPring-8 ?

— Je me suis procuré quatre filtres identiques à celui en question, dans lesquels j'ai placé de l'arsenic. Je les ai ensuite passés à l'eau plusieurs fois et j'ai vérifié si j'en trouvais trace. En me servant de la spectrométrie par torche à plasma, grâce au spectromètre de l'université.

— La spectrométrie par quoi ?

— Tu n'as pas besoin de comprendre. Sache que c'est une méthode d'analyse très puissante, qui m'a permis de retrouver de l'arsenic sur deux de ces filtres, et des résultats peu concluants sur les deux autres. Le dispositif de filtration a un revêtement intérieur particulier, qui fait que même les particules fines ont du mal à adhérer au filtre. Grâce à Kaoru Utsumi à qui j'ai demandé de se renseigner là-dessus, je sais que, de votre côté, l'analyse de l'appareil des Mashiba a été faite par spectrométrie d'absorption atomique, une méthode un peu moins sensible que la mienne. Voilà pourquoi je lui ai demandé de faire le nécessaire pour une analyse sur SPring-8.

— Tu dois être absolument convaincu d'avoir raison pour le demander, non ?

— Je n'irai pas jusque-là. Mais je ne vois pas d'autre possibilité.

— Comment cela a-t-il pu être réalisé ? D'après ce que m'avait dit Utsumi, j'avais cru comprendre que tu avais renoncé à cette idée parce que tu la croyais irréalisable.

Yukawa ne répondit pas. Il serrait des deux mains la serviette éponge qu'il tenait.

— C'est là-dessus que porte cette astuce dont tu ne veux pas me parler.

— Je ne veux pas faire naître chez vous un *a priori*, comme je l'ai déjà expliqué à ta collègue.

— Que nous ayons un *a priori* ou non ne change rien à l'astuce, non ?

— Bien sûr que si ! répliqua Yukawa en le regardant. Si le trucage auquel je pense a réellement été utilisé, il est hautement probable qu'il ait laissé une trace. J'ai demandé à Utsumi d'arranger une analyse sur SPring-8 pour la trouver. Mais même si cette analyse n'en trouve pas, cela ne prouvera pas que l'astuce n'ait pas été utilisée. Elle est extraordinaire.

— Et alors ?

— Supposons que je vous l'explique maintenant. Si elle a laissé une trace, pas de problème. Mais que se passera-t-il dans le cas contraire ? Parviendrez-vous à réinitialiser votre façon de voir les choses ? Vous continuerez à y penser, non ?

— Euh… C'est vraisemblable. Puisque cela ne signifierait pas que l'astuce n'ait pas été utilisée.

— Je ne veux pas que les choses se passent ainsi.

— Pourquoi ?

— Je ne veux pas que vos soupçons se concentrent sur une personne particulière alors qu'il n'y a pas de preuve. Une seule personne ici-bas a pu utiliser cette astuce.

Le policier scruta les yeux de son ami derrière les verres de ses lunettes.

— Mme Mashiba ?

Yukawa cligna lentement des paupières. Affirmatif.

— Pff, fit Kusanagi. Peu importe, je vais continuer à chercher suivant la méthode traditionnelle. D'ailleurs, je viens de trouver quelque chose qui pourrait nous mener quelque part.

— Ah bon ?

— J'ai retrouvé l'ancienne amie de Yoshitaka Mashiba. Et quelque chose qui établit un rapport entre elle et cette enquête.

Il lui raconta qu'elle s'était suicidée à l'arsenic. Yukawa savait garder un secret.

— C'était il y a deux ans, tu dis… souffla le physicien, le regard vague.

— Tu me fais l'effet d'être sûr de ton astuce, mais je n'ai pas non plus l'impression d'aller dans la mauvaise direction. Je ne pense pas que nous ayons affaire à quelque chose d'aussi simple que la vengeance d'une femme trompée. J'ai le sentiment que c'est plus complexe.

Yukawa le regarda puis sourit.

— Qu'est-ce qui t'amuse ? Tu penses que je suis à côté de la plaque ? demanda Kusanagi.

— Non, juste que si j'avais su tout ça, je ne t'aurais pas demandé de venir.

Yukawa hocha la tête en voyant son ami froncer les sourcils sans comprendre, et il ajouta :

— Ce que je veux dire, c'est que je suis tout à fait d'accord avec toi. Cette affaire a des racines étonnamment profondes. A mon avis, vous devez enquêter non seulement sur ce qui est arrivé au moment du meurtre, mais bien avant. Ce que tu viens de me raconter sur l'arsenic est très intéressant.

— Je n'y comprends rien. Tu soupçonnes Mme Mashiba, non ? Dans ce cas, pourquoi estimes-tu que le passé est important ?

— Parce qu'il l'est. Très important. Yukawa se leva en tenant les raquettes et son sac de sport. J'ai froid. Allons-nous-en.

Ils quittèrent la salle de sport. Yukawa s'arrêta près de l'entrée principale de l'université.

— Je retourne dans mon laboratoire. Tu as envie de prendre un café ?

— Tu as encore des choses à me dire ?

— Non, j'ai fait le tour.

— Dans ce cas, je te remercie mais je ne vais pas rester. Je dois retourner au commissariat, je n'ai pas fini mon travail.

— Bien, fit Yukawa en tournant les talons.

— Yukawa ! l'arrêta Kusanagi. Elle a fait un manteau en patchwork pour son père, avec un rembourrage au niveau des hanches, au cas où il glisserait sur la neige et se ferait mal là.

— Et alors ? demanda Yukawa.

— Elle n'est pas du genre à agir sans réfléchir, mais plutôt à vérifier minutieusement si ce qu'elle va faire est bien ou non avant de passer à l'action. A mon avis, une personne de cette trempe ne se hasarderait pas à tuer son mari simplement parce qu'il l'a trompée.

— C'est ton instinct de policier qui parle ?

— Je te fais part de mes impressions. J'imagine que, comme Utsumi, tu penses que j'ai des sentiments pour elle.

Yukawa baissa les yeux avant de les diriger à nouveau vers son ami.

— Que tu aies des sentiments pour elle ne me dérange pas. Je sais que tu n'es pas assez stupide pour les laisser influer sur ton travail. Ce n'est pas tout, poursuivit-il en levant l'index. Tu as certainement raison. Elle est tout sauf bête.

— Je croyais que tu la soupçonnais ?

Sans rien répondre, Yukawa leva la main pour lui dire au revoir et s'éloigna.

23

Kusanagi inspira profondément et appuya sur la sonnette de l'interphone de l'atelier de patchwork. Tout en
regardant le panonceau où il était écrit : *Ann's House*,
il se demanda pourquoi il ressentait une telle tension.

Ayané lui ouvrit la porte sans prendre la peine de
répondre par l'interphone. Son visage était pâle, et le
regard qu'elle lui adressait aussi doux que celui d'une
mère pour son fils.

— Vous êtes ponctuel, dit-elle.

— Ah oui ? répondit Kusanagi en regardant sa
montre.

Deux heures pile. L'heure pour laquelle il avait annoncé sa visite.

Elle le pria d'entrer en lui ouvrant grande la porte.

Kusanagi n'était pas revenu ici depuis le jour où
Hiromi Wakayama avait été convoquée à l'agence de
police métropolitaine. Il n'avait pas fait particulièrement attention à l'endroit mais il eut l'impression que
quelque chose avait changé. La table et les meubles
étaient les mêmes mais tout semblait plus terne.

Il s'assit sur la chaise qu'elle lui offrit et remarqua
le demi-sourire qu'elle fit en lui servant du thé.

— C'est vide, n'est-ce pas ? Je me suis rendu compte
qu'il y avait beaucoup de choses à Hiromi ici.

Kusanagi acquiesça en silence.

Il savait que Hiromi Wakayama avait pris l'initiative de donner sa démission. Cela lui paraissait compréhensible. Une autre femme l'aurait fait sitôt découverte sa liaison avec le mari de celle qui l'employait.

Ayané avait quitté l'hôtel la veille pour s'installer provisoirement ici. Elle ne comptait pas revenir dans la maison. Cela aussi, Kusanagi le comprenait.

Elle posa une tasse de thé devant lui et il la remercia.

— Je suis passée à la maison ce matin, dit Ayané en s'asseyant en face de lui.

— Vous voulez dire chez vous ?

Elle hocha la tête, une main sur sa tasse.

— Oui, pour arroser les plantes. Elles étaient toutes flétries.

Kusanagi eut l'air contrit.

— Je suis confus. J'ai votre clé mais je n'ai pas eu le temps de m'en occuper.

Ayané s'empressa de faire non de la main.

— Vous n'avez pas à vous excuser. Je n'aurais jamais dû me permettre de vous demander une chose pareille. Je suis sincère. N'y pensez plus.

— Cela m'était sorti de la tête. Mais je ne l'oublierai plus.

— Mais non, ce n'est pas la peine. Dorénavant, j'ai l'intention d'y aller tous les jours.

— Vous en êtes sûre ? Je suis désolé de ne pas vous avoir été utile. Dans ce cas, je ferais mieux de vous rendre votre clé.

Ayané inclina la tête, l'air embarrassé, et le regarda dans les yeux.

— La police n'aura plus à faire là-bas ?

— Je ne peux pas le garantir.

— Dans ce cas, je préfère que vous la gardiez. Cela m'évitera d'y aller si vous avez quelque chose à y faire.

— Très bien. J'en ferai bon usage, fit-il en tapotant sa poitrine du côté gauche, là où la clé se trouvait dans la poche intérieure de sa veste.

— Cet arrosoir, ce ne serait pas vous qui…

Kusanagi, qui tenait sa tasse d'une main, porta l'autre à sa tête.

— La boîte de conserve percée dont vous vous serviez n'était pas un mauvais outil, mais un arrosoir me paraît plus efficace… Je n'aurais pas dû ?

Ayané fit non de la tête en souriant.

— Je ne savais pas qu'il en existait d'aussi grand. Il est tellement pratique que je regrette presque de ne pas y avoir pensé. Je vous remercie.

— Me voilà rassuré. J'avais peur que vous ne soyez attachée à votre boîte de conserve.

— Pas du tout ! Vous vous en êtes débarrassé, n'est-ce pas ?

— Oui… Je n'aurais pas dû ?

— Bien au contraire. Je vous en remercie.

Elle baissa la tête en souriant pour exprimer sa reconnaissance, et le téléphone posé sur l'étagère se mit à sonner. Elle se leva pour y répondre en lui demandant de l'excuser.

— Oui, c'est bien *Ann's House*… Bonjour madame Ota… Ah bon ?… Très bien… Ah, je comprends…

Son expression resta la même mais Kusanagi remarqua que son sourire était à présent presque tendu. Elle raccrocha, le visage défait.

— Toutes mes excuses, dit-elle en se rasseyant.

— Vous avez eu de mauvaises nouvelles ? demanda-t-il.

Le regard d'Ayané était triste.

— C'était une élève du cours de patchwork. Elle m'appelait pour me dire qu'elle ne pouvait plus continuer. Elle fréquentait l'atelier depuis trois ans.

— Vraiment ? Les femmes au foyer ne sont pas toujours libres de faire comme elles l'entendent, j'imagine.

Le visage de son interlocutrice se détendit.

— C'est le cinquième appel de ce genre depuis hier.

— Vous croyez que c'est lié à ce qui s'est passé ?

— Probablement, et sans doute plus encore au départ de Hiromi. Depuis un an, c'est elle qui donnait les cours, et mes élèves sont devenues les siennes.

— Vous voulez dire que le départ du maître entraîne celui des disciples ?

— Je n'irais pas jusque-là, mais les élèves ont dû sentir que quelque chose n'était plus comme avant. Les femmes sont sensibles à ce genre de changements.

— Hum…

Kusanagi choisit une réaction ambiguë, car il n'était pas sûr de comprendre ce dont elle parlait. Les élèves qui fréquentaient l'atelier de patchwork le faisaient pour acquérir la technique d'Ayané Mita, non ? Elles auraient dû se réjouir d'apprendre qu'elle allait à nouveau assurer les cours.

Kaoru Utsumi aurait peut-être mieux compris que moi, se dit-il.

— Je crains que la tendance ne continue, comme une réaction en chaîne. Peut-être ferais-je mieux de m'accorder un congé. Elle se prit le menton dans la main puis se redressa soudain. Excusez-moi. Cela ne vous concerne pas.

Elle le regarda, et Kusanagi baissa les yeux malgré lui.

— Je comprends que la situation vous pèse. Sachez que nous faisons tout pour élucider cette affaire. Vous devriez vous reposer quelque temps.

— Oui. Je pourrais faire un petit voyage.

— Excellente idée !

— Cela fait longtemps que je ne suis pas partie. Autrefois, j'allais même à l'étranger seule.

— Vous avez étudié en Grande-Bretagne, n'est-ce pas ?

— Mes parents vous en ont parlé ? C'était il y a longtemps. Elle baissa la tête et la releva presque aussitôt. Ah ! Encore un peu, et j'oubliais que je voulais vous demander quelque chose. Vous permettez ?

— De quoi s'agit-il ? demanda Kusanagi en reposant sur la table la tasse de thé dont il venait de boire une gorgée.

— De ce mur. Vous ne le trouvez pas sinistre ?

Ayané regardait le mur latéral, qui était nu. Un espace rectangulaire plus clair indiquait que quelque chose y avait été accroché jusqu'à il y a peu.

— Il y avait une tapisserie ici, avant. J'en ai fait cadeau à Hiromi, car c'est elle qui l'avait fabriquée. Le mur est tellement vide que je me suis dit qu'il fallait y mettre quelque chose.

— Je comprends. Et vous savez quoi ?

— Oui. Je l'ai rapporté de la maison aujourd'hui.

Elle se leva pour aller prendre un sac en papier posé dans un coin de la pièce, plein à craquer d'un objet en tissu.

— Qu'est-ce que c'est ?

— Le panneau qui était suspendu dans notre chambre à coucher. Il ne servait plus à rien là-bas.

— C'est vrai, répondit Kusanagi en se levant. Eh bien, mettons-nous au travail !

— D'accord ! fit Ayané qui commença à le sortir du sac pour s'interrompre immédiatement.

— Oh ! Il faut d'abord que vous me parliez de ce qui vous amène ici aujourd'hui, de la raison de votre visite.

— Je peux vous l'expliquer une fois que nous aurons terminé.

Ayané fit non de la tête.

— Il n'en est pas question. Vous êtes venu pour votre travail, commençons par là.

Kusanagi acquiesça avec un sourire embarrassé et sortit son carnet de sa poche. Son sourire avait disparu quand il dirigea à nouveau son regard vers elle.

— Allons-y. Je crains que mes questions ne vous soient désagréables mais j'espère que vous comprendrez qu'elles sont nécessaires dans le cadre de l'enquête.

— Bien sûr, répondit-elle.

— Nous connaissons à présent le nom de la jeune femme qui était l'amie de votre mari avant qu'il ne vous rencontre : Junko Tsukui. Cela vous dit quelque chose ?

— Tsukui…

— Junko Tsukui. Avec ces caractères, ajouta-t-il en lui montrant la graphie dans son carnet.

— C'est la première fois que je l'entends, dit-elle en le regardant droit dans les yeux.

— Votre mari vous a-t-il jamais parlé d'une dessinatrice, auteur d'albums pour enfants ? Tout nous intéresse.

— Une dessinatrice auteur d'albums pour enfants ? répéta-t-elle en fronçant les sourcils et penchant la tête sur le côté.

— Oui, c'est le métier qu'elle exerçait. Votre mari aurait pu y faire allusion en passant, dans une conversation.

Ayané baissa les yeux et but une gorgée de thé.

— Je suis désolée, mais je n'ai aucun souvenir que mon mari ait évoqué une dessinatrice ou une femme auteur d'albums pour enfants. Je pense que je me le rappellerais s'il l'avait fait. C'est un univers qui n'avait rien à voir avec lui.

— Vous avez raison. Tant pis pour nous.

— Est-ce que… cette personne a un lien avec ce qui s'est passé ? demanda-t-elle.

— Nous ne le savons pas encore. Nous sommes en train de le vérifier.

— Ah… je vois, fit-elle et elle battit de ses longs cils.

— J'ai une autre question, si cela ne vous dérange pas. Peut-être n'êtes-vous pas la bonne personne à qui la poser, mais les deux autres personnes qu'elle concerne ne sont plus de ce monde.

— Elles ne sont plus de ce monde ?

— Oui. Junko Tsukui est morte. Cela fait déjà deux ans.

— Oh ! s'exclama-t-elle en écarquillant les yeux.

— Voici ma question : comme le montre le temps qu'il nous a fallu pour retrouver cette jeune femme, nous avons l'impression que votre mari ne souhaitait pas que sa relation avec elle soit connue. A votre avis, pourquoi agissait-il ainsi ? A-t-il procédé de la même manière quand il vous a rencontrée ?

Ayané réfléchit quelques instants en serrant sa tasse dans ses mains, avant de répondre, la tête penchée de côté :

— Non, pas le moins du monde. D'ailleurs, son meilleur ami, M. Ikai, était avec lui quand nous nous sommes rencontrés.

— C'est vrai.

— Mais s'il n'avait pas été là, mon mari aurait peut-être essayé d'éviter que notre relation ne soit découverte par ses connaissances.

— Pourquoi ?

— Si personne n'était au courant, il n'aurait pas eu de comptes à rendre si nous avions rompu.

— Vous voulez dire qu'il envisageait en permanence cette possibilité ?

— Non, je pense plutôt qu'il l'envisageait si la femme qu'il fréquentait ne lui donnait pas d'enfant. Il avait pour règle de rompre dans ce cas. Pour lui, un mariage idéal était celui dans lequel la mariée était enceinte.

— Vous voulez dire que fonder une famille était son premier objectif ? Mais votre mariage n'a pas abouti à ce résultat !

Ayané esquissa un sourire lourd de sens en l'entendant. Il aperçut dans ses yeux un éclat manipulateur qu'il ne lui avait jamais vu.

— Pour une raison très simple : je n'ai pas accepté. J'ai exigé que nous nous servions de contraceptifs jusqu'à ce que nous soyons mariés.

— Je comprends mieux. Vous pensez qu'il n'a pas agi ainsi avec Junko Tsukui, c'est cela ? demanda-t-il en trouvant sa question osée.

— Oui, sans doute. Et il a dû rompre avec elle parce qu'elle ne tombait pas enceinte.

— C'est lui qui a rompu ?

— Mon mari était comme cela, dit-elle, le visage détendu comme si ce thème lui était agréable.

Kusanagi referma son carnet.

— Très bien. Je vous remercie.

— C'est tout ?

— Oui. Je suis navré d'avoir dû vous poser ces questions.

— Ne le soyez pas ! Moi aussi, j'ai eu des hommes dans ma vie avant mon mari.

— Cela ne m'étonne pas ! dit-il, sincère. Voulez-vous que je vous aide à accrocher cette tapisserie ?

— Volontiers, répondit-elle.

Elle mit une main dans le sac en papier et l'en ressortit immédiatement, comme si elle avait changé d'avis.

— Finalement, je vais attendre. Je viens de me rendre compte que je n'ai pas encore nettoyé le mur. Il faut que je le fasse d'abord. Je pense que j'arriverai à l'accrocher seule.

— Vous en êtes sûre ? Le panneau ira très bien ici. Si jamais vous avez besoin d'aide, n'hésitez pas à me le dire !

Elle le remercia d'un hochement de tête.

Après avoir quitté l'atelier de patchwork, Kusanagi passa en revue les questions qu'il lui avait posées. Il vérifia ensuite s'il avait réagi à ses réponses de manière appropriée.

"Je sais que tu n'es pas assez stupide pour laisser tes sentiments influer sur ton travail."

Ces paroles de Yukawa s'étaient gravées dans son esprit.

24

Une voix dans le haut-parleur annonça que le train arriverait à Hiroshima dans quelques minutes. Kaoru enleva de ses oreilles les écouteurs de son iPod et le rangea dans son sac avant de se lever.

Debout devant la porte du train qui allait entrer en gare, elle vérifia l'adresse notée dans son carnet. La mère de Junko Tsukui habitait le quartier de Takaya, dans la ville de Higashi-Hiroshima. La gare la plus proche était celle de Nishi-Takaya. Mme Tsukui avait paru légèrement surprise quand elle lui avait téléphoné, probablement parce que Kusanagi l'avait déjà appelée pour lui poser des questions sur le suicide de sa fille. Qu'elle se demande pourquoi l'agence métropolitaine de police s'y intéressait deux ans après les faits était compréhensible.

Elle acheta une bouteille d'eau dans un kiosque de la gare de Hiroshima avant de monter dans un train de la ligne San'in. Nishi-Takaya était le neuvième arrêt, il lui faudrait une quarantaine de minutes pour y arriver. Kaoru sortit son iPod de son sac. Elle but de l'eau en écoutant Masaharu Fukuyama. L'étiquette de la bouteille lui apprit que l'eau était particulièrement douce. Elle essaya en vain de se souvenir de ce que lui avait dit Yukawa sur l'usage culinaire de ce type d'eau.

L'eau…

Yukawa était apparemment certain que le poison avait été introduit grâce à l'appareil de filtration. Mais il avait refusé d'expliquer, à elle comme à Kusanagi, la manière dont cela avait été fait, refus qu'il avait expliqué à son collègue en disant que comme il était impossible de prouver que l'astuce n'avait pas été utilisée, il craignait que son hypothèse ne les conduise à une accusation erronée.

Que pouvait être ce trucage auquel il pensait ? Elle essaya de se rappeler ce qu'il avait dit à ce sujet. "La possibilité existe sur le plan théorique, mais elle est impossible dans la pratique !" s'était-il écrié la première fois qu'il en avait eu l'idée. Quand elle lui avait communiqué les informations rassemblées suivant ses instructions, il avait répété : "C'est absolument impossible !"

La signification première de ces deux déclarations devait être que l'astuce qu'il envisageait était peu réaliste. Il considérait cependant comme élevée la probabilité qu'elle ait été réalisée.

Il avait refusé de lui dire en quoi elle consistait, mais il lui avait fourni des indices. Le premier était sa demande de faire vérifier à fond le système de filtration d'eau pour voir s'il n'y avait rien de suspect. Il avait précisé qu'utiliser SPring-8 était le meilleur moyen pour chercher des traces de poison.

La police ne disposait pas encore des résultats fournis par SPring-8, mais Yukawa avait eu la réponse à ses autres questions. Les techniciens de la police scientifique n'avaient rien trouvé d'étrange dans le système de filtration. Le filtre n'avait pas été changé depuis environ un an, la quantité de saleté qui y était accumulée correspondait à cette durée, et personne ne l'avait en aucune façon modifié. Le numéro de l'appareil était aussi réglementaire.

Yukawa n'avait fait aucun commentaire quand elle l'en avait informé par téléphone.

Il aurait pu me donner un indice, pensa-t-elle tout en se rendant compte qu'il était vain d'attendre cela de lui.

Elle était plus préoccupée par ce que Kusanagi lui avait rapporté de sa conversation avec le physicien. Il lui aurait recommandé de s'intéresser non pas aux événements qui s'étaient produits au moment du meurtre, mais de mener des investigations plus poussées, en remontant dans le passé. Le fait que Junko Tsukui ait eu recours à l'arsenic pour se suicider avait particulièrement retenu son attention.

Elle ne comprenait pas pourquoi. Yukawa ne tenait-il pas Ayané Mashiba pour coupable ? Dans ce cas, enquêter sur ce qui s'était passé au moment du crime suffisait. Même si le passé recelait quelque chose comme un conflit, le physicien n'était pas le genre d'homme à s'y intéresser.

L'album de Masaharu Fukuyama était fini et elle entendait à présent un autre chanteur dans ses écouteurs. Le train arriva dans la gare de Nishi-Takaya avant qu'elle n'ait réussi à se rappeler son nom.

La maison des Tsukui, une construction à l'occidentale avec un étage, était située sur une colline à cinq minutes à pied de la gare, devant une forêt qui paraissait impénétrable. Elle parut trop grande à Kaoru pour une personne seule. La mère de Junko lui avait dit qu'elle était veuve et que son fils s'était installé dans le centre de Hiroshima après son mariage.

La jeune femme appuya sur l'interphone et reconnut la voix qu'elle avait entendue au téléphone. Sans doute parce qu'elle l'avait prévenue de l'heure à laquelle elle arriverait, Mme Tsukui ne sembla pas surprise.

C'était une femme mince, âgée d'une soixantaine d'années. Elle parut soulagée de voir que Kaoru était seule. Peut-être s'attendait-elle à la visite de plusieurs inspecteurs.

Malgré son apparence occidentale, la maison avait un intérieur japonais. Mme Tsukui la fit entrer dans une grande pièce à tatamis, au milieu de laquelle il y avait une table basse. Un autel bouddhique était disposé le long d'un des murs.

— Vous devez être fatiguée après ce long voyage, dit Mme Tsukui en versant de l'eau chaude dans une théière.

— Non, pas du tout. Je suis désolée de vous déranger. Cela doit vous paraître étrange que nous vous posions soudain tant de questions au sujet de votre fille.

— Oui, je l'admets. Je pensais avoir en quelque sorte tourné la page.

Elle remplit un gobelet de thé et le plaça devant Kaoru.

— Dans le rapport sur le suicide de votre fille, j'ai lu que la raison qui l'avait poussée à cette extrémité n'a jamais été établie, et je voulais savoir si vous n'avez pas changé d'avis à ce sujet.

Mme Tsukui pencha la tête sur le côté en souriant légèrement.

— Non, rien ne l'explique. Les gens qui la connaissaient n'ont pas non plus compris. A y repenser, je crois qu'elle se sentait très seule.

— Très seule ?

— Elle aimait dessiner, et elle est partie à Tokyo pour devenir auteur d'albums pour enfants, mais c'était quelqu'un de calme, de très discret. Elle a dû avoir du mal à s'habituer à la vie à Tokyo, où sa carrière ne progressait pas comme elle l'aurait voulu et sa vie était difficile. Elle avait trente-quatre ans, son avenir devait l'angoisser. Tout aurait peut-être été différent si elle avait eu quelqu'un à qui parler.

Mme Tsukui ignorait qu'il y avait eu un homme dans la vie de sa fille.

— J'ai appris qu'elle vous avait rendu visite peu de temps avant sa mort.

Kaoru l'avait lu dans le rapport de police.

— C'est exact. Je ne l'ai pas trouvée en forme, mais je n'ai pas une minute imaginé qu'elle pensait à la mort…

Elle battit des cils plusieurs fois, sans doute pour chasser les larmes qui montaient à ses yeux.

— Vous voulez dire que vous n'avez parlé de rien d'inhabituel avec elle ?

— Non. Je lui ai demandé si tout allait bien et elle m'a répondu oui.

Accablée, Mme Tsukui baissa la tête.

Kaoru pensa à sa propre mère. Elle essaya de se représenter comment elle se comporterait avec elle si elle devait revenir la voir une dernière fois, après avoir décidé de se donner la mort. Il lui semblait qu'elle serait incapable de la regarder en face, mais aussi qu'elle se conduirait comme si de rien n'était, comme l'avait fait Junko.

— Euh… commença Mme Tsukui. Je voulais vous demander si quelque chose dans le suicide de Junko pose problème.

Cette question devait la tourmenter. Mais à ce stade de l'enquête, Kaoru ne pouvait lui fournir de réponse.

— Nous travaillons actuellement sur une autre affaire qui pourrait avoir un rapport avec votre fille. Nous n'avons aucune preuve pour l'instant, et je suis venue vous voir dans le but de compléter nos informations.

— Je vois… fit la mère de Junko d'un ton que Kaoru ne comprit pas.

— Oui, il s'agit du poison.

Mme Tsukui haussa les sourcils, étonnée, en l'entendant.

— Du poison ? Comment cela ?

— Votre fille s'est servie de poison, n'est-ce pas ? Vous souvenez-vous duquel ?

Le trouble apparut sur son visage, et elle resta silencieuse. Kaoru pensa qu'elle devait l'avoir oublié.

— Il s'agissait d'arsenic, précisa-t-elle. L'autre jour, lorsque Kusanagi, mon collègue, vous a appelée, vous lui avez dit qu'elle avait pris des somnifères, mais le dossier précise qu'elle avait ingéré de l'arsenic. Vous l'ignoriez ?

— Eh bien… Euh… C'est que…

Kaoru ne comprenait pas l'hésitation visible de Mme Tsukui.

— Et cela, cela euh… vous pose problème, balbutia-t-elle. Je veux dire, euh… que je vous aie dit qu'il s'agissait de somnifères.

Elle se conduit bizarrement, pensa l'inspectrice.

— Vous le lui avez dit alors que vous saviez que ce n'était pas le cas ?

Le visage de son interlocutrice se défit.

— Je vous demande pardon, souffla-t-elle. Il est trop tard pour changer quoi que ce soit, et je lui ai dit ça parce que je pensais que la manière dont elle s'est donné la mort n'était pas si importante.

— Vous ne vouliez pas parler de l'arsenic ?

Elle ne répondit pas. Kaoru fut certaine que quelque chose la tourmentait.

— Madame Tsukui !

— Pardon, dit-elle et elle se prosterna devant la jeune femme. Je n'aurais pas dû. Mais sur le moment, je n'ai pas réussi…

Kaoru était interloquée.

— Relevez-vous, s'il vous plaît. Je ne comprends pas ce que vous dites. De quoi s'agit-il ?

La mère de Junko se releva lentement. Ses paupières tressaillaient.

— Le poison venait de chez moi.

— Quoi ? s'exclama Kaoru. Mais le rapport précise que son origine était inconnue…

— Je n'ai pas réussi à le dire aux policiers quand ils m'ont demandé si j'avais une idée d'où provenait le poison, je veux dire l'arsenic. Je ne voulais pas reconnaître qu'elle l'avait trouvé chez moi et je leur ai répondu que je ne savais pas. Comme personne ne m'a reposé la question, je n'en ai pas reparlé… Je vous demande pardon.

— Attendez ! Vous êtes sûre que ce poison venait de chez vous ?

— Quasiment, oui. Quand mon mari était encore vivant, une de ses connaissances le lui avait donné pour se débarrasser des souris. Il le gardait dans la remise à outils.

— Vous êtes sûre que votre fille l'avait emporté ?

Mme Tsukui hocha la tête.

— Je suis allée m'en assurer une fois que la police m'a appris qu'il s'agissait d'arsenic. Le sachet qui le contenait avait disparu. Et je me suis rendu compte, à ce moment-là, qu'elle était venue ici pour le prendre.

Kaoru était tellement étonnée qu'elle en avait oublié de prendre des notes. Elle s'en aperçut et commença à écrire à toute vitesse dans son carnet.

— Elle était rentrée pour me voir et je n'ai même pas compris qu'elle pensait au suicide. Je n'ai pas réussi à leur dire qu'elle avait trouvé le poison ici. Et je leur ai menti… Si mon mensonge vous a causé des problèmes, je ne sais comment vous demander de me le pardonner. Je suis prête à aller où vous me l'ordonnerez pour présenter mes excuses, continua-t-elle en s'inclinant plusieurs fois devant Kaoru.

— Pourriez-vous me montrer la remise ? demanda la jeune inspectrice.

— La remise ? Bien sûr.

— Je vous remercie, dit-elle en se levant.

La cabane se trouvait dans un coin du jardin. En métal, d'une surface d'environ quatre mètres carrés, elle était pleine de meubles et d'appareils ménagers au rebut, ainsi que de cartons. L'intérieur sentait la poussière.

— Où se trouvait l'arsenic ? demanda Kaoru.

— Ici, répondit la mère de Junko en lui montrant une boîte de conserve vide sur une étagère. En tout cas, je crois que le sac en plastique qui le contenait était posé là.

— Avez-vous une idée de la quantité qu'elle a emportée ?

— Elle a pris le plastique. Il devait y en avoir à peu près autant que ça, expliqua-t-elle en formant une coupe de ses deux mains jointes.

— Cela fait beaucoup, remarqua Kaoru.

— Oui, il devait y avoir de quoi remplir un bol.

— C'est-à-dire plus que ce dont elle avait besoin. Pour autant que je me souvienne, mes collègues n'en ont pas retrouvé autant chez elle.

Mme Tsukui pencha la tête sur le côté.

— Vous avez raison. J'y ai réfléchi… Junko s'en est peut-être débarrassée.

Kaoru se dit que c'était impossible. Quelqu'un qui se suicide ne pense pas à jeter le poison dont il n'a pas besoin.

— Vous venez souvent dans cette remise ?

— Non, je m'en sers très peu. Cela faisait longtemps que je n'en avais pas ouvert la porte.

— Vous pouvez la fermer à clé ?

— A clé ? Oui, c'est possible.

— Dans ce cas, je voudrais que vous le fassiez à partir d'aujourd'hui. Il est possible que nous revenions faire des recherches ici.

Mme Tsukui écarquilla les yeux.

— Dans la remise ?

— Nous ne le ferons que si c'est absolument nécessaire. Je vous remercie de votre collaboration.

Kaoru avait parlé d'un ton mécanique mais elle se sentait presque fébrile. L'origine du poison utilisé pour tuer Yoshitaka Mashiba n'avait pas été établie. S'il était identique à celui que Junko avait trouvé chez sa mère, cela aurait un grand impact sur l'enquête.

Pour l'instant, néanmoins, elle ne pouvait qu'espérer qu'il en restait des traces sur l'étagère de la remise. Elle en parlerait à Mamiya dès son retour à Tokyo.

— Vous avez reçu un message posthume de votre fille, n'est-ce pas ? Elle vous avait envoyé une lettre.

— Euh… c'est exact.

— Pourrais-je la lire ?

Mme Tsukui parut songeuse, puis elle hocha une fois la tête.

— Si vous le souhaitez.

Elles retournèrent dans la maison. Son hôtesse l'emmena dans la chambre de sa fille, une pièce à l'occidentale, meublée d'un lit et d'un bureau.

— Je conserve tout ce qui était à elle ici. Tôt ou tard, il va falloir que j'y mette de l'ordre, expliqua-t-elle en ouvrant le tiroir du bureau, où elle prit une enveloppe.

— Voici.

Kaoru l'accepta en la remerciant.

Le contenu de la lettre correspondait à ce que lui en avait dit Kusanagi. Elle ne fournissait aucune information concrète sur le motif de son suicide, mais faisait comprendre que son auteur était lasse de la vie.

— Je ne peux pas m'empêcher de penser que j'aurais pu faire quelque chose. Si j'avais été plus attentive, je me serais rendu compte qu'elle souffrait, déclara la mère d'une voix tremblante.

Incapable de trouver les mots nécessaires, Kaoru voulut remettre la lettre dans le tiroir. Elle vit qu'il y en avait d'autres.

— Et celles-ci, ce sont… ?

— Les lettres qu'elle m'envoyait. Je ne me sers pas du courrier électronique et elle m'écrivait de temps à autre.

— Vous permettez que je les lise ?

— Je vous en prie. Je vais vous apporter du thé, ajouta-t-elle en quittant la pièce.

Kaoru s'assit sur la chaise en face du bureau et commença à lire. Dans ses missives, Junko parlait à sa mère des albums qu'elle écrivait et des projets qu'elle avait, sans presque jamais aborder le sujet des personnes qu'elle fréquentait.

Au moment où la jeune femme allait abandonner en pensant qu'elle perdait son temps, son regard fut attiré par une carte postale qui montrait un autobus rouge à impériale. Elle retint son souffle en lisant le texte au revers : "Je t'écris cette carte de Londres où je me suis fait une amie japonaise. Elle est originaire de Hokkaido et elle étudie ici. Demain, elle va me montrer la ville."

25

— Mme Tsukui m'a raconté que sa fille avait trouvé du travail à la fin de ses études, mais qu'elle l'avait quitté au bout de trois ans pour aller étudier le dessin à Paris pendant deux ans. La carte postale qu'elle a envoyée à sa mère datait de cette époque.

Kusanagi ressentait une vague irritation en regardant les lèvres de Kaoru Utsumi qui s'exprimait d'un ton excité. Force lui fut d'admettre qu'il n'avait pas envie de reconnaître la valeur de ce qu'elle avait découvert.

Assis sur sa chaise, les épaules rejetées en arrière, Mamiya l'écoutait les bras croisés.

— Tu penses que Junko Tsukui et Ayané Mashiba étaient amies, c'est ça ?

— Cela me paraît parfaitement vraisemblable. La date du cachet de la poste correspond à la période où Mme Mashiba étudiait à Londres. Elle parle d'une étudiante japonaise originaire de Hokkaido. Je ne peux pas croire à une coïncidence.

— Je n'en suis pas si sûr, fit Kusanagi. Sais-tu combien il y a d'étudiants japonais à Londres ? Ils ne se comptent pas en centaines, mais en milliers !

Mamiya leva une main en lui enjoignant de ne pas s'exciter.

— En admettant qu'elles étaient amies, tu penses que cela a un lien avec notre enquête, n'est-ce pas ? demanda-t-il à la jeune femme.

— Pour l'instant, ce n'est qu'une conjecture, mais Mme Mashiba a pu avoir accès au reste du poison dont s'est servi Junko Tsukui.

— Je vais en parler à nos techniciens demain. Je ne sais pas s'ils peuvent le vérifier. Mais si ce que tu supposes est vrai, Utsumi, Mme Mashiba se serait mariée avec l'ex de son amie.

— C'est vrai.

— Tu ne trouves pas cette idée invraisemblable ?

— Pas du tout.

— Pourquoi ?

— Des femmes qui sortent avec les ex de leurs amies, il y en a énormément. J'en connais. Certaines d'entre elles m'ont dit que sortir avec l'ex d'une amie n'est pas sans avantage, puisque ce qu'a pu leur raconter cette amie leur permet de comprendre un peu mieux qui il est.

— Même si l'amie en question s'est suicidée ? intervint Kusanagi. Et que cet ex soit peut-être la cause de son suicide ?

— Tu dis peut-être, et nous n'en sommes pas certains.

— Tu oublies quelque chose d'important. Ayané Mashiba a fait la connaissance de son mari au cours d'une réception. Cette coïncidence-là ne te gêne pas ?

— Je ne vois pas où est le problème, dans la mesure où ils étaient célibataires tous les deux.

— Et ils seraient ensuite tombés amoureux par hasard ? Je trouve cette histoire plutôt difficile à croire.

— Je ne suis pas certaine que l'expression "par hasard" soit judicieuse.

— Comment ça ? demanda Kusanagi.

Elle le dévisagea.

— Mme Mashiba l'a peut-être fait exprès. Qui sait, elle aurait pu tomber amoureuse de lui quand il fréquentait Junko Tsukui et décider de se rapprocher de lui après son suicide. Qu'ils se soient rencontrés dans une réception pour personnes souhaitant se marier pourrait ne pas être dû au hasard.

— Ça ne tient pas debout, cracha son collègue. Elle n'est pas femme à agir ainsi.

— Vraiment ? Et que sais-tu d'elle ?

Mamiya se leva et leur ordonna de cesser de se disputer.

— Utsumi, je reconnais que tu as beaucoup d'instinct, mais tu laisses un peu trop libre cours à ton imagination. Attends que nous ayons des preuves matérielles. Quant à toi, Kusanagi, ne t'oppose pas à ce qu'elle te dit en lui coupant la parole. Un franc échange d'opinions permet parfois de découvrir la vérité. Savoir écouter les gens est une de tes qualités, non ? Je ne te reconnais pas.

— Excusez-moi, fit Kaoru Utsumi en baissant la tête.

Kusanagi en fit autant, en silence. Mamiya se rassit.

— Tes idées sont intéressantes, Utsumi, mais tu manques de preuves. De plus, en admettant que la femme de la victime soit coupable, cela expliquerait comment elle s'est procuré le poison, mais à part le poison, nous n'en savons pas plus sur le lien entre le suicide et le meurtre. Ou bien est-ce que tu… Il s'interrompit pour poser les deux coudes sur son bureau et regarder Utsumi. Est-ce que tu irais jusqu'à imaginer que cette femme s'est approchée de Yoshitaka Mashiba dans le but de venger son amie ?

— Non, je n'irais pas jusque-là… Je ne pense pas qu'il existe des gens qui se marient dans le but de se venger.

— Dans ce cas, on arrête les suppositions pour aujourd'hui. On pourra recommencer une fois que les techniciens nous auront dit ce qu'ils ont trouvé dans la remise de Mme Tsukui.

Il était près de minuit lorsque Kusanagi revint chez lui. Il avait envie de prendre une douche, mais il s'allongea sur son lit sitôt sa veste enlevée. Il ressentait une fatigue physique, mais son esprit était en éveil sans qu'il comprît pourquoi.

Il n'arrivait pas à oublier la question de sa collègue : "Que sais-tu d'elle ?" En réalité, il ne savait quasiment rien d'Ayané Mashiba. Les quelques mots qu'il avait échangés avec elle, et son attitude, lui avaient donné le sentiment qu'il la connaissait.

Il ne la croyait pas capable de se marier comme si de rien n'était avec l'homme que fréquentait son amie qui s'était suicidée. Même si ce suicide n'avait rien à voir avec Yoshitaka, elle aurait certainement craint de blesser les sentiments de son amie disparue. Du moins est-ce ainsi qu'il se la représentait.

Il se releva, et défit sa cravate. Ses yeux se posèrent sur les deux albums qu'il avait jetés sur la table, les deux livres de Junko Tsukui publiés aux éditions Kunugi.

Il s'étendit à nouveau sur le lit, et commença à feuilleter celui qui s'appelait *La Chute du Bonhomme de Neige*. Un bonhomme de neige qui vit au pays de la neige part en voyage vers les pays chauds. Il se rend rapidement compte que s'il continue vers le sud, il va fondre. Il décide de retourner au pays de la neige. Chemin faisant, il passe devant une maison. Par la fenêtre, il aperçoit ses habitants, une famille, regroupée autour d'un poêle, et comprend le réconfort que la chaleur leur apporte, disait le texte.

Kusanagi bondit de son lit en regardant l'image qui montrait la pièce où vivait cette famille.

Il reconnaissait la tapisserie accrochée au mur.

Des pétales multicolores se détachaient sur un fond marron comme dans un kaléidoscope.

Il n'avait pas oublié l'émotion qu'il avait ressentie en la voyant pour la première fois, et il se souvenait aussi de l'endroit où il l'avait vue.

Elle ornait le mur de la chambre à coucher des Mashiba.

C'était ce panneau qu'Ayané avait voulu suspendre avec l'aide de Kusanagi plus tôt dans la journée. Elle s'était ravisée à la dernière minute et lui avait dit qu'elle y renonçait pour le moment.

Ne serait-ce pas parce qu'il avait mentionné devant elle le nom de Junko Tsukui ? N'avait-elle pas voulu éviter que Kusanagi ne la voie, parce qu'elle savait que la dessinatrice la montrait dans un de ses albums ?

Kusanagi se prit la tête entre les mains. Le sang battait dans ses tempes.

Le lendemain matin, il fut réveillé par la sonnerie de son téléphone. Il regarda sa montre et vit qu'il était huit heures passées. Il s'était endormi sur son canapé. Une bouteille de whisky et un verre à moitié plein étaient posés sur la table basse devant lui.

Il se souvint qu'il avait bu parce qu'il ne trouvait pas le sommeil. Il n'avait pas oublié ce qui l'avait empêché de dormir.

Il se redressa lourdement et tendit la main vers son portable qui continuait à sonner sur la table. Il lut le nom d'Utsumi sur l'écran.

— Oui, c'est moi.

— Bonjour, c'est Utsumi. Désolée de te déranger à une heure si matinale. J'ai une nouvelle à t'annoncer.

— De quoi s'agit-il ?

— Nous avons eu les résultats de l'analyse faite par SPring-8. La présence d'arsenic a été décelée dans l'appareil de filtration.

26

Le cabinet de l'avocat Ikai se trouvait à cinq minutes de marche de la gare d'Ebisu. Il occupait le troisième étage d'un immeuble qui en comptait six, et une jeune femme âgée d'une vingtaine d'années, vêtue d'un tailleur gris, assurait l'accueil.

Kusanagi avait rendez-vous, mais il dut patienter dans une salle d'attente meublée d'une petite table et de chaises métalliques. En voyant d'autres bureaux du même genre, il comprit qu'Ikai avait plusieurs collaborateurs. Voilà pourquoi il pouvait assister son ami Yoshitaka Mashiba dans la direction de son entreprise.

L'avocat apparut au bout d'une quinzaine de minutes. Il ne s'excusa pas de l'avoir fait attendre et se contenta de le saluer d'un mouvement de tête. Peut-être considérait-il la visite du policier comme un dérangement.

— Il y a du nouveau ? Ayané ne m'a parlé de rien, dit-il en s'asseyant.

— Oui et non, répondit Kusanagi. Nous avons découvert plusieurs choses, mais malheureusement, je ne suis pas en mesure de vous en dire plus.

Ikai esquissa un sourire.

— Je comprends. Je n'avais aucune arrière-pensée en vous posant cette question. Je n'ai pas de temps à perdre en conjectures. La société de Mashiba a retrouvé le calme, la seule chose que j'espère est que vous allez résoudre rapidement cette histoire. Qu'est-ce qui vous amène aujourd'hui ? J'imagine que vous avez compris que je ne savais pas grand-chose de sa vie privée, dit-il en regardant ostensiblement sa montre, une attitude qui semblait enjoindre au policier de faire vite.

— Je voulais vous poser une question à propos d'un aspect que vous connaissez bien. Il serait d'ailleurs peut-être plus exact de dire que vous êtes le seul à pouvoir en parler.

Ikai inclina la tête avec une expression intriguée.

— Un aspect dont je serais le seul à pouvoir parler ? Je ne vois pas ce que cela peut être.

— La rencontre entre Yoshitaka Mashiba et celle qui allait devenir sa femme. Vous y avez assisté, n'est-ce pas ? C'est ce que vous m'avez dit, en tout cas.

— Encore cette histoire… lâcha Ikai, visiblement déçu.

— Pourriez-vous me raconter précisément comment cela s'est passé ? En commençant par la manière dont ils ont fait connaissance.

L'avocat fronça les sourcils, l'air soupçonneux.

— Votre question a un rapport avec l'enquête ?

Kusanagi fit un demi-sourire sans rien répondre. Ikai le remarqua et soupira.

— Vous ne pouvez pas me le dire. Mais je ne comprends pas. C'était il y a longtemps. Je ne vois pas comment cela peut avoir un lien avec le crime.

— Nous ne savons pas encore s'il y en a un. Nous étudions toutes les possibilités, comme vous pouvez l'imaginer.

— J'ai du mal à croire ce que vous venez de me dire… Enfin, passons. Que voulez-vous que je vous raconte à propos de cette rencontre ?

— Vous m'avez dit qu'il s'agissait d'une réception organisée pour des personnes souhaitant se marier. D'après ce que je sais, dans ce genre de soirées, il arrive souvent que tout soit organisé pour faciliter les contacts entre les personnes des deux sexes. Etait-ce le cas ce soir-là ? Par exemple, demandait-on aux participants de se présenter à tour de rôle ?

Ikai fit non de la main.

— Pas du tout. Il s'agissait d'une réception avec buffet. Si elle avait été du genre que vous venez de décrire, je n'aurais pas accepté de l'accompagner.

Kusanagi, qui s'en doutait, hocha la tête.

— Et celle qui allait devenir Mme Mashiba y était, n'est-ce pas ? Elle était seule ?

— Oui, je crois. Elle buvait un cocktail, debout près du comptoir.

— Qui des deux a adressé la parole à l'autre ?

— Mashiba, répondit immédiatement l'avocat.

— M. Mashiba ?

— Nous aussi, nous buvions un verre au comptoir. Elle était debout, à quelques mètres de nous. Et Mashiba lui a soudain fait un compliment à propos de l'étui de son portable.

Kusanagi, qui prenait des notes, s'interrompit.

— A propos de l'étui de son portable ?

— Elle l'avait posé sur le comptoir. Il était en patchwork, avec une petite fenêtre permettant de voir l'écran. Il lui a dit qu'il était élégant, ou peut-être pratique, je ne sais plus. Et elle lui a répondu qu'elle l'avait fait elle-même, avec un sourire. C'est de cette façon qu'ils ont commencé à se parler.

— De cette façon qu'ils ont fait connaissance ?

— Oui. A ce moment-là, j'étais loin d'imaginer que cela les conduirait au mariage.

— Etait-ce la seule fois où vous avez accompagné votre ami à ce genre d'événements ?

— Bien sûr. Il n'y en a pas eu d'autres.

— M. Mashiba avait-il l'habitude d'agir ainsi ? D'adresser facilement la parole à une femme qu'il ne connaissait pas ?

Ikai inclina la tête sur le côté, en faisant une moue.

— Eh bien… Je ne dirais pas qu'il était timide avec les femmes, mais ce n'était pas un dragueur, quand nous étions étudiants. Il disait souvent que l'important chez une femme, ce n'est pas ce qu'on voit, mais ce qu'il y a à l'intérieur. Je ne crois pas qu'il mentait, il le pensait.

— Il aurait donc agi d'une manière exceptionnelle pour lui ce jour-là.

— Vous n'avez pas tort. Cela m'a surpris, d'ailleurs. Peut-être s'agissait-il de ce qu'on appelle un coup de foudre. Il a dû ressentir quelque chose pour elle. Ce doit être pour cela que cette rencontre a abouti à leur mariage.

— A ce moment-là, rien ne vous a semblé manquer de naturel ? Même un tout petit détail peut nous intéresser.

Ikai réfléchit, l'air songeur, avant de faire non de la tête.

— Je n'ai pas de souvenirs précis. Sinon qu'ils se parlaient avec un tel entrain que je me suis vite senti exclu. Mais dites-moi plutôt pourquoi vous me posez cette question, monsieur Kusanagi. Vous ne pouvez pas me donner un indice ?

Le policier sourit et rangea son carnet dans sa poche.

— Je le ferai quand et si je peux le faire. Je vous remercie d'avoir pris le temps de me rencontrer. Il se leva et se dirigea vers la porte mais s'arrêta en chemin. Je vous prie de ne parler à personne de notre entretien. Pas même à Mme Mashiba.

Ikai lui lança un regard suspicieux.

— La police la soupçonne ?

— Non, pas du tout. Mais je vous serai reconnaissant de garder le silence.

Il se hâta de partir pour éviter d'autres questions.

De retour dans la rue, il soupira profondément devant l'immeuble.

A en croire Ikai, ce n'était pas Ayané qui avait abordé Yoshitaka Mashiba. Ils s'étaient apparemment rencontrés par hasard à cette réception.

Etait-ce vrai ?

Ayané lui avait répondu qu'elle ne connaissait pas Junko Tsukui quand il le lui avait demandé. Cela le dérangeait. En effet, cela lui paraissait impossible.

Une tapisserie en tout point identique à celle créée par Ayané figurait dans l'album intitulé *La Chute du Bonhomme de Neige*. Il ne s'agissait pas de la copie d'une autre œuvre. Ayané Mita, créatrice de patchwork, ne se servait que de ses propres motifs. Junko Tsukui devait par conséquent l'avoir vue quelque part.

Mais les vérifications qu'avait effectuées Kusanagi lui avaient appris que l'œuvre qui y figurait n'était reproduite dans aucun catalogue des expositions d'Ayané, ni dans aucun des livres où son travail apparaissait. Junko Tsukui ne pouvait l'avoir vue que pendant une exposition. Or photographier les créations exposées était interdit. La reproduire avec autant de détails était certainement impossible sans une photo.

Par conséquent, Junko Tsukui devait avoir vu cette tapisserie en privé et elle n'avait pu le faire sans être en contact avec Ayané.

Pourquoi Ayané mentait-elle ? Pourquoi lui avait-elle dit qu'elle ne connaissait pas Junko Tsukui ? Etait-ce simplement parce qu'elle voulait cacher le fait que son mari décédé était l'ex de son amie ?

Kusanagi consulta sa montre. Il était un peu plus de seize heures. Il n'avait pas de temps à perdre. Il avait rendez-vous avec Yukawa dans son laboratoire dans une demi-heure. Il aurait préféré ne pas y aller. Le physicien n'allait probablement pas lui dire des choses qu'il avait envie d'entendre. Mieux valait

cependant l'apprendre de la bouche de son ami.
C'était aussi son devoir en tant que policier. Et il avait
envie de se débarrasser de l'indécision qui le faisait
vaciller.

27

Yukawa plaça un filtre en papier dans le porte-filtre, et le remplit de café moulu avec une cuillère, d'une main experte.

— Je vois que vous avez pris l'habitude de la cafetière électrique, remarqua Kaoru qui était debout derrière lui.

— Vous avez raison, mais je connais à présent ses défauts.

— Et quels sont-ils ?

— Il faut décider à l'avance combien de tasses on va boire. Ce n'est pas un problème si j'en veux deux ou trois, mais j'ai souvent l'impression que cela ne vaut pas le coup d'en préparer une seule. Si j'en fais trop, il en reste. Je n'aime pas le jeter, mais si j'attends trop longtemps pour le boire, il change de goût et devient mauvais. C'est embêtant.

— En tout cas, ce n'est pas un souci maintenant ! S'il en reste, je le boirai.

— Je n'ai aucune inquiétude à ce sujet. J'ai prévu quatre tasses. Vous, Kusanagi et moi, cela fait trois tasses. Et je boirai la dernière tranquillement après votre départ.

Yukawa était visiblement certain que leur conversation serait brève, se dit Kaoru.

— Mes collègues vous sont reconnaissants. Sans votre insistance, nous n'aurions pas demandé cette analyse de l'appareil de filtration sur SPring-8.

— Je ne recherchais nullement leur reconnaissance. J'ai donné mon avis en tant que scientifique, c'est tout.

Le physicien s'assit en face de Kaoru. Un échiquier était posé sur sa table de travail. Il prit le cavalier des blancs et le fit tournicoter entre ses mains.

— L'analyse a permis de trouver de l'arsenic ?

— Les résultats sont très détaillés, et il est quasiment certain que c'est le même que celui qui a tué Yoshitaka Mashiba.

Yukawa baissa les yeux et reposa le cavalier blanc.

— Le rapport précise-t-il dans quelle partie de l'appareil le poison a été trouvé ?

— Apparemment à proximité du robinet. L'appareil contient un filtre, mais il n'y en avait pas là. Le rapport précise que le criminel a sans doute introduit l'arsenic près du joint entre l'appareil de filtration et le tuyau.

— Je vois.

— Le problème, cependant, continua Kaoru, est que la méthode utilisée n'a pas encore été découverte. Comment le coupable a-t-il procédé ? Maintenant que nous avons les résultats de SPring-8, j'imagine que vous allez nous l'expliquer.

Yukawa remonta les manches de sa blouse blanche et croisa les bras.

— Vos techniciens disent ne pas le savoir ?

— Selon eux, il n'y a qu'une seule façon de le faire. Détacher le tuyau de l'appareil, y mettre l'arsenic et le remettre. Mais cela laisse nécessairement une trace.

— Cela vous gêne de ne pas savoir comment l'assassin a procédé ?

— Evidemment ! Nous ne pouvons établir comment le crime a été commis, même si nous avons un suspect.

— Même si la présence du poison est établie ?

— Si nous ignorons comment l'assassin a procédé, il gagnera son procès. Son avocat n'aura qu'à dire que le poison a été trouvé à cause d'une contamination des pièces à conviction.

— D'une contamination ?

— Oui, il suffira à son avocat d'affirmer qu'en raison d'une erreur de notre part, le poison qui se trouvait dans le café bu par la victime s'est retrouvé à proximité de l'appareil de filtration. Etant donné que la quantité est infime…

Yukawa s'appuya au dossier de sa chaise et hocha lentement la tête de haut en bas.

— Vous avez raison, cette affirmation se tient. Si l'accusation n'explique pas comment le poison y a été introduit, le juge devra admettre la thèse de la défense.

— Voilà pourquoi nous devons à tout prix comprendre comment cela a été fait. Nous comptons sur vous. Les techniciens aussi. L'un d'entre eux m'a dit qu'il aurait aimé m'accompagner aujourd'hui.

— Je n'aurais pas apprécié. Je ne tiens pas à voir mon laboratoire envahi par toutes sortes de policiers.

— Je m'en doutais et je n'ai pas accepté. Il n'y aura que Kusanagi et moi.

— Eh bien, attendons qu'il soit là. Je n'aime pas répéter deux fois la même chose. De plus, je voudrais faire une dernière vérification, fit-il en levant l'index. Je voulais vous demander à tous les deux… non, votre avis seul me suffira. Quel mobile envisagez-vous pour ce crime ?

— Le mobile… La perte de l'affection, je pense.

Une moue déçue apparut sur le visage du physicien.

— Que voulez-vous dire ? Vous ne pensez quand même pas que je vais me satisfaire d'une explication aussi vague ! J'ai besoin de plus de détails. Par exemple, que vous me disiez qui aimait qui et pourquoi l'auteur du crime a décidé d'agir.

— Je n'ai rien de concret.

— Cela ne me dérange pas. Comme je vous l'ai dit, votre avis personnel m'intéresse.

— Très bien, glissa Kaoru.

La cafetière électrique gargouilla. Yukawa se leva et alla prendre deux tasses sur l'évier. Kaoru commença à parler en le regardant faire.

— Je soupçonne Mme Mashiba, avec pour mobile la trahison de son mari. Elle a décidé de le tuer quand il lui a appris non pas qu'il voulait la quitter parce qu'ils n'avaient pas réussi à faire un enfant, mais parce qu'il avait une autre femme dans sa vie.

— Elle aurait pris cette décision le soir du dîner qu'ils ont donné pour les Ikai ? demanda le physicien en remplissant deux tasses de café.

— Je crois qu'elle l'a finalisée ce soir-là. Mais il est possible qu'elle y ait pensé avant. Elle s'était rendu compte de la liaison entre son mari et Hiromi Wakayama. Elle savait aussi que son assistante était enceinte. Entendre son mari lui signifier sa décision a été pour elle le déclencheur, à mon avis.

Yukawa saisit les deux tasses et en posa une devant Kaoru.

— Et où placez-vous Junko Tsukui dans cette affaire ? Vous ne voyez pas de rapport ? Pourtant Kusanagi enquête à ce sujet, n'est-ce pas ?

Kaoru lui avait raconté, dès son arrivée, qu'il était très vraisemblable que les deux femmes se soient rencontrées.

— Bien sûr, je ne dirais pas qu'elle n'a aucun rapport avec cette affaire. Je pense que l'arsenic utilisé dans les deux cas est le même. Mme Mashiba, qui la connaissait, a pu y avoir accès.

Yukawa porta sa tasse à ses lèvres et la regarda avec une expression étrange.

— Et puis ?

— Que voulez-vous dire ?

— Ce serait le seul rapport avec Junko Tsukui ? Elle n'a rien à voir avec le mobile ?

— Pour l'instant, c'est difficile de…

Il esquissa un sourire et but son café.

— Dans ces conditions, je ne vais pas pouvoir vous expliquer le trucage.

— Pourquoi pas ?

— Vous ne percevez pas la vraie nature de ce crime et vous expliquer l'astuce serait extrêmement dangereux.

— Vous voulez dire que vous l'avez comprise ?

— Plus que vous.

Au moment où elle lui lançait un regard mauvais, on frappa à la porte.

— Il arrive au bon moment ! Peut-être a-t-il compris, lui, fit Yukawa en se levant pour aller lui ouvrir.

28

Sitôt que Kusanagi entra, il lui demanda ce que son entretien avec Ikai lui avait appris. Bien qu'embarrassé, l'inspecteur s'exécuta.

— C'est Yoshitaka Mashiba qui l'a abordée. L'hypothèse selon laquelle elle aurait fait le premier pas s'est effondrée, expliqua-t-il en regardant sa collègue du coin de l'œil.

— Il ne s'agissait pas d'une hypothèse. Je le croyais possible, c'est tout.

— Ah bon ! En tout cas, les choses ne se sont pas passées comme ça. Que comptes-tu faire à présent ? demanda-t-il en regardant Kaoru Utsumi.

Yukawa remplit la troisième tasse de café et la lui tendit. Kusanagi le remercia.

— Comment vois-tu les choses ? demanda le physicien. Si tu crois ce qu'a raconté l'avocat, les Mashiba ont fait connaissance pendant cette réception. Donc le fait que l'ex-amie de M. Mashiba ait été une amie de Mme Mashiba n'est qu'une coïncidence. Cela te convient ?

Kusanagi but du café avant de répondre. Il mettait de l'ordre dans ses idées.

Yukawa sourit.

— J'ai l'impression que, toi, tu ne crois pas ce que l'avocat t'a dit.

— Je ne pense pas qu'il mente, répondit Kusanagi. Mais je n'ai pas non plus de preuves qu'il ait dit la vérité.

— Que veux-tu dire ?

Kusanagi inspira avant de continuer.

— Ils auraient pu jouer la comédie.

— Jouer la comédie ?

— Prétendre qu'ils se rencontraient pour la première fois. Ils se connaissaient déjà, mais comme ils ne voulaient pas que cela se sache, ils ont prétendu faire connaissance pendant cette réception. Ikai était là parce qu'ils avaient besoin d'un témoin de leur rencontre. Cela fait sens. Imaginer qu'il ait décidé de lui adresser la parole à propos de son étui de portable me semble trop parfait.

— Splendide ! s'exclama Yukawa, les yeux brillants. Je suis d'accord. Demandons son avis à la seule femme présente, ajouta-t-il en se tournant vers Kaoru.

Elle fit oui de la tête.

— Cela ne me paraît pas impossible. Mais pourquoi auraient-ils fait cela ?

— C'est le plus important. Pourquoi avaient-ils besoin de monter cette comédie ? demanda Yukawa en regardant son ami. Tu as une idée à ce sujet ?

— C'est facile à deviner. Ils ne pouvaient pas dire la vérité.

— La vérité ?

— La vérité sur la manière dont ils avaient vraiment fait connaissance, probablement par le biais de Junko Tsukui. Ils craignaient que cela ne soit découvert. C'était quand même l'ancienne amie de Yoshitaka Mashiba. Ils voulaient créer un autre cadre pour leur rencontre. Et ils se sont servis de cette réception.

Yukawa fit claquer ses doigts.

— Cela me semble juste. Je n'ai aucun argument à t'opposer. Mais à quel moment auraient-ils véritablement fait connaissance ? Ou plutôt, depuis quand avaient-ils une relation amoureuse ? Avant ou après le suicide de Junko Tsukui ?

Kaoru Utsumi inspira profondément. Elle se redressa et fixa Yukawa des yeux.

— Vous voulez dire que Junko Tsukui s'est suicidée parce que M. Mashiba sortait avec son amie ?

— Cela me paraît vraisemblable. Elle aurait été trahie par son petit ami et son amie. Il est facile d'imaginer le choc qu'elle a ressenti.

L'humeur de Kusanagi s'assombrit. L'hypothèse de son ami ne lui paraissait pas tirée par les cheveux. La même idée lui était venue à l'esprit depuis qu'il avait parlé à l'avocat.

— Dans ce cas, la signification de la réception est évidente, remarqua sa collègue. Même si quelqu'un venait à découvrir que les deux femmes étaient amies, le témoignage de M. Ikai établirait qu'il ne s'agissait que d'un hasard et que le suicide de Mlle Tsukui n'avait rien à voir avec leur histoire.

— Excellent. Le niveau de vos spéculations est de plus en plus élevé, commenta Yukawa en hochant la tête.

— Tu pourrais le vérifier auprès de Mme Mashiba, suggéra Kaoru à son collègue.

— Comment faire ?

— Il suffirait de lui montrer cet album que tu as trouvé. A la page où figure la tapisserie dont il n'existe qu'un exemplaire au monde. Elle ne pourrait y être si les deux femmes ne se connaissaient pas.

Kusanagi fit non de la tête.

— Elle n'aurait qu'à me répondre qu'elle l'ignorait et qu'elle ne voit pas du tout de qui il s'agit.

— Mais…

— Elle l'a caché jusqu'à présent, tout comme le fait que cette femme était non seulement l'ancienne amie de son mari, mais son amie à elle. Je ne crois pas une seconde qu'elle changerait d'attitude si je la confrontais au livre. Cela ne servirait qu'à lui faire voir notre jeu.

— Je suis d'accord avec Kusanagi, déclara le physicien en se rapprochant de l'échiquier pour prendre une pièce noire. Vous n'aurez droit qu'à un seul coup pour la faire tomber. Si vous le ratez, je crains qu'elle ne gagne définitivement la partie.

Kusanagi regarda son ami.

— Tu penses que c'est elle qui a commis le crime ?

Sans rien répondre, Yukawa se leva en évitant son regard.

— Il est trop tôt pour en parler. Quel est le lien entre le passé et le crime ? Ou encore : en existe-t-il un, hormis le fait qu'il s'agit du même poison ?

— A mon avis, elle a dû trouver absolument impardonnable la trahison de son mari, qu'elle avait épousé en sachant que son amie s'était suicidée à cause de lui, fit Kaoru Utsumi, le visage songeur.

— Je vois. Votre supposition me paraît tenir debout, fit Yukawa.

— Moi, je ne crois pas qu'elle raisonnerait de cette manière, déclara Kusanagi. Elle avait trahi son amie en lui volant son petit ami. Donc elle pouvait comprendre que son assistante la trahisse en lui volant son mari.

— Tu veux dire qu'elle aurait compris qu'elle n'avait que ce qu'elle méritait et ne pouvait pas le haïr ?

— Non, pas tout à fait...

— Une question m'est venue à l'esprit en vous écoutant, dit Yukawa qui, debout devant le tableau noir, les regarda l'un après l'autre. A votre avis, pourquoi Yoshitaka Mashiba a-t-il abandonné Junko Tsukui au profit d'Ayané ?

— Parce qu'il s'était lassé d'elle... commença Kaoru Utsumi qui s'interrompit et porta sa main à la bouche. Non, je me trompe.

— Oui, tu te trompes, fit Kusanagi. Probablement parce qu'elle ne tombait pas enceinte. Yoshitaka Mashiba était prêt à se marier avec elle si cela lui arrivait. Mais cela ne s'est pas produit et il a décidé d'essayer quelqu'un d'autre. Cela ne fait aucun doute pour moi.

— Oui, tout ce que vous m'avez raconté fait que je suis d'accord avec toi. Mais Ayané Mashiba en était-elle consciente à l'époque ? Savait-elle qu'il l'avait choisie uniquement parce qu'il espérait qu'elle lui donnerait un enfant ?

— Euh… hésita Kusanagi.

— Je ne crois pas, répondit Kaoru Utsumi d'un ton sans réplique. Aucune femme ne se réjouirait d'être choisie pour cette raison. Elle a dû l'apprendre juste avant le mariage, au moment où ils ont échangé cette fameuse promesse par laquelle elle acceptait que leur union prenne fin si elle n'était pas enceinte au bout d'un an.

— C'est aussi ainsi que je vois les choses. Réfléchissons à présent à son mobile. Kaoru, vous avez dit tout à l'heure que c'était la trahison de son mari, mais l'a-t-il vraiment trahie ? Sa femme n'étant pas enceinte au bout d'un an de mariage, il a voulu se lier à une autre. Après tout, il n'a fait que mettre à exécution la promesse qu'ils avaient échangée avant leur mariage, non ?

— Certes, mais psychologiquement, elle ne pouvait pas l'accepter.

Yukawa sourit presque en l'entendant.

— Formulons cela autrement. Si Ayané Mashiba est coupable, son mobile est qu'elle ne voulait pas tenir la promesse faite à son mari. C'est ce que vous voulez dire ?

— Oui.

— Tu n'as rien à dire là-dessus ? demanda Yukawa en se tournant vers son ami, avant de reprendre : Considérons à présent ce qu'elle ressentait avant son mariage. Quel était son état d'esprit quand elle a fait cette promesse ? Etait-elle optimiste sur sa capacité à tomber enceinte ? Ou bien s'est-elle engagée en pensant que son mari ne lui reparlerait pas de ce contrat même si elle n'était pas enceinte ?

— Les deux, je pense, répondit Kaoru Utsumi.

— Intéressant. Dans ce cas, laissez-moi vous demander ceci : si elle n'a même pas été consulter un médecin, est-ce parce qu'elle prenait ce contrat à la légère et pensait rester mariée même si elle n'était pas enceinte ?

— Consulter un médecin ? demanda la jeune femme en fronçant les sourcils.

— D'après ce que vous m'avez dit tous les deux, Mme Mashiba ne s'est pas lancée pendant l'année écoulée dans un quelconque traitement contre la stérilité. Il aurait été logique qu'elle le fasse après quelques mois de mariage, non ?

— D'après ce qu'elle a confié à son assistante, elle ne l'avait jamais envisagé, car ces traitements prennent beaucoup de temps.

— Vous vous trompez, c'est une confidence de M. Mashiba à Hiromi Wakayama. Selon lui, plutôt que faire quelque chose d'aussi fastidieux, mieux valait changer de femme tout de suite. Mais quel pouvait être son point de vue à elle ? Elle aurait dû avoir envie d'essayer de sauver son mariage par tous les moyens, non ?

— Tu as raison, murmura Kusanagi.

— Pourquoi, dans ce cas, n'a-t-elle même pas consulté ? C'est là que se trouve la clé de cette énigme, fit Yukawa en remontant ses lunettes sur son nez du bout des doigts. Réfléchissez ! Quelle pouvait être la raison qui a poussé cette femme qui avait le temps et l'argent pour voir des spécialistes de l'infertilité à ne pas le faire ?

Kusanagi obéit à l'ordre de son ami. Il essaya de se mettre dans la peau d'Ayané. En vain. Il ne trouvait pas de réponse à la question que le physicien venait de poser.

Kaoru Utsumi se leva soudain de son siège.

— Ne serait-ce pas qu'elle savait que… cela ne servirait à rien ?

— A rien ? Comment ça ? demanda son collègue.

— Elle savait qu'aucun traitement ne pourrait l'aider. Quelqu'un qui est dans cette situation ne va pas voir un médecin.

— Tout juste, fit le physicien. Elle le savait. Donc, elle n'y est pas allée. C'est la réponse la plus rationnelle.

— Vous voulez dire que… Elle serait stérile ? demanda Kaoru Utsumi.

— Elle a plus de trente ans. Elle a nécessairement déjà consulté un gynécologue. Il a dû lui apprendre qu'elle ne pourrait jamais concevoir. Dans ce cas, aller voir un médecin ne pouvait servir à rien. Sinon à prendre le risque que son mari le découvre.

— Stop ! Elle aurait fait cette promesse en le sachant ? demanda Kusanagi.

— Exactement. Son seul espoir était que son mari la libère de cette promesse. Mais au lieu de le faire, il a voulu la mettre en œuvre. Et elle a décidé de le tuer. Maintenant, voici la question que j'ai pour vous deux : à quel moment a-t-elle envisagé de tuer son mari ?

— Eh bien… quand elle a découvert la liaison entre Yoshitaka Mashiba… commença Kusanagi.

— Non, l'interrompit Kaoru Utsumi. Si elle avait songé à le tuer dans le cas où il lui demanderait de tenir sa promesse, elle l'a nécessairement fait au moment où elle l'a acceptée.

— C'est la réponse que j'attendais, annonça Yukawa, le visage grave. Mme Mashiba avait prévu depuis plus d'un an qu'elle pourrait avoir une raison de se débarrasser de son mari. Il est par conséquent possible qu'elle ait fait à ce moment-là les préparatifs pour cela.

— Les préparatifs pour cela ? lui demanda Kusanagi en le dévisageant.

Yukawa tourna les yeux vers sa collègue.

— Tout à l'heure, vous m'avez présenté la vision de vos techniciens. Il n'y avait qu'une seule méthode pour introduire le poison dans l'appareil de filtration, à savoir détacher le tuyau, mettre le poison à l'intérieur et le remettre. C'est bien ça ? Vos techniciens ne se trompent pas. L'auteur du crime a agi de cette manière, il y a un an.

— C'est impossible… s'écria Kusanagi qui s'arrêta, interloqué.

— Ce qui veut dire que personne ne devait se servir du robinet d'eau filtrée, remarqua Kaoru Utsumi.

— Exactement. Mme Mashiba ne l'a pas utilisé une seule fois pendant toute cette année.

— Comment est-ce possible ? Les traces sur le filtre du dispositif montrent qu'il a servi.

— Les impuretés qui y ont été trouvées ne datent pas de l'année passée, mais de l'année précédente, déclara Yukawa en ouvrant le tiroir de son bureau, dont il sortit un document d'une page. Je vous avais demandé de me donner le numéro du filtre, n'est-ce pas ? J'ai contacté le fabricant pour lui demander à quelle époque cette série avait été mise en circulation. C'était il y a deux ans. Et le fabricant a précisé qu'il était exclu qu'un filtre de cette série ait été mis en place il y a un an. L'auteur du crime a probablement remis en place le vieux filtre après son remplacement par un ouvrier. Si le filtre avait été neuf après le crime, cela aurait éveillé la suspicion. Et l'arsenic a été mis en place à cette occasion.

— Mais c'est impossible, lâcha Kusanagi d'une voix rauque. Totalement impossible. Comment imaginer que le poison ait été en place depuis un an déjà et que personne n'ait utilisé le robinet d'eau filtrée ! Même si elle ne s'en était pas servie, quelqu'un d'autre aurait pu l'ouvrir. Personne ne ferait une chose aussi dangereuse.

— La méthode est assurément dangereuse. Mais elle a fonctionné, reprit Yukawa, impassible. Pendant toute l'année passée, Mme Mashiba n'est jamais sortie de chez elle quand son mari était à la maison et elle a veillé à ce que personne ne s'approche de ce robinet. Elle cuisinait seule, même lorsqu'ils recevaient, et s'assurait qu'il y ait toujours des bouteilles d'eau dans le frigo. Elle a agi ainsi pour pouvoir protéger le trucage.

Kusanagi fit non de la tête. Plusieurs fois.

— Tu délires ! C'est impossible. Personne n'est capable de faire une chose pareille.

— Non, c'est possible, dit Kaoru Utsumi. A la demande de M. Yukawa, j'ai enquêté sur les détails de leur quotidien depuis leur mariage. J'ai aussi interrogé Hiromi Wakayama à ce sujet. Je ne comprenais pas le sens des questions que je devais lui poser, mais à présent tout est clair pour moi. Vous vouliez vérifier si quelqu'un d'autre que Mme Mashiba avait eu l'opportunité de s'approcher du dispositif de filtration, n'est-ce pas ?

— Exactement. Je n'ai plus eu de doutes quand j'ai appris comment M. Mashiba passait ses jours de congé. Sa femme faisait du patchwork du matin au soir, assise sur le canapé du salon, c'est bien cela ? Tout est devenu encore plus clair quand je suis allé chez eux. De l'endroit où elle travaillait à son ouvrage, elle pouvait être sûre qu'il n'entre pas dans la cuisine.

— Tu mens. Tu te fais des illusions, gémit Kusanagi.

— Logiquement, toute autre méthode est impossible. Elle reflète une ténacité étonnante, et une force de volonté redoutable.

— Tu mens, répéta Kusanagi, d'une voix faible.

Il se souvenait de ce qu'Ikai lui avait dit, il ne savait plus quand, à propos de la dévotion d'Ayané : "C'était une épouse parfaite. Elle a arrêté toutes ses activités extérieures pour se consacrer à son foyer. Quand Mashiba était chez lui, elle y était aussi, toujours assise sur le canapé du salon, un ouvrage de patchwork à la main, prête à satisfaire ses moindres désirs."

Il se rappelait aussi une confidence des parents d'Ayané. Leur fille n'avait pas toujours été une bonne cuisinière. Elle avait suivi des cours de cuisine avant son mariage pour améliorer ses connaissances.

Ces deux détails pouvaient être interprétés comme des mesures destinées à empêcher quiconque d'entrer dans la cuisine.

— Donc, quand elle a décidé de tuer son mari, elle n'a rien eu à faire de particulier, remarqua Kaoru Utsumi.

— Non. Rien du tout. Sinon partir de chez elle en le laissant seul. Non, ce n'est pas tout à fait vrai. Elle avait une seule chose à faire : vider quelques-unes des bouteilles d'eau qu'elle avait déjà achetées. J'imagine qu'elle n'en a laissé qu'une ou deux. Tant que son mari les boirait, rien ne lui arriverait. C'est de cette eau qu'il a dû se servir pour faire le café la première fois. Mais la deuxième fois, quand il était seul, il a utilisé le robinet d'eau filtrée. Il ne devait plus rester qu'une seule bouteille d'eau et il a préféré la garder. Le poison qui attendait son heure depuis un an a agi. Yukawa s'interrompit pour boire une gorgée de café. Sa femme, qui aurait pu le tuer à n'importe quel moment depuis leur mariage, n'avait cessé pendant cette période de faire attention à ce que cela n'arrive pas par accident. La plupart des gens qui tuent quelqu'un se donnent beaucoup de peine pour cela, font des efforts extraordinaires. Mais ici, c'est le contraire. Elle a fait de très grands efforts pour ne pas le tuer. C'est un cas unique, sans précédent historique ou géographique, un crime logiquement possible, pratiquement impossible. Voilà pourquoi j'ai mentionné les nombres imaginaires.

Kaoru Utsumi marcha vers Kusanagi.

— Nous devons la convoquer de toute urgence.

Kusanagi jeta un coup d'œil sur l'expression triomphante de sa collègue puis regarda Yukawa.

— Avons-nous des preuves qui établissent qu'elle a agi ainsi ?

Le physicien ôta ses lunettes et les posa sur la table.

— Non. Comment veux-tu qu'il y en ait ?

Kaoru Utsumi lui adressa un regard stupéfait.

— Vraiment ?

— C'est logique quand on y pense. Si elle avait agi, cela aurait pu laisser une trace. Mais elle n'a rien eu à faire. Ne rien faire était la manière de commettre ce crime. Chercher des traces de son acte est donc vain. Le seul élément matériel dont nous disposons est l'arsenic, mais Utsumi vient de m'expliquer pourquoi cela ne peut suffire comme preuve. Le numéro de la série du filtre n'est qu'une preuve indirecte. Autrement dit, prouver qu'elle a utilisé ce trucage est impossible.

— Mais… murmura Kaoru Utsumi.

— Voilà pourquoi je vous ai dit que nous sommes en face d'un crime parfait.

29

Mamiya, qui revenait de l'extérieur, fit un clin d'œil à Kaoru qui rangeait des documents dans la salle de réunion. Elle se leva pour aller vers lui.

— J'ai discuté de l'affaire avec les chefs, déclara Mamiya, le visage fermé, en s'asseyant.

— Il va y avoir un mandat d'arrêt ?

Mamiya fit non de la tête.

— C'est impossible dans la situation actuelle. Les éléments dont nous disposons sont insuffisants. Les déductions de notre professeur Galileo sont comme toujours remarquables, mais sans preuves, nous ne pouvons engager de poursuites.

— Je m'y attendais, fit la jeune femme en baissant la tête.

Tout se passait comme Yukawa l'avait prédit.

— Les chefs sont perplexes. Un crime dont l'auteur met son piège en place un an avant de s'en servir et qui dans l'intervalle fait tout pour que le poison ne soit pas ingéré, ils n'en ont jamais vu. Je ne suis pas sûr qu'ils m'aient cru. Honnêtement, je les comprends. Je reconnais que c'est la seule possibilité mais c'est difficile à croire, tellement cela semble invraisemblable.

— Moi non plus, je n'y ai pas cru quand M. Yukawa nous l'a expliqué.

— Les gens vont chercher des choses inouïes ! Cette Mme Mashiba par exemple, et notre physicien qui a su percer le système qu'elle avait mis en place. Je me demande ce qu'ils ont dans la tête. Il s'interrompit et fronça les sourcils. Dire si l'hypothèse du physicien est exacte est impossible, et tant que c'est le cas, nous ne pouvons rien contre Ayané Mashiba.

— Qu'en est-il du lien avec Junko Tsukui ? Des techniciens de la police scientifique se sont rendus chez sa mère, n'est-ce pas ?

— Ils ont envoyé pour analyse sur SPring-8 la boîte de conserve dans laquelle était gardé l'arsenic. Mais même en admettant qu'on y relève une trace de poison, et que ce soit le même que celui utilisé dans cette affaire, cela ne constituerait pas une preuve définitive. Nous ne pouvons même pas être sûrs que ce soit considéré comme une preuve indirecte. Etant donné que Yoshitaka Mashiba avait une relation avec Junko Tsukui, il aurait pu avoir accès au poison.

Kaoru soupira profondément.

— Mais alors, qu'est-ce qui pourrait constituer une preuve ? Dites-le-moi ! Et soyez sûr que je vous l'apporterai, à n'importe quel prix ! Ou bien croyez-vous, comme l'a dit M. Yukawa, qu'il s'agisse d'un crime parfait ?

Mamiya fit la grimace.

— Ce n'est pas la peine de hausser le ton ! Notre problème, c'est bien de ne pas savoir comment prouver que le crime a eu lieu ainsi, non ? Pour l'instant, la seule chose qui ressemble à une preuve, c'est l'appareil de filtration, puisqu'on y a trouvé le poison. Ma hiérarchie estime que le plus important est de renforcer la valeur de cette preuve.

Kaoru se mordit les lèvres. Elle avait l'impression que l'opinion de son chef revenait à admettre leur défaite.

— Ne fais pas cette tête. Je ne me considère pas comme battu. Accomplir un crime parfait n'est pas si facile.

Elle fit oui de la tête en silence et quitta la pièce. Elle ne partageait pas le point de vue de Mamiya.

Elle n'ignorait pas que réussir un crime parfait n'était pas facile. Mais celui qu'avait commis Ayané Mashiba était d'une telle complexité qu'une personne ordinaire en aurait été incapable, et Kaoru craignait que cela ne constitue un crime parfait.

De retour dans la salle de réunion, elle sortit son téléphone portable pour vérifier si elle n'avait pas reçu de nouveaux messages. Elle en espérait un de Kusanagi, pour lui annoncer un quelconque progrès. Mais le seul qu'elle trouva venait de sa mère.

30

Hiromi Wakayama était déjà assise dans le café où ils s'étaient donné rendez-vous. Kusanagi pressa le pas en la voyant.

— Désolé de vous avoir fait attendre.

— Ne vous inquiétez pas, je viens d'arriver.

— Et je suis confus de vous déranger encore une fois. Je m'efforcerai d'être bref.

— Mais, non, prenez votre temps. Je ne travaille pas pour l'instant, je ne suis pas pressée, expliqua-t-elle avec un petit sourire.

Elle avait meilleure mine que la dernière fois qu'il l'avait vue. Kusanagi eut l'impression qu'elle s'était remise du choc qu'elle avait subi.

La serveuse vint à leur table et il commanda un café avant de demander à Hiromi Wakayama si elle prendrait un lait chaud aujourd'hui aussi.

— Non, je voudrais un thé au citron.

Kusanagi se mit à rire lorsque la serveuse s'éloigna.

— Toutes mes excuses. Je me souvenais que vous aviez bu un lait chaud l'autre jour.

— C'est vrai, dit-elle en hochant la tête. Pourtant je n'aime pas particulièrement cela. Et en ce moment, je l'évite.

— Ah bon ! Pour une raison particulière ?

Elle pencha la tête sur le côté.

— Je suis obligée de répondre à cette question ?

— Bien sûr que non ! répondit-il, en accompagnant sa réponse d'un geste de dénégation. Vous m'avez dit que vous n'étiez pas pressée, mais cela ne signifie pas que je dois être indiscret. Je voulais vous voir aujourd'hui pour vous poser des questions à propos de la cuisine des Mashiba. Est-ce que vous savez qu'elle est équipée d'un appareil de filtration de l'eau ?

— Oui.

— L'avez-vous jamais utilisé ?

— Non, répondit-elle sans aucune hésitation.

— Quelle réponse rapide ! Je m'attendais à ce que vous ayez besoin de réfléchir un peu.

— C'est que… commença-t-elle. Je n'allais que rarement dans la cuisine. Je n'ai jamais aidé Ayané à préparer quoi que ce soit. Donc je n'ai jamais eu l'occasion de m'en servir. Il me semble avoir dit à votre collègue que je n'y allais que pour faire du thé ou du café quand Ayané me le demandait. Et cela uniquement dans le cas où elle y était déjà et qu'elle préparait quelque chose qui exigeait toute son attention.

— Vous n'êtes jamais allée seule dans la cuisine ?

La jeune femme parut hésitante.

— Je ne suis pas sûre de comprendre pourquoi vous me demandez cela.

— C'est sans importance. Pourriez-vous vous rappeler s'il vous est arrivé d'être seule dans la cuisine ?

Elle réfléchit en fronçant les sourcils avant de le regarder.

— Je ne crois pas. J'avais l'impression qu'Ayané ne voulait pas que je le fasse.

— Elle vous l'avait explicitement interdit ?

— Non, pas explicitement, mais je sentais qu'elle ne le voulait pas. On dit bien que la cuisine est le domaine exclusif de la ménagère, non ?

— Je vois.

La serveuse apporta les consommations. Hiromi Wakayama mit le citron dans son thé et le but avec un plaisir visible. Elle paraissait en pleine forme.

Kusanagi, lui, était accablé. Ce qu'elle venait de lui dire concordait avec l'hypothèse de Yukawa.

Il but une gorgée de son café et se leva.

— Je vous remercie de votre coopération.

Elle le regarda en écarquillant les yeux.

— C'est tout ce que vous vouliez me demander ?

— Oui. Mais prenez votre temps, s'il vous plaît.

Il tendit la main vers l'addition posée sur la table et se dirigea vers la caisse.

Pendant qu'il cherchait un taxi, son portable lui fit savoir qu'il avait reçu un message. Il regarda l'écran et vit qu'il venait de Yukawa.

"J'ai à te parler à propos de notre astuce." Il l'appela.

— Il faut que je vérifie quelque chose, de toute urgence. On peut se voir quelque part ?

— Dans ce cas, je vais venir au laboratoire. Que veux-tu vérifier ? Je croyais que tu étais sûr de ton hypothèse.

— Bien sûr que je le suis. C'est bien pour ça que je veux la vérifier. Fais vite ! lança Yukawa avant de raccrocher.

Kusanagi arriva à l'université une trentaine de minutes plus tard.

— J'ai réfléchi à toute notre affaire en supposant que l'astuce à laquelle je pense ait été utilisée, et une chose me préoccupe. Je t'ai convoqué parce que je pense que c'est un élément qui pourrait vous aider, expliqua le physicien en le regardant.

— Ce doit être vraiment important.

— Oui. Je veux savoir ce qui s'est passé quand Mme Mashiba est revenue chez elle après le meurtre. Tu étais là, n'est-ce pas ?

— Oui. Utsumi et moi l'avons ramenée de l'aéroport.

— Quelle est la première chose qu'elle ait faite ?

— Eh bien, d'abord, elle a voulu voir où son mari…

Yukawa secoua la tête avec irritation.

— Elle a dû aller dans la cuisine, et faire couler de l'eau. Je me trompe ?

Kusanagi sursauta. Il revoyait à présent clairement la scène.

— Tu as raison. Elle s'est servie d'eau, comme tu viens de le dire.

— Pour en faire quoi ? J'imagine qu'elle en a utilisé beaucoup, continua Yukawa, les yeux brillants.

— Elle a arrosé les fleurs, en expliquant qu'elle ne supportait pas de les voir se flétrir. Elle a rempli un seau, et elle est montée à l'étage pour arroser les fleurs des jardinières du balcon.

— Nous y sommes ! s'exclama le physicien en tendant l'index vers son ami. C'est comme ça qu'elle a parachevé son trucage.

— Parachevé son trucage ?

— Je me suis mis à sa place. Elle est partie de chez elle en sachant que le poison était dans le dispositif de filtration de l'eau. La personne visée en a bu et elle en est morte. Mais elle n'était pas tranquille. Il pouvait rester du poison dans l'appareil de filtration.

Kusanagi se redressa.

— Tu as raison.

— Ne rien faire était risqué pour elle. Quelqu'un aurait pu boire de l'eau filtrée et il y aurait eu une autre victime. La police aurait tout de suite découvert le trucage. Elle devait faire disparaître les preuves le plus vite possible.

— C'est pour ça qu'elle a arrosé les fleurs…

— L'eau du seau provenait du robinet d'eau filtrée. Cela lui a permis d'en faire couler assez pour faire disparaître quasiment tout le poison. Sans SPring-8,

315

nous n'en aurions pas retrouvé de trace. Sous prétexte d'arroser les fleurs, elle a fait disparaître la preuve de son crime sous vos yeux.

— Je comprends pourquoi elle tenait tant à les arroser…

— Si vous aviez cette eau, vous auriez une preuve, dit Yukawa. Les quelques particules d'arsenic trouvées dans l'appareil de filtration ne suffisent pas à prouver l'astuce. Si vous pouviez montrer que de l'eau contenant assez de poison pour tuer quelqu'un était sortie de l'appareil le jour du crime, cela constituerait la preuve de ce que j'avance.

— Comme je te l'ai dit, cette eau a servi à arroser les plantes.

— Dans ce cas, il faut analyser la terre des bacs. Avec SPring-8, on devrait y trouver de l'arsenic. Prouver qu'il provient de l'eau avec laquelle elle les a arrosés à ce moment-là ne sera peut-être pas facile, mais ce serait quand même une preuve.

Les propos de Yukawa évoquaient quelque chose chez Kusanagi. Il n'arrivait pas à se rappeler ce que c'était, ou peut-être l'avait-il oublié.

Ce souvenir, qui était comme un petit fragment coincé dans son cerveau, refit soudain surface dans son esprit. Il inspira et scruta le visage de son ami.

— Qu'y a-t-il ? lui demanda ce dernier. J'ai quelque chose de collé sur la figure ?

— Non, fit Kusanagi en secouant la tête. J'ai une faveur à te demander. Non, ce n'est pas ça. L'enquêteur de la première division des enquêtes criminelles de l'agence métropolitaine de police que je suis souhaite faire une requête à l'enseignant de l'université Teito que tu es.

Yukawa prit une expression sévère. Il repoussa ses lunettes plus haut sur son nez du bout des doigts.

— Je t'écoute.

31

Kaoru était devant la porte où le panneau *Ann's House* était encore accroché. Kusanagi lui avait pourtant expliqué que l'atelier de patchwork était quasiment fermé.

Son collègue hocha la tête, et elle appuya sur la sonnette. Personne ne répondit et au moment où elle allait recommencer, quelqu'un de l'autre côté de la porte demanda : "Qui est là ?" Elle reconnut la voix d'Ayané.

— Kaoru Utsumi, de l'agence métropolitaine de police, annonça-t-elle en parlant le plus doucement possible, afin d'éviter que les voisins ne l'entendent.

Il y eut un silence.

— Ah, mademoiselle Utsumi ! Que puis-je pour vous ?

— J'ai quelques questions à vous poser. Cela ne vous dérange pas ?

Nouveau silence. Kaoru se représenta Ayané plongée dans ses pensées de l'autre côté de la porte.

— Un instant, je vais vous ouvrir.

Les deux policiers échangèrent un regard. Il lui fit un nouveau signe de tête.

Il y eut un bruit de verrou et la porte s'ouvrit. Ayané parut légèrement surprise de voir Kusanagi. Elle avait dû penser que Kaoru était venue seule.

Le policier la salua de la tête.

— Désolé de vous déranger.

— M. Kusanagi est avec vous ! s'écria Ayané avec un sourire. Entrez, je vous prie.

— Euh… nous voudrions vous demander de nous suivre au commissariat de Meguro.

Le sourire d'Ayané disparut.

— Au commissariat de Meguro ?

— Oui. Nous souhaitons vous parler là-bas. C'est un peu délicat.

Ayané le regarda attentivement. Kaoru en fit autant. Elle vit de la tristesse et du regret dans ses yeux, et même de la sympathie. Ayané aussi dut percevoir toute la résolution qu'il avait dû trouver en lui pour venir ici.

— Vraiment ? répondit-elle, en lui adressant un regard d'une grande douceur. Très bien, je vous accompagne. Je vais avoir besoin d'un peu de temps pour me préparer, entrez, vous serez mieux à l'intérieur. Et je n'arriverai pas à me concentrer si je sais que vous m'attendez dans le couloir.

— Merci, c'est gentil de votre part, répondit Kusanagi.

Ayané ouvrit largement la porte.

L'appartement était bien rangé. Il y avait moins de meubles et d'objets qu'auparavant, mais la grande table qui servait aussi pour la couture était toujours au milieu de la pièce.

— Vous n'avez pas encore accroché cette tapisserie, observa Kusanagi en regardant le mur.

— Je n'en ai pas eu le temps.

— Ah bon ! Elle irait très bien sur ce mur, avec son motif magnifique. On dirait qu'il sort d'un album de contes !

Ayané le regarda sans cesser de sourire. Il ne détourna pas les yeux.

— Je vous remercie.

Le policier tourna les yeux vers le balcon.

— Vous avez apporté les fleurs !

Kaoru suivit son regard et aperçut leurs couleurs vives de l'autre côté de la vitre.

— Pas toutes ! J'ai fait appel à un transporteur.

— Je vois. Et vous continuez à les arroser, n'est-ce pas ?

Kusanagi avait remarqué le gros arrosoir posé devant la porte-fenêtre.

— Oui. Votre arrosoir me sert beaucoup. Je vous suis reconnaissante de l'avoir acheté.

— S'il vous est utile, j'en suis content, fit-il en tournant à nouveau les yeux vers elle. Je vous en prie, faites comme si nous n'étions pas là.

Elle le remercia et se dirigea vers l'autre pièce. Mais elle se retourna vers eux avant d'ouvrir la porte.

— Vous avez trouvé quelque chose ?

— Que voulez-vous dire ? demanda Kusanagi.

— Quelque chose en rapport avec le crime… Un fait nouveau, une preuve ? Cela expliquerait que vous me convoquiez au commissariat.

Le regard du policier croisa celui de sa collègue avant de revenir sur Ayané.

— Vous ne vous trompez pas.

— Cela m'intéresse beaucoup. Vous ne voulez pas me dire de quoi il s'agit ? Ou bien vais-je devoir attendre que nous soyons dans les locaux de la police ?

Elle parlait d'un ton plein d'entrain, comme s'il s'agissait d'un sujet plaisant.

Kusanagi baissa les yeux et se tut pendant quelques instants avant de reprendre la parole.

— Nous savons à présent où le poison avait été placé. En abordant le problème d'un point de vue scientifique, nous sommes arrivés à la conclusion que cela ne pouvait être que dans l'appareil à filtrer l'eau.

Kaoru, qui ne la quittait pas des yeux, ne remarqua aucune modification de son expression. Ayané continuait à scruter son collègue d'un regard clair.

— Ah bon ! Dans l'appareil à filtrer l'eau ! s'exclama-t-elle sans que sa voix exprime le moindre désarroi.

— Le problème était de comprendre comment le poison y avait été introduit. Etant donné le contexte, il n'y avait qu'une seule façon de procéder. Et une seule personne capable de le faire, continua-t-il sans détacher ses yeux d'Ayané. Voilà pourquoi nous vous demandons de nous suivre.

Une légère rougeur colorait maintenant ses joues. Mais elle continuait à sourire.

— Vous avez une preuve que le poison avait été placé dans l'appareil de filtration d'eau ?

— Une analyse très fine nous a permis d'en trouver. Mais cela ne constituait pas une preuve en soi. En effet, le coupable a dû l'y mettre un an avant le crime. Il fallait prouver que ce poison était encore efficace le jour du crime, autrement dit que personne n'avait utilisé d'eau filtrée pendant toute cette période, pour éviter que le poison ne parte avec elle.

Les longs cils d'Ayané clignèrent plusieurs fois. Kaoru avait remarqué que les mots "un an avant le crime" l'avaient fait réagir.

— Et vous avez pu le prouver ?

— Ça n'a pas l'air de vous surprendre, fit Kusanagi. Je veux dire, de savoir que le coupable a introduit le poison il y a un an. Moi, quand on me l'a dit pour la première fois, j'ai douté de mes oreilles.

— Tout ce que vous me dites est tellement surprenant que je suis incapable de montrer une quelconque émotion.

— Vraiment ?

Il regarda sa collègue et lui fit signe des yeux. Elle sortit un sac plastique de son sac.

Ce n'est qu'à cet instant que le sourire d'Ayané s'évanouit. Elle avait vu ce qu'il contenait.

— Vous savez ce que c'est, n'est-ce pas ? La boîte de conserve dont vous vous serviez pour arroser les plantes, dont vous aviez percé de trous le fond.

— Je croyais que vous l'aviez jetée…

— Non, je l'avais gardée. Sans la laver, qui plus est. Un sourire traversa son visage qui redevint immédiatement sévère. Vous vous souvenez de Yukawa ? Mon ami physicien. Il s'est chargé d'examiner cette boîte de conserve dans son université. Et cela a permis de trouver de l'arsenic. Nous avons ensuite fait analyser la composition de l'eau et nous avons déterminé qu'il s'agit de l'eau passée par votre appareil de filtration. Je me souviens très bien de la dernière fois où vous vous êtes servie de cette boîte. C'était pour arroser les fleurs de votre balcon à l'étage. Vous vous êtes interrompue à l'arrivée de Hiromi Wakayama. La boîte ne vous a plus servi depuis. A cause de l'arrosoir que j'avais acheté. Je ne l'ai pas utilisée et elle est restée dans un tiroir de mon bureau.

Ayané ouvrit de grands yeux.

— Pourquoi l'aviez-vous mise là ?

Au lieu de lui répondre, Kusanagi reprit, d'une voix pleine d'une émotion contenue :

— Tout cela fait que nous supposons que l'arsenic avait été introduit dans le dispositif de filtration de l'eau, et que, le jour où le crime a eu lieu, il y en avait assez dans l'eau qui en est sortie pour tuer la victime. Si l'on pose que la personne qui a pu faire cela a aussi été capable de veiller à ce que nul ne se serve du robinet d'eau filtrée pendant un an, cela restreint les possibilités à une seule personne.

Kaoru rentra le menton, toute son attention tournée vers Ayané. Les yeux baissés, la belle suspecte serrait les lèvres. Une trace de sourire y demeurait, mais son apparence gracieuse commençait à s'assombrir, comme le soleil couchant.

— Nous continuerons cet entretien au commissariat, conclut Kusanagi.

Ayané releva la tête. Elle soupira profondément et regarda le policier droit dans les yeux.

— Très bien. Pouvez-vous cependant m'accorder quelques minutes ?

— Bien sûr. Prenez votre temps.

— Il faut aussi que j'arrose les fleurs. C'est ce que j'étais en train de faire quand vous êtes arrivés.

— Euh… Allez-y.

— Merci, fit Ayané.

Elle ouvrit la porte-fenêtre, souleva le grand arrosoir, et commença à répandre de l'eau sur les plantes.

32

Ce jour-là aussi, je les ai arrosées, pensa Ayané en se souvenant de ce qui s'était passé un an plus tôt, le jour où il lui avait annoncé la cruelle vérité. Elle l'avait écouté sans quitter des yeux les pensées des bacs à fleurs du balcon, ces fleurs qu'aimait son amie, Junko Tsukui, au point qu'elle en avait fait son pseudonyme, 'Sumiré* Kocho. Les pensées appartiennent au même genre que les violettes.

Elles avaient fait connaissance dans une librairie londonienne où Ayané cherchait des idées pour un prochain ouvrage au patchwork. Elle s'apprêtait à saisir un livre sur une des tables quand une autre main s'était posée sur lui, celle d'une jeune femme, une Japonaise qui lui parut avoir quelques années de plus qu'elle.

Elles sympathisèrent immédiatement, et promirent de se revoir au Japon. Elles avaient tenu leur promesse. Ayané s'était installée à Tokyo peu de temps avant que Junko n'y revienne.

Elles travaillaient toutes les deux et ne se rencontraient pas souvent mais Junko devint une amie très chère pour Ayané. Et elle était certaine que la réciproque

* *Sumiré* signifie "violette" en japonais. *(N.d.T.)*

était vraie, bien que Junko fût d'une nature plus sauvage qu'elle.

Un jour, Junko lui avait dit qu'elle voulait lui faire rencontrer quelqu'un. Elle s'était lancée dans la création de personnages, et c'était le PDG d'une société qui distribuait des dessins animés sur Internet.

— Il m'a parlé des produits dérivés et je lui ai dit que j'avais une amie qui faisait du patchwork. Il m'a tout de suite demandé si je pouvais la lui présenter. Accepterais-tu de le voir ? lui avait demandé Junko au téléphone, d'un ton dépourvu d'enthousiasme.

Ayané n'avait aucune raison de refuser.

C'est de cette façon qu'elle avait fait connaissance avec Yoshitaka Mashiba, un homme au regard assuré, extrêmement séduisant, capable d'exprimer avec une grande précision ce qu'il pensait. Il avait aussi le don de rendre les gens autour de lui bavards. Au bout de quelques minutes en sa compagnie, elle avait eu l'illusion de maîtriser à merveille l'art de la conversation.

— Quel homme charmant ! ne put-elle s'empêcher de glisser à son amie, sitôt qu'il fut parti.

Junko avait acquiescé en souriant jusqu'aux oreilles. Ayané avait immédiatement deviné les sentiments de Junko pour Yoshitaka.

Ayané regrettait encore de ne pas lui avoir demandé sur-le-champ si elle sortait avec lui. Cette simple question aurait suffi. Mais elle ne l'avait pas posée, et Junko ne lui avait pas fait de confidences.

L'idée d'utiliser le patchwork pour des produits dérivés n'avait finalement pas eu de suite. Yoshitaka lui avait téléphoné pour l'en informer, en s'excusant de lui avoir fait perdre son temps. Il avait promis de l'inviter à dîner pour se faire pardonner.

Elle y avait entendu une simple politesse, mais il l'avait rappelée peu de temps après. Rien dans son ton ne laissait entendre qu'il en avait parlé à Junko.

Ayané en avait conclu que son amie et Yoshitaka ne formaient pas un couple.

Elle était partie au rendez-vous qu'il lui avait donné avec un sentiment d'excitation. Le moment qu'elle avait passé avec lui ce soir-là était incomparablement plus agréable que tous ceux qu'elle avait connus jusqu'alors.

Ses sentiments pour lui étaient vite devenus intenses, et ses rencontres avec Junko s'étaient parallèlement espacées. Savoir que Junko était aussi sensible au charme de Yoshitaka faisait qu'elle avait du mal à bavarder avec son amie.

Lorsque les deux amies s'étaient retrouvées quelques mois plus tard, Ayané avait été choquée par l'apparence de Junko. Elle avait beaucoup maigri, et son visage était couvert de rougeurs. Elle lui avait demandé si elle avait des problèmes de santé, mais Junko l'avait assurée qu'il n'en était rien.

Elles s'étaient donné des nouvelles de leur travail respectif, et Junko avait paru recouvrer graduellement sa bonne humeur. Mais au moment où Ayané allait lui révéler sa relation avec Yoshitaka, Junko avait soudain pâli.

Que t'arrive-t-il ? lui avait-elle demandé. Rien, avait répondu Junko qui s'était levée en lui expliquant qu'elle venait de se souvenir qu'elle avait quelque chose d'urgent à faire.

Elle avait regardé Junko s'éloigner en taxi sans rien comprendre. Elle ne l'avait plus jamais revue.

Cinq jours plus tard, elle avait reçu un paquet. Il contenait une petite boîte dans laquelle se trouvait un sac en plastique rempli d'une poudre blanche. "Arsenic (poison)", était-il écrit au feutre sur le sac. Le nom de l'expéditeur était celui de Junko.

Déconcertée, elle avait en vain essayé de l'appeler. Inquiète, elle était allée chez elle. Là, elle avait vu la police au travail dans l'appartement de son amie. Elle avait appris d'un des badauds qui observaient la scène que la locataire venait de se suicider en avalant du poison.

Si grand avait été son choc qu'elle ne se souvenait plus comment elle était rentrée chez elle. Soudain, elle était de retour dans son appartement, voilà tout ce qu'elle savait. Elle avait regardé d'un autre œil ce que Junko lui avait envoyé.

Elle s'était creusé la tête pour comprendre le message adressé par Junko. Une idée lui avait traversé l'esprit. La dernière fois qu'elle l'avait vue, il lui semblait que Junko avait regardé son téléphone portable. Ayané l'avait sorti de son sac. Il était muni de la même courroie que celui de Yoshitaka, ils les avaient achetées ensemble.

Junko s'était-elle suicidée parce qu'elle s'était rendu compte de la relation entre Ayané et Yoshitaka ? Cette pensée funeste l'avait envahie. Junko n'avait aucune raison de mettre fin à ses jours simplement parce que ses sentiments pour Yoshitaka n'étaient pas payés de retour. Elle aussi devait avoir eu une relation amoureuse avec lui.

Ayané n'avait pas pris contact avec la police. Elle n'était pas non plus allée aux obsèques de Junko. Elle avait peur d'être responsable de sa mort, et elle ne voulait pas que la vérité soit connue.

La même raison l'avait privée du courage de poser des questions à Yoshitaka au sujet de Junko. Elle redoutait qu'il ne rompe avec elle si elle lui en parlait.

Quelque temps après, Yoshitaka lui avait fait une proposition étrange : il voulait qu'ils participent tous les deux à une réception organisée pour des personnes à la recherche d'un partenaire en vue d'un mariage, et qu'ils prétendent y faire connaissance. Son but : "Eviter d'avoir à répondre à des questions ennuyeuses, celles que posent les gens quand tu leur présentes ton amie, où vous êtes-vous rencontrés, et cetera, et cetera. Dire que nous avons fait connaissance à une réception de ce type simplifiera tout."

Dans ce cas, il leur suffisait d'en convenir tous les deux et ils n'avaient pas besoin d'aller à cette soirée, avait-elle pensé, mais Yoshitaka avait été jusqu'à prévoir un témoin pour leur rencontre, Ikai. Si cette attention aux détails lui ressemblait, Ayané s'était douté que sa manœuvre avait pour but d'éliminer tout lien entre lui et Junko. Elle ne lui en avait cependant rien dit. Elle était allée à cette réception, comme il le souhaitait, et ils avaient joué le "coup de foudre" suivant le scénario qu'il lui avait communiqué.

Ils avaient continué à se fréquenter. Six mois après la réception, Yoshitaka l'avait demandée en mariage.

Elle en avait été ravie, malgré les doutes qui la rongeaient, au sujet de Junko. Pourquoi s'était-elle suicidée ? Quelle avait été la nature de sa relation avec Yoshitaka ?

Elle avait à la fois envie de savoir la vérité et de continuer à l'ignorer. Tel était son état d'esprit à l'approche de son mariage.

C'est pendant cette période qu'il lui avait fait une annonce qui l'avait ébranlée. Lui, cependant, ne paraissait pas la trouver extraordinaire.

"Après un an de mariage, on se séparera si nous n'arrivons pas à faire un enfant", lui avait-il annoncé d'un ton léger.

Ayané avait douté de ses oreilles. Elle ne s'attendait pas à ce qu'il envisage le divorce avant même qu'ils soient mariés.

Elle avait d'abord cru à une plaisanterie, mais elle faisait erreur.

— Je le pense depuis longtemps. Un an suffit. La plupart des couples qui n'utilisent pas de moyens contraceptifs arrivent à concevoir dans ce laps de temps. Quand cela ne marche pas, cela signifie que l'un des deux a un problème. Moi, j'ai vérifié, et ce n'est pas mon cas.

Elle avait eu la chair de poule en l'entendant.

— Tu as dit la même chose à Junko ? lui avait-elle demandé en le regardant droit dans les yeux.

— Quoi ? s'était-il exclamé, le regard vide, pour une fois désemparé.

— Réponds-moi franchement. Tu es sorti avec elle, n'est-ce pas ?

Yoshitaka avait froncé les sourcils, sans cacher son déplaisir. Mais il avait fait face.

— Oui, avait-il reconnu, l'air contrarié. Je pensais que tu le découvrirais plus vite. Je m'attendais à ce que vous ayez parlé de moi.

— Tu sortais avec elle en même temps que tu étais avec moi ?

— Non. J'avais l'intention de la quitter quand nous nous sommes rencontrés. C'est la vérité.

— Quelle raison lui as-tu donnée pour lui expliquer que tu voulais rompre ? avait demandé Ayané en dévisageant son futur mari. Que tu ne pouvais pas te marier avec une femme qui ne pouvait pas avoir d'enfant ?

Il avait haussé les épaules.

— Pas exactement dans ces termes, mais cela revenait au même. Je lui ai dit que son temps était passé.

— Son temps était passé ?

— Elle avait trente-quatre ans. Nous ne faisions rien pour éviter une grossesse, mais ça n'arrivait pas. Je ne pouvais pas continuer plus longtemps.

— C'est pour ça que tu m'as choisie ?

— J'ai eu tort ? Fréquenter une femme avec qui ça ne peut pas arriver n'a pas de sens. J'ai pour principe de ne pas perdre mon temps.

— Pourquoi ne m'as-tu pas dit plus tôt ce qu'il en était entre vous ?

— Je n'en voyais pas la nécessité. Je savais que tôt ou tard cela viendrait sur le tapis. Et que je t'expliquerais comment les choses s'étaient passées quand cela arriverait. Je ne t'ai pas trahie, je ne t'ai pas menti. Je ne te raconte pas d'histoires.

Elle lui avait tourné le dos et elle avait regardé les fleurs sur le balcon. Les pensées. Ces fleurs qu'aimait Junko. Elle s'était souvenue de son amie. Les larmes avaient afflué à ses yeux en pensant à ce qu'elle avait souffert.

Après que Yoshitaka lui avait annoncé qu'il la quittait, Junko avait dû être tourmentée par le regret. Encore fragile, elle avait rencontré Ayané, et elle avait deviné en voyant la courroie du portable d'Ayané que son amie sortait avec lui. Si grand avait été son choc qu'elle avait décidé de mourir, mais elle avait tenu à envoyer un message à Ayané. L'arsenic. Non parce qu'elle lui en voulait de lui avoir volé son ami, mais en guise d'avertissement.

Pour la prévenir que, tôt ou tard, elle connaîtrait le même sort.

Junko était la seule personne à qui Ayané osait tout dire. Elle lui avait raconté qu'en raison d'une déformation congénitale, elle était stérile. Junko avait voulu la prévenir que Yoshitaka l'abandonnerait rapidement.

— Tu m'écoutes ? avait demandé Yoshitaka.

Elle s'était retournée vers lui.

— Oui, bien sûr. Comment pourrais-je ne pas le faire ?

— Tu ne réagis pas très vite, pourtant.

— Je suis un peu distraite, c'est tout.

— Distraite ? Ça ne te ressemble pas !

— Je suis tellement surprise.

— Ah bon ? Il me semble pourtant que tu es au courant de ce que je veux faire dans la vie, non ?

Il lui avait expliqué qu'à ses yeux le mariage n'avait de sens que pour fonder une famille.

— Ecoute Ayané, qu'est-ce qui te déplaît là-dedans ? Tu as tout ce que tu veux, non ? Si je me trompe, n'hésite pas à me dire ce qui te manque. Je ferai ce que je peux. Au lieu de te tourmenter au sujet du passé, pense au futur ! Tu vois autre chose ?

Il ne s'était pas rendu compte à quel point il l'avait blessée. Ayané ne pouvait nier qu'avec son soutien, elle avait pu réaliser ses rêves. Mais comment aurait-elle pu penser à l'avenir quand elle savait qu'il la quitterait dans un an ?

— Il y a une seule chose dont je voudrais être sûre. Je peux te poser la question ? Tu risques de la trouver très bête. Tu as des sentiments pour moi ?

Elle voulait comprendre s'il l'avait choisie parce qu'il la voyait comme un ventre ou à cause de l'amour qu'il éprouvait pour elle.

Il avait pris un air embarrassé.

— Bien sûr que j'en ai. Sois-en sûre. Je t'aime maintenant comme avant.

Ayané avait pris sa décision à ce moment-là. Elle se marierait avec lui. Non parce qu'elle voulait vivre avec lui. Mais pour enfin trancher entre l'amour et la haine qu'elle ressentait pour lui.

Elle voulait être sa femme afin de pouvoir en permanence décider s'il méritait de vivre. Elle lui accorderait le sursis pour le moment.

Placer le poison à l'intérieur du système de filtration n'avait pas été facile. Elle allait désormais devoir veiller à ce que personne ne vienne dans la cuisine. Mais en même temps, elle s'était réjouie de pouvoir le dominer.

Quand il était à la maison, elle ne quittait pas le canapé du salon. Elle ne se servait des toilettes ou de la salle de bains que lorsqu'elle était certaine qu'il ne s'approcherait pas de la cuisine.

Il était charmant avec elle. Elle n'avait pas à se plaindre de lui comme époux. Tant qu'il lui montrait de l'affection, Ayané avait l'intention de continuer à veiller à ce que personne ne se serve du robinet d'eau filtrée. Elle ne pouvait lui pardonner la manière dont il s'était conduit avec Junko mais s'il ne le faisait pas avec elle, elle était prête à vivre ainsi éternellement. La vie conjugale pour Ayané signifiait sauver chaque jour son mari debout sur l'échafaud.

Elle ne s'attendait cependant pas à ce que Yoshitaka renonce à son désir d'enfant. Lorsqu'elle avait pris conscience de la liaison entre lui et Hiromi Wakayama, elle s'était dit que l'heure qui devait arriver était proche.

Le soir du dîner qu'ils avaient donné pour les Ikai, Yoshitaka lui avait fait part de sa décision. D'une voix dénuée d'émotion.

— J'imagine que je ne t'apprends rien, mais tu sais que ton temps est presque terminé. Je veux que tu te prépares à partir d'ici.

Ayané avait souri.

— Je voudrais juste te demander une chose avant de le faire, avait-elle répondu.

— Et quoi ?

— Je voudrais te laisser seul ici deux ou trois jours. J'espère que tu arriveras à te débrouiller sans moi, lui avait-elle répondu en le regardant droit dans les yeux.

Il avait ri, surpris.

— Ça ne me gêne pas du tout. Je sais très bien vivre seul.

— C'est vrai, avait-elle glissé en hochant la tête.

A cet instant, elle avait cessé de le sauver.

33

Le bar à vins se trouvait en sous-sol. La porte s'ouvrait sur le comptoir, et la salle ne comptait que trois tables. Kusanagi et Yukawa étaient assis côte à côte à l'une d'entre elles.

— Désolée d'être en retard, s'excusa Kaoru, avant de prendre place à côté de son collègue.

— On a eu le résultat ? lui demanda-t-il.

Elle fit oui de la tête.

— C'est une bonne nouvelle. L'analyse montre qu'il s'agit du même produit.

L'analyse sur SPring-8 de la boîte de conserve qui venait de la remise de la mère de Junko avait permis de trouver le même arsenic que celui qui avait tué Yoshitaka Mashiba. Cela corroborait les aveux d'Ayané Mashiba qui avait déclaré avoir placé dans l'appareil de filtration le poison que lui avait envoyé Junko.

— Il me semble que cette affaire est résolue, dit Yukawa.

— Exactement. Eh bien, maintenant qu'Utsumi est arrivée, fêtons-le ! s'exclama Kusanagi.

Il appela le serveur et commanda une bouteille de champagne.

— Ecoute, tu nous as sauvé la mise cette fois-ci. Merci. Ce soir, c'est moi qui paie, bois autant que tu veux.

Yukawa l'écouta en fronçant les sourcils.

— Tu ne crois pas qu'au lieu de "cette fois-ci", tu devrais dire "encore une fois" ? Et puis j'ai l'impression que ce n'est pas toi que j'ai aidé, mais ta collègue.

— Qu'est-ce que cela change ? Ah, voilà le champagne ! Buvons !

Ils levèrent leurs coupes tous les trois.

— Quand même, je suis étonné que tu aies gardé ce truc, fit Yukawa.

— Ce truc ?

— La boîte de conserve dont Mme Mashiba se servait pour arroser les plantes. Tu l'avais gardée, non ?

— Ah, c'est de ça dont tu parlais, répondit Kusanagi, le visage sombre, en baissant les yeux.

— Je sais que tu l'as fait pour elle, mais j'ignorais que tu lui avais acheté un arrosoir. Passe encore, mais pourquoi n'as-tu pas jeté ce machin ? Ta collègue m'a dit que tu l'avais rangé dans un tiroir de ton bureau.

Kusanagi jeta un coup d'œil vers Kaoru. Elle détourna les yeux.

— Euh… disons que c'est mon instinct.

— Ton instinct ? Ton instinct de policier, tu veux dire ?

— Exactement. Tant qu'une enquête n'est pas terminée, je ne jette jamais rien qui pourrait servir de preuve. C'est une règle absolue pour moi.

— Une règle absolue, hein ? Yukawa haussa les épaules et porta sa coupe à ses lèvres. Je croyais que tu ne l'avais pas jetée parce que c'était un souvenir pour toi.

— Ça veut dire quoi ?

— Rien.

— Je peux vous poser une question ? demanda Kaoru.

— Bien sûr.

— Comment vous êtes-vous rendu compte du trucage ? Si vous me dites que l'idée vous est venue soudain, je ne pourrai que vous croire, mais…

— Hum ! fit Yukawa. Les idées ne me viennent
pas soudain. Elles naissent après une observation
attentive, et mûre réflexion. L'état de l'appareil de filtration est la première chose qui a attiré mon attention. Je m'en souviens parce que je l'ai vu de mes
propres yeux. Il était si couvert de poussière qu'il
était évident que personne n'y avait touché depuis
longtemps.

— Je sais. C'est ce qui a fait que nous ne parve-
nions pas à comprendre comment le poison y avait
été introduit.

— Mais moi, je me suis demandé pourquoi il était
dans cet état. D'après ce que vous m'aviez dit, j'avais
l'impression que Mme Mashiba était quelqu'un de
très soigneux. D'ailleurs, c'est parce que les flûtes à
champagne n'avaient pas été rangées que vous l'avez
d'abord soupçonnée, non ? Je me suis dit qu'une
femme soigneuse à ce point ne laisserait normalement
pas le dessous de son évier dans cet état.

— Ah…

— Cela m'a fait réfléchir. Avait-elle fait exprès de
ne pas nettoyer là, et de laisser la poussière s'y installer ? Si c'était le cas, quel était son but ? C'est à partir de là que l'idée m'est venue.

Kaoru hocha légèrement la tête en le regardant.

— C'est remarquable.

— Pas au point d'en parler ! Moi, je trouve les femmes redoutables. Inventer une astuce aussi irration-
nelle, aussi contradictoire.

— A propos d'attitude contradictoire, j'ai appris que
Hiromi Wakayama a décidé de garder le bébé.

Yukawa la regarda avec une expression soupçonneuse.

— Je ne vois rien de contradictoire là-dedans. Toutes les femmes veulent devenir mères, non ?

— C'est Ayané Mashiba qui lui a conseillé de le garder.

Le visage du physicien se figea en l'entendant. Puis il commença à agiter lentement la tête de côté et d'autre.

— Vous avez raison… C'est contradictoire.

— Mais féminin.

— Je vois. J'ai l'impression qu'avoir réussi à percer cette énigme est presque un miracle. Tu ne crois… commença-t-il en s'adressant à Kusanagi, sans finir sa phrase.

Kaoru tourna les yeux vers son voisin. Il dormait, la tête penchée en avant.

— Nous avons ruiné ce crime parfait et simultanément brisé son cœur. Rien d'étonnant à ce qu'il soit épuisé. Laissons-le se reposer, déclara Yukawa avant de lever son verre.

B▲BEL NOIR

Extrait du catalogue

88. CHRISTOPHE ESTRADA
Hilarion

89. COLIN NIEL
Les Hamacs de carton

90. LOUISE PENNY
Sous la glace

91. DMITRI STAKHOV
Le Retoucheur

92. CAMILLA LÄCKBERG
Le Tailleur de pierre

93. JULIA LATYNINA
Caucase Circus

94. KJELL ERIKSSON
Le Cri de l'engoulevent

95. JEAN-FRANÇOIS VILAR
Bastille Tango

96. JAN COSTIN WAGNER
Le Silence

Achevé d'imprimer en octobre 2015 par Normandie Roto Impression s.a.s., 61250 Lonrai sur papier fabriqué à partir de bois provenant de forêts gérées durablement pour le compte d'ACTES SUD, Le Méjan, Place Nina-Berberova, 13200 Arles.
Dépôt légal 1re édition : novembre 2013.
N° impr. : 1504756
(Imprimé en France)